집 나간
책

오염된 세상에
맞서는
독서 생존기

집 나간
책

서
민
지
음

인물과
사상사

책을 내면서

Q

사람들은 왜 서평을 쓸까? 내가 서평을 쓰는 이유는 다음 과 같다. 첫 번째, 서평은 내가 책 한 권을 다 읽었다고 자랑 하는 수단이다. "아니, 이 바쁜 와중에 책을 또 읽으시다니!" 같은 댓글이 달리면 기분이 좋다. 두 번째, 블로그에 서평을 올리다 보면 취향이 맞는 사람들끼리 친분이 생긴다. 알라딘 이라는 인터넷서점에 꾸준히 서평을 올린 결과 내게는 수백 명의 친구가 생겼다. 세 번째, 금전적 이익이 생긴다. 알라딘 만 해도 '이달의 마이 리뷰'에 뽑힌 이에게 2만 원의 적립금 을 지급한다. 그보다는 못하지만 자신의 서평이 다른 이로 하여금 해당 책을 사도록 했을 때, 몇백 원가량의 적립금을 주기도 한다. 네 번째, 책을 읽고 서평을 쓰다 보면 글쓰기

능력이 향상된다. 글쓰기에 관한 모든 책이 다독多讀, 다작多作, 다상多想을 권하는데, 서평은 세 가지 모두 충족하는 좋은 수단이다. 다섯 번째, 서평을 쓸 때 인상적인 구절을 써놓으면 도움이 된다. 말하는 도중 "이러이러한 책에 보면 이러이러한 구절이 있다"라고 하면 그 자체로 굉장히 지적으로 보이게 마련인데, 책에서 읽은 구절을 써먹으려면 블로그에 옮겨놓고 자꾸 들여다보아야 한다.

내가 서평을 쓰는 이유가 모조리 개인적인 것이라고 비난하지 말자. 우리는 여기서 애덤 스미스Adam Smith의 말을 떠올려야 한다. 돈을 벌려는 목적으로 돼지를 키우는 농부 때문에 많은 이가 돼지고기를 먹을 수 있다는 말. 이 원칙은 서평에도 적용된다. 사람들은 남이 쓴 서평을 읽고 다음과 같은 이득을 본다. 스스로를 '인터넷 서평꾼'이라 말하는 로쟈 이현우가 2014년 8월 대한출판문화협회 간담회에서 한 말이다. "서평의 역할은 일독一讀의 여부를 판단할 수 있게 하는 거죠. 읽은 척하게 해주는 게 두 번째고요. 세 번째 기능은 읽지 않게끔 해주는 겁니다. 중요한 기능이고 서평만의 역할이죠. 희생적이고 봉사적이고 순교적인 역할입니다."

그런데 서평이 책으로 묶여 나와야 할 필요는 어디에 있을까? 서평이 희생과 봉사라면 블로그에만 있어도 충분하지

제2장 일상 | 편견에서 살아남기

제3장 학문 | **오해**에서 **살아남기**

제1장

사회

—

무지에서
살아남기

양심이 더 간지 난다

Q

이얼 프레스, 『양심을 보았다』

1938년 11월, 오스트리아를 지배하고 있던 것은 광기였다. 나치 경찰들은 온 거리를 휘젓고 다니면서 유대인을 잡아들였다. 유대인들은 은신처를 찾아 도망쳐야 했다. '빌리그'라는 14세 소년도 그중 하나였다. 천만다행으로 빌리그는 나치 경찰에 잡히지 않고 스위스 국경까지 다다를 수 있었다. 이제 국경만 넘는다면 빌리그의 삶은 수십 년 더 연장되는 것이었다. 하지만 문제가 있었다. 스위스가 유대인 난민의 대량 유입을 원하지 않기 때문이었다.

물론 유대인들이 딱한 처지라는 데는 모든 나라가 동의했지만, 유대인을 자기 나라에 받아들이라는 것은 또 다른 문제였다. 안 그래도 대공황의 여파로 일자리가 부족한데, 외국인들이 들어와 일자리를 빼앗지 않을까 하는 걱정이 시민 사이에 자리 잡고 있었기 때문이다. 또한 수십만 명의 유대인이 들어온다면 나라의 정체성이 흔들리는 등 달갑지 않은 부작용이 초래될 수 있었다. 이런 이유로 스위스 당국에서는 '적절한 서류를 갖추지 않은' 사람은 입국을 거절하기로 결정한 상태였다.

빌리그도 스위스 국경을 넘지 못했다. 하지만 그는 추방당한 날 밤에 다시 국경을 넘었다. 다시 돌아가보았자 그를 기다리는 건 죽음이었으니, 달리 방법이 없었다. 하지만 이번에 만난 경찰은 달랐다. 그는 빌리그에게 이런저런 질문을 한 뒤 "스위스에 머물 수 있다"라고 말해주었기 때문이다. 빌리그에게 삶의 동아줄을 내려준 천사는 지역 경찰서장 '그뤼닝거'였다. 『양심을 보았다』의 주인공 중 하나인 그는 유대인 난민이 들어오지 않게 잘 지키라는 상부의 명령을 어기고 유대인 난민들에게 적법한 것처럼 보이는 신분증을 만들어주었고, 그의 도움을 받아 살아난 유대인은 수백 명에 달했다.

살다 보면 부당한 명령을 받을 때가 있다. 직장 상사의 이삿짐을 나르라는 정도야 개인만 희생하면 되지만, 무고한 사람을 괴롭히라는 명령은 참 수행하기 꺼려진다. 예를 들어

공직자를 사찰하는 임무를 띤 조직에서 뻔히 민간인임을 아는 사람을 사찰하라고 한다면 어떨까?

명을 받은 A는 한 번쯤 반문할 것이다. "저 사람, 민간인 아닌가요?" 그러면 직장 상사가 답한다. "그걸 누가 몰라? 상부 명령이니 어쩔 수 없어." A는 고민에 빠진다. 명령을 거부하면 자신은 징계를 받거나 잘릴 테고, 집에는 아내와 한창 자라는 아이들이 있다. 의로운 사람과 평범한 사람의 차이는 여기서 갈라지며, 대부분의 평범한 사람은 불법적인 짓이라는 것을 알면서도 조직의 지시를 따른다. 이명박 정부의 민간인 사찰과 최근 국정원의 간첩 조작 사건을 담당한 이들 역시 이런 평범한 사람이었다.

스위스 국경을 지키던 그뤼닝거는 이 부류에 속하는 사람은 아니었다. 그는 상부의 명령을 어겼고, 평화롭던 그의 삶은 가시밭길에 접어든다. 서장 자리에서 파면당한 것은 물론이고 그 이후 열린 재판에서 벌금형까지 받는다. 그게 다가 아니었다. "부패의 낙인이 찍힌 전직 경찰서장에게 돌아갈 취업 기회는 거의 없었다.……일정한 수입이 없었던 까닭에 그뤼닝거는 오랫동안 살았던 황록색 덧문이 달린 우아한 하얀 집을 떠나야만 했다." (46~47쪽) 안정된 일자리를 찾으려던 그의 꿈은 30년 뒤 사망할 때까지 이루어지지 못했다.

그를 더 괴롭힌 것은 악의적인 소문이었다. 국경을 지키는 사람 중 돈을 받거나 성적인 접대를 받고 유대인을 통과시켜준 이가 간혹 있었다. 그런데 그뤼닝거가 근무하던 경찰서에서는 그가 "유대인 난민과 적절하지 못한 관계를 맺었다"라는 소문이 퍼졌고, 돈이 그에게 들어간 것처럼 보고서가 꾸며졌다. 그뤼닝거가 구해준 유대인들이 어떻게든 도움을 주지 않았을까? 그럴 것 같지만 의외로 사람들은 자신이 입은 은혜를 갚지 않고 살아간다. 그뤼닝거 덕분에 국경을 넘은 유대인 중 그를 찾아가 고맙다고 한 사람은 놀랍게도 없었다. 빌리그도 마찬가지였다.

"가끔씩은 그런 생각을 했어요. 고맙습니다,라고 인사를 하는 게 도리가 아닐까 하고. 하지만 망설였지요. 나는 잘 살고 있는데 그분은 고초를 겪고 있으니 양심의 가책이 느껴져서요."(81쪽)

상관의 명령을 받고 불법 사찰의 증거를 없애는 일을 했다가 양심선언을 한 장진수 주무관은 2013년 11월 대법원에서 열린 상고심에서 '징역 8월, 집행 유예 2년'의 원심이 확정되면서 공무원 복직이 불가능해졌다. 이제 40대 중반의 가장인 그는 퇴직금은 물론이고 공무원 연금도 받을 수 없게 되면서 앞으로 뭘 먹고 살아야 할지 막막한 실정이다. 그의 현실을 보면, 70여 년 전 그뤼닝거가 겪은 고통을 생각하면 이것저것 따지지 말고 명령을 수행한 평범한 사람들의 선택이 옳게 느껴진다. 누가 알아주는 것도 아닌데, 뭐하러 조직과 불화해 길거리로 나앉는 길을 택하겠는가? 하지만 여기에는 조건이 있다. 자신이 가담한 불법적인 일이 세상에 드러나지 않아야 한다는 것.

예를 들어 "유우성이 간첩죄를 뒤집어쓰는 게 나랑 무슨 상관이냐"라며 열심히 조작질에 가담한 국정원 하급 직원들은 막상 사건이 알려지자 졸지에 주범이 되었고, 범죄를 지시한 간부들은 하나같이 "나는 몰랐다"라며 발뺌하기 바빴다. 지휘 계통상 간첩 조작 사건을 몰랐을 리 없어 보이는 국정원 간부는 사표를 내는 자리에서도 "실무진에서 상부에 보고하지 않고 진행한 사안"이라고 우겨댔는데, 그 광경을 보면서 명령만 충실히 따른 하급 직원들의 심정은 얼마나 참담했을까?

세상이 점점 투명해져 과거 같으면 묻혔을 범죄가 발각되는 일이 점점 많아지고 있다는 것도 평범한 사람들의 선택을 헷갈리게 만든다. 우리 검찰이 파란색에 대해 색맹이라 몸통이 밝혀지는 일이 드물고, 그 결과 대부분의 사건이 '개인적 일탈'이나 '아랫것들의 과잉 충성'으로 마무리되고 있으니

말이다. 부당한 명령을 거부하면 가시밭길을 걷고, 명령을
수행하면 사건의 주범이 되는 기막힌 현실. 하지만 어차피
망하는 거라면 양심의 소리를 따르는 게 훨씬 나은 선택이
아닐까? 돈은 없을지언정 그게 더 '간지' 나니 말이다. 그때
로 돌아간다면 어떻게 행동하겠느냐는 기자의 질문에 그뤼
닝거는 답한다. "그때 했던 것과 똑같이 할 겁니다."(93쪽)

좌파의 앞날을 예언하다

Q

필립 로스, 『유령 퇴장』

"이 나라는 정말 거꾸로 가고 있어. 사람들은 너무 쉽게 속아 넘어가."(114쪽)

이 대목을 읽고 나는 『유령 퇴장』 책날개에 있는 저자 이름을 다시금 확인했다. 비교적 건전하던 스토리가 갑자기 이상해졌기 때문이다. 산에서 글만 쓰던, 발기불능까지 걸린 71세 소설가가 뉴욕으로 내려와 30세 유부녀에게 끌린다는 게 주된 내용이었는데, 저 대목만 보면 좌파 글쟁이가 우리나라의 현실을 성토하는 것 같다. 심지어 저자는 이보다 3쪽 전, 유부녀의 입을 빌려 이런 주장도 한다.

"만약 부시가 다시 정권을 잡는다면 뭘 어떻게 해야 할지 모르겠어요. 모든 정치적 삶이 종말을 맞을 테니까요.……곧 자유주의적 가치들이 계속 전복되리라는 의미죠. 끔찍할 거예요. 그런 상황에서 살아갈 수 있을 것 같지 않아요."(111쪽)

여기서 '부시'를 '새누리당'으로 바꾸어보시라. 좌파들이 선거 때마다 부르짖는 레퍼토리 아니던가? 강한 의혹이 일었다. 필립 로스가 조지 W. 부시George W. Bush가 재선에 성공한 2004년을 끄집어내 대한민국을 풍자한 게 아닌가 하고. 괜한 억측만은 아니다. 부시와 현재 우리나라 대통령은 비슷한 점이 많으니 말이다. 첫 번째, 부시는 1988년 대통령으로 당선된 조지 H. W. 부시George H. W. Bush의 아들로, 아버지 부시는 1991년 걸프전쟁을 통해 많은 이라크인을 죽였다. 현 대통령 또한 1963년부터 1979년까지 대통령이었던 박정희의 딸로, 박정희는 인혁당 사건을 비롯해서 많은 간첩 사건을 직접 만들었고, 연루된 이들 중 일부를 실제로 죽이기까지 했다.

두 번째, 부시는 플로리다 재검표라는 사상 초유의 사건을 겪으며 대통령에 당선되었다. "2000년에는 부시에게 대통령 자리를 안겨준 노골적인 속임수가 있었다.……부시의 행정부는 사법적인 수단으로 권력을 탈취한 정권일 뿐이었다."(131쪽) 현 대통령 역시 "나는 도움 받은 게 없다"라고 겸손하게 말하지만, 국가정보원(이하 국정원)과 군 사이버사령

부의 댓글이 아니었다면 선거에서 패배할 수도 있었다. 그래서 그런지 좌파들은 아직도 댓글 사건을 물고 늘어지며 대통령의 정통성을 깎아내리고 있다.

셋째, 부시가 대통령이 된 뒤 9·11테러가 발생했다. "불타는 쌍둥이빌딩의 높은 층 창문에서 사람들이 인형처럼 뛰어내리던 지울 수 없는 기억이 있다."(131쪽) 그 뒤 부시는 난데없이 이라크에 대량 살상 무기가 있다고 우기면서 이라크 전쟁을 일으켰다. 물론 그런 무기는 없었지만, 부시가 전쟁 종결을 선언한 후에도 희생자는 계속 발생했다. 현 대통령 집권 2년차인 2014년, 세월호 참사가 일어나 295명이 사망하고 9명이 실종되었다. 그 뒤 현 대통령은 진상 규명을 요구하는 유족들과 한판 전쟁을 벌이고 있다. 유족 중 한 분이 46일간 단식을 했지만, 현 대통령은 그런 것에 굴하지 않고 꿋꿋이 버텨냈다.

대선 당일의 상황도 비슷하다. 부시와 존 케리John Kerry가 맞붙은 2004년 선거에서 미국의 좌파들은 케리가 이겼다고 생각했던 것 같다. 앞에서 언급한 유부녀의 남편은 여기저기 전화를 돌리면서 결과에 흡족해한다. "뉴햄프셔는 완승이랍니다.……(워싱턴) D. C.에서는 케리가 8대 1로 앞서고 있답니다."(97쪽) 심지어 승리를 확신하면서 이런 말도 한다. "어쨌든 우린 자유민주주의 국가에서 살고 있네요."(98쪽) 3년 전 우리나라 상황을 떠올려보자. 좌파들은 투표율이 높으면 유리하다고 했고, 75퍼센트에 육박한 투표율에 승리를 자신 했다. 박근혜의 승리를 점친 방송 3사의 출구 조사는 애써 무시하면서 문재인이 이겼다고 한 YTN의 출구 조사만 신봉 했다. 그래서 어떻게 되었을까? 먼저 2004년 미국을 보자.

"다음 날, 뉴욕 거리는 무시무시했다. 몹시 화가 난 수많 은 사람이 침울하고 믿을 수 없다는 표정으로 걸음을 옮기고 있었다."(126쪽)

2012년 우리나라도 비슷했다. 3.6퍼센트의 비교적 큰 차이 로 현 대통령이 당선되자 좌파들은 자기 주변 사람은 다 2번 을 찍었는데 어떻게 1번이 되었느냐면서 분통을 터뜨렸다. 그리고 좌파들은 "침울하고 믿을 수 없다는 표정으로" 거리 를 걸었으리라.

그 뒤는 다시 노인이 유부녀에게 집적거리는 내용으로 점 철된다. 예컨대 소설가는 그녀에게 전화해 이런 말을 한다. "자네와 이야기하고 싶네.……내가 묵는 호텔로 오게." 그 녀는 시종 냉담하다. "제발 그만하세요. 제가 미쳐버리기 일 보 직전이거든요."(360~361쪽)

앞의 민감한 정치적 내용을 읽고 난 후라 다시금 의혹이 생겼다. 발기도 안 되는 노인이 왜 여자에게 집적대는 걸까? 어쩌면 이 장면은 상징적인 비유일지도 모르겠다. 발기불능은 영영 집권이 불가능해진 우리나라 좌파를, 노인이 집적대는 유부녀는 이미 새누리당과 결혼한 우리나라 유권자를 상징하는 것이 아니겠는가? 여전히 집적대는 노인에게 유부녀는 그의 발기불능을 상기해준다.

"하지만 유감스럽게도 그 무언가는 제가 만족시켜드릴 수 없는 거예요."(361쪽)

그녀의 말대로 한국 좌파들은 세월호 참사라는, 집권 여당에 엄청난 악재에도 6·4 지방선거에서 이기지 못했고, 7·30 재보선에서는 참패를 당해버린다. 책에서 노인은 결국 뉴욕을 떠나 원래 있던 산속으로 돌아가려고 결심하는데, 이는 저자가 한국 좌파들에게 "정치판을 떠나라"라는 메시지를 던지는 것 같다. 물론 이 책이 미국에서 출간된 때가 2007년이기는 해도, 저자는 한국 좌파의 앞날을 예측한 게 틀림없다. 책의 제목이 왜 『유령 퇴장』인지 이제 알겠다. 카를 마르크스Karl Marx의 『공산당 선언』 첫머리에 나오는 말을 떠올려보시라. "하나의 유령이 유럽을 배회하고 있다"라는 말을.

닭의 나라

Q

정은정, 『대한민국 치킨전』

KBS 〈개그콘서트〉에서 '닭치고'를 제일 좋아한다. 처음에는 좀 유치하지 않나 싶었는데 갈수록 중독이 된다. 학생 셋과 담임선생, 교장 선생 이렇게 5명이 주축인데, 이들의 특징은 머리에 단 볏이 상징하듯 하나같이 기억력이 떨어진다는 점이다. 예를 들면 이렇다. 교장이 앞문으로 들어오면서 호통을 친다. "뭐가 이렇게 시끄러워?" 떠들던 학생들은 갑자기 조용해진다. 교장은 "이렇게 조용히 수업하세요"라면서 나간다. 그로부터 2초도 지나지 않아 문이 열리고 나갔던 교장이 다시 들어온다. "이 반은 조용하구만. 옆 반은 시끄러워서 말이야. 이 반이 무슨 반이지?" 담임이 대답한다. "양념 반, 프라이드 반입니다." 교장은 "맛있겠다"라며 나간다. 이런 유치한 에피소드가 재미있게 느껴지는 이유는 우리 현실과 닮은 점이 있어서다.

예컨대 취임 직후 공공기관 낙하산 인사는 없을 것이라고 천명한 대통령은 공기업에 자기 사람을 심기에 바쁘다. 대한 적십자사에 한 번도 회비를 내지 않은 분이 총재로 임명된 것은 하이라이트. 이런 걸 보면 '닭치고'의 모델이 혹시 대통령이 아닌가 싶기도 하다. 그럼에도 선거만 했다 하면 정부와 여당이 압도적 지지를 받으니, 그분들이 국민을 닭 취급하는 것도 당연해 보인다.

또한 정부가 추진한 담뱃세 인상은 구멍 난 세수를 메우려는 고육지책苦肉之策이었지만, 정부는 "흡연으로 인한 국민 건강상 문제를 바로잡기 위"한 것이며, 증세가 아니라고 했다. 국민을 닭으로 알지 않으면 할 수 없는 궤변이다. 다른 공약은 잘도 파기하면서 증세를 안 하겠다는 공약에만 신경을 쓰는 이유는 도대체 뭘까? 아무리 닭이라 할지라도 모이를 줄이면 화를 낼까봐 그런 게 아닐까? 갑자기 이런 생각이 든다. 우리나라에 이렇게 닭들이 우글대는 이유가 우리가 닭을 너무 많이 먹어서 아닐까? 『대한민국 치킨전』을 집어든 건 바로 그 때문이었다.

저자는 우리나라에서 닭이 어떤 과정을 거쳐 오늘에 이르렀는지 이야기한다. 사위가 오면 씨암탉을 대접한다는 말에서 보듯 몇십 년 전까지만 해도 닭은 특별한 날에만 먹는 귀한 음식이었다. 나 역시 초등학교 시절 집에 갈 때마다 유리벽 너머로 전기구이 통닭이 막대기에 걸린 채 돌아가는 광경을 오래도록 지켜본 경험이 있다. 하지만 비교적 있는 집 아이였던 내게도 닭은 너무 비쌌고, 가게가 문을 닫을 때까지 결국 닭을 맛보지 못했다. 초등학교 때 닭을 맛보았던 경험은 정말이지 손으로 꼽을 정도인데, 그런 경험을 공통적으로 갖고 있을 중년들에게 닭이 심심할 때 끼니를 때우는 음식이 된 작금의 풍경은 좀 생경할 것 같다. 왜 갑자기 닭이 이렇게 보편화된 것일까?

닭의 크기가 작아지고 우리의 위장이 커진 덕에 혼자서도 얼마든지 닭을 시켜 먹게 된 것도 이유이지만, 닭의 공급이 넘쳐나게 된 게 더 큰 이유이리라. 치킨은 "1997년 이후 단 한 번도 외식 메뉴 1위 자리를 내어준 적이 없다".(18쪽) 1997년에는 어떤 일이 있었을까? 우리나라는 IMF에 구제금융을 신청했다. 수많은 기업이 도산했고, 많은 사람이 직장에서 거리로 쏟아져 나왔다. 그리고 그들은 치킨집을 차렸다. "산이 저기에 있어서 올라갈 뿐"이라는 어느 등산가의 말처럼, 치킨집이 많이 있기 때문에 많이 먹는다고 보면 맞다. 먹다 보니

습관이 되었고 중독이 되었을 뿐."(19쪽)

우리나라는 직장에서 한번 잘리고 나면 재취업의 기회가 좀처럼 오지 않는다. 그렇다고 해서 복지가 잘되어 있는 것도 아니다. 식솔을 먹여 살리기 위해서는 뭐라도 해야 하니, 한국에서 자영업자의 비중이 30퍼센트를 넘을 수밖에. 그런데 왜 하필 치킨집일까? 첫 번째, 특별한 기술이 필요 없어서다. "치킨 조리 실습에서 우리가 해본 것은 오로지 튀기고 소스 바르고 예쁘게 담는 일의 반복이었다".(90쪽) 이게 가능한 이유는 대부분의 치킨집이 프랜차이즈로, 염지 과정을 거친 닭을 본사에서 전적으로 공급받기 때문이다. 바삭한 튀김을 만들기 위한 게 바로 염지인데, 이건 "(조리 교육) 참가자가 접근할 수 없는 신의 영역이었다".(91쪽)

두 번째, 치킨 시장은 특정업체가 독점하지 못하는 완전경쟁 시장이다. 업계 1위인 BBQ조차 10퍼센트를 넘지 못할 정도인데, 이유인즉슨 닭을 주문할 때 소비자들이 고려하는 게 얼마나 빨리 배달되고, 서비스를 잘해주느냐이기 때문이다. "치킨점의 성공 여부는 맛이 아니라⋯⋯입점한 상권의 수준에 달렸다."(82쪽) 사정이 이러니 목 좋은 곳을 잡아 치킨 사업에 뛰어들고픈 생각을 할 수도 있지 않을까? 세 번째, 치킨집은 대부분 배달로 먹고살며, 그렇기 때문에 매장이 그다지 클 필요가 없다. "착실한 배달 알바를 데리고 있느냐가 치킨집 영업의 관건"(132쪽)이기는 하지만, 창업 비용이 상대적으로 저렴하다는 이점이 있다. 그래서 사람들은 치킨집을 차린다.

그렇다면 치킨집을 차린 사장님들은 과연 행복할까? 치킨집 사장치고 살이 찐 사람이 없다는 게 힌트가 될 법하다. "기름 냄새 때문에 도무지 식욕이란 것이 생기지 않았다. 기름 냄새에 질려 치킨집 주인들은 오히려 살이 빠진다는 이야기가 거짓말이 아니겠구나 싶었다."(90쪽) 돈이라도 많이 벌면 그래도 보상이 되겠지만, 사정이 그렇지 못하다. 본사에서 공급하는 치킨 한 마리 원가가 5,300원이고, 한 마리를 튀기는 데 들어가는 식용유가 1,000원, 배달비가 2,000원에 탄산음료와 배달용 박스, 무 등을 합치면 1만 1,000원 정도 된다. 여기에 매장 운영비와 인건비를 합치면 하루 종일 기름 냄새 맡아가면서 닭을 튀기는 보람이 있을지 의문이다. 창업 후 3년 내 폐업하는 치킨집이 절반 가까이 된다는 게 현실을 말해준다.

이걸 알면서도 치킨집에 뛰어드는 사람이 속출하는 건 다른 길이 없어서인데, 이런 사태를 계속 방치하는 게 과연 옳은 것일까? 정치가 필요한 이유가 바로 여기에 있지만, 우리나라 정치권은 이 역할을 전혀 해내지 못하고 있다. 2014년 9월 말, 최경환 경제부총리는 '장년층 고용안정 및 자영업자 대책'을 발표했다. 여러 방법이 제시되어 있지만, 이 대책이 작금의 현실을 바꾸어주리라는 기대를 하는 사람은 별로 없어 보인다. 하기야, 닭들이 내놓는 정책이 뭐 얼마나 대단하겠는가?

변명의 여지가 없다

Q

민주사회를 위한 변호사모임, 『416세월호 민변의 기록』

나쓰키 시즈코夏樹靜子의 『그리고 누군가 없어졌다』는 애거사 크리스티Agatha Christie의 걸작 『그리고 아무도 없었다』를 대놓고 따라한다. 호화 요트 안이라는 폐쇄된 공간, 한 명씩 죽어나가는 사람들, 한 명이 죽을 때마다 없어지는 동물 인형. 기존의 구조를 차용한 추리소설이라면 독자들이 기절초풍할 만한 결말을 제시해주어야 마땅하지만, 이 책의 결말은 그다지 놀랍지 않다. 지금이 어느 시대인데 이런 밋밋한 소설을 쓰느냐고 따지려다, 저자가 일제강점기인 1938년생인 걸 보고 겨우 마음을 진정했다.

애거사의 작품이 그렇듯이 이 소설에 등장하는 사람 모두 하나씩 범죄가 있다. 그중에는 변론을 제대로 못해서 사람을 죽게 만든 변호사처럼 억울하다고 볼 소지가 있는 것도 있지만, 파렴치하게 느껴지는 것도 있다. 예컨대 산부인과 의사는 혼외 관계를 맺다 자기 아이를 임신한 여배우를 질식시켜 죽이는데, 이 범죄는 도대체 변명의 여지가 없다. 그에 비하면 할아버지한테 금에 투자하라고 꼬이는 방법으로 노후 생활비를 날리게 한 건 귀여운 수준이 아닐까? 그렇다면 다음은 어떨까? 호텔에 불이 나서 투숙객 30명이 죽었다면, 사장은 어느 정도 책임을 져야 할까? 불이 난 원인은 투숙한 아이의 불장난, 그러니까 우리가 생각하는 그런 불장난 말고 성냥을 가지고 한 진짜 불장난이었으니, 사장도 어떻게 보면 피해자라고 할 수 있다. 하지만 호텔 지배인이 사장 딸한테 한 말을 들으면 그렇게만 볼 수는 없다.

"빨리 방화 설비를 갖춰야 해. 스프링클러도 방화문도 없다니 말이 안 되잖아. 이대로는 안 돼. 분명히 큰일이 날 거야. 너도 아버지를 설득해줘."(268쪽)

사람이 하나씩 죽어나가는 과정에서 요트 선장은 아버지는 죄가 없다고 항변하는 호텔 사장의 딸을 질타한다.

"그만큼 많은 희생자가 나온 이유는 호텔이 형편없었기 때문이다.……소방청에서 여러 차례 개선을 명령했지만 무시했지.……방화문과 화재경보기조차 제대로 달려 있지 않

았다더군."(278쪽)

선장의 다음 말은 우리에게 아픈 기억을 떠올리게 만든다.

"불이 났을 때 숙박객에게 피난 권고는커녕 관내 방송조차 하지 않았다지."(같은 쪽)

게다가 호텔 사장은 숙박객이 잇달아 창문에서 뛰어내리는 현장에서 이렇게 외친다.

"골동품을 먼저 날라! 사장 명령이야!"(267쪽)

이와 비슷한 상황이 『416세월호 민변의 기록』에 나와 있다. 2009년 1월, 정부는 법을 개정해 여객선의 선령 제한을 20년에서 30년으로 완화했다. 그 결과 "일본에서 18년간 운행되고 기준 선령에서 단 2년이 남은 노후 선박(세월호)이 2012년 국내로 수입되어……제주도와 인천을 오가게 됐다".(69쪽)

이것도 부족해 정부는 규제 완화라는 명목으로 선장의 안전 점검 의무를 면제하고, 선박에 싣는 화물 컨테이너의 안전 점검 횟수를 줄였다. 하지만 더 한심한 것은 2012년 개정된 '수난구호법'이다. 이에 따르면 "사고 책임 선주는 사고 초기에 직접 구난구조업체를 선정하여 계약을 맺어야" 한다. 원래 배에 사고가 나면 해양경찰청(이하 해경)이 구조를 담당했지만, 바뀐 법은 민간업체에 구조 업무를 떠넘겨버렸다. 해경이 배에 갇힌 승객들을 구조할 필요가 없게 된 것. 하지만 꼭 구조만이 다가 아니다. 해경은 사고 당시 나름대로 바쁜 시간을 보냈는데, 그중 하나가 세월호의 사업주인 청해진해운에 언딘과 빨리 구난 계약을 체결하라고 종용한 것. 이 과정에서 3번이나 전화를 했다는데, 해경에서 퇴직한 간부들이 언딘과 워낙 끈끈한 관계를 맺고 있으니 언딘에게 일감을 몰아주려는 마음은 이해하지만, 이들을 굳이 바다의 경찰이라 불러야 할지 의문이 든다.

더 큰 문제는 그다음이다. 다들 알다시피 사고 현장에 가장 먼저 도착한 해경 123정(배 이름)은 승객이 있지도 않은 배의 앞부분으로 가서 선장과 승무원들만 태운 채 육지로 간다. 이 과정에서 조타실로 진입해 퇴선 명령을 내릴 수도 있었지만, 그렇게 하지 않았다. 나중에 재판을 받을 때 123정 정장은 퇴선 방송을 하지 않은 이유에 대해 "당황해서"라고 진술했는데, 그다음 행동을 보면 이 진술에 의문이 든다.

"해경은 해군의 최정예 잠수요원인 SSU 대원과 해군 특수부대UDT 요원조차 민간업체(언딘)의 우선 잠수를 위해 접근 통제한 것으로 드러났다."(144쪽) 심지어 사고 당일 미군 소속인 "헬기 2대가 현장에 급파됐다가 아무런 구조 활동도 없이 그냥 돌아갔다".(147쪽) 왜 그냥 돌아갔을까? "구조 장비가 없다고 갔다"라는 해경의 해명과 달리 미군 측은 해경으로부터 도와달라는 요청이 없어서 갔다고 했으니, 이 역시 언딘에 누를 끼칠까봐 해경이 막은 것 아니겠는가? 이들뿐 아니라 생존자를 구조하겠다고 전국에서 모여든 민간 잠수사들도 잠수에서 배제했는데, 한 관계자는 다음과 같이 진술했다. "(해경이) 언딘에서 작전 중이니 대기하라며 현장 민간 잠수부를 배제해 크게 실망했다."(146쪽) 그 당시 전국적 비난을 받았던 홍가혜가 무죄판결을 받은 이유도 "해경이 민간 잠수부 투입을 막고 있다"라는 말이 거짓이 아니기 때문이었다. 이 대목이 안타까운 건 해경이 그렇게 오매불망 기다리던 언딘도 정작 구조 능력이 뛰어난 업체는 아니었기 때문이다. 해양 관계자의 말에 따르면 "언딘은 자체 잠수부가 얼마 없고 필요할 때마다 일당을 주고 고용하는 것으로 알고 있다"라니, 언딘 때문에 SSU, UDT, 미군 헬기, 민간 잠수부를 모조리 돌려보낸 해경은 아무리 수난구호법이 바뀌었다 해도 욕을 먹어 싸다.

대통령의 책임은 없을까? 사고 당일 "한 명도 인명 피해가 발생하지 않도록 하라"라는 당연한 말을 한 뒤 7시간 동안 "대면 보고를 받지도 않았고 회의를 주재하지도 않았다". (123쪽) 아랫사람들은 청와대가 재난 컨트롤 타워가 아니라며 대통령에게 쏠리는 비난을 차단하려 애썼지만, 국가적 대란이 일어난 마당에 정부의 수장이 그렇게 오랜 시간 자리를 비운 것은 법적 컨트롤 타워 여부를 떠나서 변명의 여지가 없다. 첫 지시 후 7시간이 지난 오후 5시 15분, 대통령은 말한다. "다 그렇게 구명조끼를 학생들은 입었다고 하는데 그렇게 발견하기가 힘듭니까?"(123쪽) 주어, 동사, 목적어의 어순이 잘못된 것은 차치하더라도, 세월호가 이 시각에 이미 선수船首를 제외하고 완전 침몰 상태였다는 점을 감안하면 대통령이 상황 파악을 전혀 못하고 있다는 것을 알 수 있다. 전문용어로 '자다가 봉창 두드린다'고 하는데, 그 이후라도 대통령이 제대로 대처했다면 생명은 구할 수 없을지언정 유가족들의 마음에 그토록 생채기가 나진 않았을 테지만, 우리 대통령은 그런 분이 아니었다. 진상을 규명하겠다는 약속을 지킬 마음이 전혀 없다 보니 특별법 제정은 난항을 겪을 수밖에 없었고, 특별법이 통과된 후에도 진상 규명을 위해 애쓰는 흔적이 보이지 않는다.

새누리당 의원들의 말대로 세월호 참사는 흔히 발생하는 교통사고일 수 있다. 하지만 호텔 화재로 죽은 유족들이 사장에게 앙심을 품을 수밖에 없는 것처럼, 구조 과정에서 해경과 대통령이 보여준 일련의 행동들을 세월호 유족들이 탓하지 않기는 어렵다. 그들이 바라는 것은 진상 규명, 즉 왜 자기 아들딸이 죽어야 했는지 아는 것이다. 그런 유족들에게 우리 국민들은 돌을 던졌고, 지금도 그러고 있다. 세월호 참사로 딸을 잃은 유해종의 말로 글을 끝맺는다.

"이웃들은 아직도 안 끝났냐고 해. 그러면 설명을 다 해주지. 아무것도 한 게 없는데 어떻게 끝내냐고. 그런데 바깥에서는 그게 아닌가봐. '너희들 보상 많이 받았잖냐. 너희들 10억씩 받았는데 더 받으려고 그런 거 아니냐?' 이런 말 나오면 기가 막히지. 보상의 보자도 모르는데……언론 플레이가 무서운 거야. 우리도 사고 나기 전엔 언론에 나온 거 다 믿었어. 그런데 직접 당하니까 하나도 믿을 수 없는 거야. 왜 이렇게 거짓말을 하는지 모르겠어." (「금요일엔 돌아오렴」, 63쪽)

당신도 고소당할 수 있다

Q

주진우, 『주기자의 사법활극』

살아오면서 경찰서에 불려간 적이 딱 두 번 있다. 둘 다 고소와 관련된 일이었는데, 첫 번째는 아파트 회장 선거 때였다. 그다지 마음에 들지 않는 후보를 아파트 인터넷사이트에서 비판한 것까지는 괜찮았지만, 다음과 같은 표현을 쓴 게 문제였다. "경력을 전혀 안 쓰셨던데, 이러시면 당신이 하버드대학 총장을 역임한 분인지 전과 17범인지 모르지 않습니까?" 격분한 그분은 모든 아파트 엘리베이터에 대자보를 붙였다. "날더러 전과 17범이라니, 살다 살다 이런 말도 듣네요. 반드시 고소하겠습니다." 정말로 고소장이 날아오자 우리는 충격을 받았다. 나는 "내가 전과자라고 한 것도 아닌데"라며 당당히 조사를 받겠다고 한 반면 아내는 변호사에게 전화를 걸어 조언을 구했고, 산더미 같은 자료를 준비했다. 조사 당일, 경찰은 내가 쓴 글의 근거를 조목조목 물었다. 당황해서 어쩔 줄 모르는 나와 달리 아내는 자료 뭉치를 뒤져 필요한 자료를 뽑아냈다. "여기 보면 다른 사람들도 그렇게 생각한다는 것을 알 수 있습니다." 결국 나는 공익을 위한 글쓰기인 것이 되어 '무혐의' 판정을 받았고, 아내에게 깊이 사과했다.

"나는 여보가 자료를 계속 출력하기에 쓸데없는 데 시간과 프린터 잉크를 쓴다고 비웃었어. 미안해."

이듬해, 고소의 달인인 모 씨한테 고소를 당했다. 별 문제 없어 보이는 글이었지만, 나는 아내가 그랬던 것처럼 두둑한 자료를 준비해갔다. 경찰이 물었다. "좌파 인사를 고소하는 걸로 생업을 삼았다는 대목은 어떤 근거에서 쓴 거죠?" 나는 자료 뭉치에서 그분이 "고소하겠다"라고 한 기사를 여럿 꺼내서 보여드렸다. "그분이 한 자리를 노린다는 근거는 뭐죠?" 나는 그분이 MBC 사장에 응모하겠다고 했던 기사를 보여드렸다. 알겠다는 표정을 짓는 경찰의 표정에서 나는 '무혐의'를 예감했다. 이런 경험을 하고 나자 세상이 다시 보였다. 인터넷에 올라오는 글을 고소감이냐 아니냐로 판정하고 있었으니까.

"이런, 이거 200만 원짜리네."

"사실을 사실대로 써도 명예훼손인데, 쯧쯧."

안타깝게도 걸면 걸릴 만한 글이 굉장히 많았다. 예를 들어 특정인을 '변태'나 '사이코'라 지칭한다면 설령 진실이라 해도 명예훼손에 해당된다. 고소의 달인 모 씨가 고소를 위해 인터넷에서 캡처한 글이 5만 건이 넘는 것도 그런 것을 잘 모르는 분이 많아서인데, 이런 분들을 위해 '고소의 모든 것' 같은 책이 나오면 좋겠다 싶었다.

그런데 그런 책이 나왔다. 팟캐스트 〈나는 꼼수다〉로 알려진 주진우 기자가 저자라고 해서 좀 놀랐지만, 『주기자의 사법활극』을 읽어보니 그는 지금까지 100건 이상의 소송에 참여한 진정한 '고소의 달인'이었다. 그의 책상에 놓인 소송 기록을 본 사업가가 묻는다.

"아니, 어떻게 사셨어요? 전 한 건도 죽겠던데."

"살 만해요. 그냥 오래된 나쁜 친구라고 생각해요."(13쪽)

생각해보니 그렇다. 소송을 담당하기만 했지 직접 당해본 적이 드문 변호사보다는, 수많은 소송에 직접 뛰어든 주진우가 고소에 잘 대처하는 법을 잘 알 것이 아닌가? 과연 이 책은 난데없이 법과 맞닥뜨린 사람을 위해 소송의 모든 것을 가르쳐준다. 중간중간 자신이 겪은 일을 비롯한 실제 사례들을 끼워넣어 생동감도 넘친다. 잘되는 중국집을 증축했다가 건물주인 이명박에게 쫓겨난 이 씨의 사연을 보자.

"이 씨는 음식점 증축 비용 6억 원을 돌려달라는 소송을 냈다. 하지만 재판부는 이 전 대통령의 손을 들어주었다.……만약 이 씨가 중국집에서 쫓겨날 무렵 변호사에게 상담을 받았다면 중국집을 지킬 수 있었을지도 모른다. 최소한 증축 비용이라도 돌려받거나."(94쪽)

많은 이에게 도움이 될 책인 건 확실하지만, 안타까운 것은 읽으면 읽을수록 법이라는 것에 환멸을 느끼게 된다는 점이다. 법이 강자들이 자신의 이익을 지키기 위해 만든 도구라는 것 정도는 알고 있었지만, 스스로 엘리트라 자부하는 법조인들이 이렇게 돈과 권력에 휘둘린다는 게 슬펐다. 하나만 예로 들자. 안도현 시인은 안중근 의사義士가 남긴 붓글씨 한 점의 행방을 궁금해하며 "원래 청와대에 있던 게 박근혜 소장으로 기록되어 있는데 왜 그런 것인지?"라는 취지의 글을 올렸다. 죄가 안 될 것이라는 예상대로 국민참여재판은 전원 일치 무죄판결을 내렸지만, "전주지법 은택 부장판사는 유죄를 선고했다".(277쪽) 2심에서 무죄가 나왔지만, 안도현은 절필했다. "박근혜가 대통령인 나라에서는 시를 단 한 편도 쓰지 않겠다."(278쪽)

취재하랴, 소송하랴, 몸이 10개라도 바쁠 주진우가 이런 책을 쓴 이유는 무엇일까? 다루어서는 안 되는 중요 인물에 대해 기사를 쓴 대가로 구속영장이 청구되어 유치장에서 하룻밤을 보낸 적이 있는데, 거기서 젊은 친구를 몇 만났단다.

"유치장에서 이야기를 들어보니 범법자라 해도 법에 너무 무지하다는 생각이 들었다.⋯⋯이들 같은 잡범이 아니라 진짜 억울하고 몰라서 당하는 사람들도 부지기수일 것이다.⋯⋯그동안 터득한 실전 법률 노하우를 언젠가는 많은 사람에게도 알려야겠다는 생각이 들었다."(218쪽)

동의 안 하실 분도 있겠지만, 주진우는 나랑 얼굴이 비슷하다. 구글에서 사진을 보다가 나라고 착각한 적도 있을 정도다. 얼굴은 비슷하지만 우리 둘의 성격은 너무도 다르다. 나는 고소장 한 장에 벌벌 떨면서 "앞으로 글을 좀 부드럽게 써야겠다"라며 자체 검열을 하는 반면, 주진우는 수많은 고소장에도 꿋꿋하게 싸움을 계속하고 있으니 말이다. 거기에 더해 자신의 소송 경험을 바탕으로 소송 가이드북까지 써버리니, 정말 멋지지 않은가? 소심하기 십상인 외모를 극복한 인간 승리자, 주진우의 싸움을 응원한다.

무지에서
살아남기

젊은이들은 왜 이렇게 된 걸까?

Q

마크 바우어라인, 『가장 멍청한 세대』

오래전, 〈좋은 세상 만들기〉라는 프로그램이 있었다. 농촌에 사는 나이든 분들을 모시고 퀴즈를 내는데, 배움이 없는 그분들이 하는 황당한 대답들이 시청자에게 재미를 선사했다. 지금은 굳이 그럴 필요가 없다. 젊은이들을 상대로 같은 프로그램을 진행한다면, 훨씬 재미있는 답변이 나올 테니 말이다. 실제로 한 프로그램에서 대학생들을 대상으로 질문을 던진 적이 있다.

"고려를 세운 분은?"

"궁예."

"우리나라 초대 대통령은?"

"이수만."

해당 학생들은 갑자기 질문을 던졌다며 '악마의 편집'을 운운했지만, 충분히 시간을 준다고 결과가 달랐을 것 같지는 않다. 주변에서 보는 학생들도 크게 다르지 않으니 말이다. 한 학생은 "10 · 26사태가 언제 일어났느냐?"라는 내 질문에 "12월 6일"이라고 답했는데, 이런 젊은이들을 대상으로 〈좋은 세상 만들기 시즌2〉를 만든다면 꽤 높은 시청률을 기록하지 않겠는가? 마크 바우어라인은 『가장 멍청한 세대』에서 텔레비전과 인터넷에만 매몰된 지금 세대에 분석을 시도했다. 책에 의하면 미국에는 정말로 젊은이들을 대상으로 한 퀴즈 쇼가 있다. 〈투나잇 쇼〉의 제이 레노Jay Leno가 길거리로 나가 즉석 상식 퀴즈를 내는 '제이 워킹'인데, 이 코너를 "우스꽝스럽게 만들고 정규 프로그램으로 유지해나갈 수 있게 해주는 이는 20대다".(17쪽)

"교황은 어디에 사나요?"

"영국이요."

"영국 어디죠?"

"음……. 파리."(18쪽)

흥미를 느껴 '제이 워킹' 몇 편을 더 찾아보았는데, 정말 재미있다. "태양계에는 몇 개의 행성이 있나요?"라는 말은 질문 자체를 이해 못하는 듯했고, "해와 달 중 어느 게 더 큰

가요?"라는 질문에 한 여성은 "달"이라고 했다.

지금 젊은이들은 어느 세대보다 공부를 많이 한 세대다. 대학에 가는 비율이 과거와 비교할 수 없이 높아졌고, 인터넷을 통해 세계와 소통하는 이들이야말로 유사 이래 '가장 똑똑한 세대'여야 맞지 않은가? 하지만 이들을 향한 시선은 그리 곱지 않다. 생각이 없다, 업무 능력이 떨어져 처음부터 다시 가르쳐야 한다 등등의 말이 숱하게 들리는데, 이건 물론 윗세대가 아랫세대를 보는 편견일 수 있다. 그래서 객관적인 지표가 필요하다. 미국에는 학생의 학습 능력을 평가하는 NAEP(전국교육평가)가 있는데, 2001년 최악의 결과를 지켜본 한 사람은 역사에 대해 너무나 아는 것이 없는 이 세대가 유권자가 될 시대에 우려를 표했다.(24쪽)

우리나라는 아직 그런 지표가 발표되지 않았지만, 인터넷을 통해 그들의 행태를 분석하면 대충 수준을 짐작할 수 있다. 일단 "이 선수가 저 선수보다 낳지 않나요?"라는 식으로 맞춤법을 틀리는 사람이 한둘이 아니다. 결혼정보회사의 조사에 따르면 연인한테 확 깨는 순간이 맞춤법을 틀릴 때라는데, 요즘 솔로가 늘어나는 건 전반적으로 맞춤법을 모르는 경향도 한몫하지 않았나 싶다.

두 번째, 글을 조금 길게 쓰면 이런 댓글이 달린다. "글이 너무 길어서 패스." 게다가 난독증도 상당하다. "전산 마비로 기차표를 못 구했습니다"라는 글에 "전신마비인데 어떻게 여기다 글을 쓰죠?"라고 당당히 따져 묻고, "좋은 아이크림 추천받습니다"라는 질문에 "뭐니 뭐니 해도 구구콘이죠"라고 답하는 분들을 보면, 내가 다 이상해질 정도다. 배우 하정우가 뺑소니차에 치인 뒤 200미터를 쫓아가 범인을 잡았다는 기사의 댓글을 보라. "좋은 사람이라 생각했는데 인생 끝났네요. 뺑소니를 치고 어떻게 도망갈 생각을 하지?"

세 번째로 공동체 의식이 부족하다. 파업은 노동자의 당연한 권리지만, 2013년 말 철도 파업 주동자들이 무죄를 선고받았다는 기사에 그들은 이런 댓글을 단다. "법은 죽었구나. 이 인간들 때문에 국민이 얼마나 피해를 보았는데. 이 판결은 후세에 반드시 국치로 알려지고 기억될 것이다."

젊은이들이 대체 왜 이렇게 된 걸까? 책을 읽지 않아서다. 책에 따르면 "젊은이는 책을 통해서 많은 것을 얻을 수 있다. 더 나은 정치와 역사 지식을 지니고, 현 시사 문제와 정부 법안에 익숙해지고, 어휘력과 작문 실력이 향상된다".(73쪽) 하지만 요즘 아이들은 책을 멀리하는데, 더 무서운 사실은 자신이 책을 안 읽는다는 사실을 부끄럽게 생각하지 않는다는 것이다. 독서를 장려하는 라디오 프로그램에 전화를 걸어

"책은 지루하기 짝이 없다"라고 말한 학생이나 "우리 아빠는 만날 책 같은 것에만 몰두해 있어요. 인터넷 같은 것이 책을 대체해버렸다는 걸 아직 깨닫지 못한 거죠"(54쪽)라고 말한 학생을 보라. 우리나라도 다를 바 없다. 요즘 학생들이 책을 읽지 않는다는 『한겨레』 2014년 11월 17일자 기사에 이런 댓글이 달려 있으니까.

"옛날이나 책이 중요하다 그러지. 이제 인터넷만 켜면 훨씬 더 양질이고 실용적 정보가 널렸는데 책 찾을 필요가 없지."

"책 읽으면 돈이 나옵니까? 쌀이 나옵니까?"

저자는 여러 근거를 들면서 책 안 읽는 세대의 무식을 개탄한다. 하지만 정말 무서운 사실은 따로 있다. 이 책이 미국에서 출간된 해가 2008년이라는 것. 스마트폰의 효시라 할 아이폰3G가 출시된 해다. 다들 알다시피 스마트폰은 책에 대한 실낱같은 희망조차 앗아가버린 무서운 기계다. 이 책에 나온 스마트폰 이전의 세대만 해도 충분히 무서운데, 스마트폰 출시 이후의 세대는 과연 어떨까? 이것만 이야기하자. 세월호 희생자들에게 무시무시한 악플을 달았던 일베(일간베스트저장소)가 정식으로 출범한 때가 바로 2010년이다.

세 번의 시련에서 살아남기

Q

로라 힐렌브랜드, 『언브로큰』

하나, 올림픽 육상 국가대표가 되는 건 쉬운 일은 아니다. 인구가 90만 명쯤 되는 피지라면 조금 쉽겠지만, 육상이 비인기인 우리나라만 해도 치열한 경쟁을 뚫어야 태극 마크를 달 수 있다. 인구가 2억 명을 넘는 데다 전통적인 육상 강국인 미국이라면 경쟁은 어마어마할 것이다. 말썽으로 점철된 소년 시절을 보낸 루이스 잠페리니Louis Zamperini는 자신이 달리기에 엄청난 자질이 있다는 것을 깨닫는다. 늦게 시작했지만 루이스는 국가대표에 선발되는 영광을 안았고, 1936년 올림픽이 열리는 베를린으로 갔다.

둘, 47일간의 태평양 표류. 구명정에 있는 식량으로는 고작 2~3일 버틸 수 있고, 바닷물은 식수로 쓰는 게 불가능하다. 그 넓은 태평양에서 다른 배를 만날 가능성은 희박하다. 거기다 상어들까지 왔다 갔다 하고, 그것도 부족해서 적국의 비행기가 와서 기관총을 쏘아댄다면, 그런 극한 상황에서 일 주일이라도 버티는 건 결코 쉽지 않다. 하지만 루이스는 32일 의 기존 기록을 15일이나 경신했고, 결국 살아남았다.

셋, 850일간의 수용소 생활. 앞에 쓴 두 가지에 비해 이건 좀 쉬워 보인다. 수용소야 자유가 없다 뿐이지, 먹고 자는 건 가능하니까. 하지만 제2차 세계대전 당시 일본의 포로수용 소는 이야기가 다르다. 식사가 형편없어서 포로들이 뼈만 남 는 지경에 이르고, 위생이 불결해 설사병에 시달리는 포로도 부지기수다. 게다가 맥락 없이 가해지는 폭력과 원칙상 포로 에게 시키면 안 되는 노동까지 더해진다면, 여기서 2년도 넘 는 시간을 보내는 건 만만한 일이 아니다. '나치와 이탈리아 가 억류한 미국인 중 사망자는 단 1퍼센트였다.……일본이 억류한 미국인 3만 5,648명 중에서 37퍼센트 이상인 1만 2,935명이 사망했다.'(2권, 225쪽) 특히 루이스가 있던 수용소 에는 자신의 인생이 잘 안 풀린 것에 대한 분풀이를 루이스 에게 집중적으로 한 악질 간수 '새'가 있었으니, 루이스가 살 아난 것 자체가 기적이었다.

그의 삶이 『언브로큰』을 통해 재조명된 이유는 단순히 여기에만 있는 게 아니다. 포로수용소에서 풀려난 뒤 루이스의 삶은 순탄할 수 없었다. 새에게 학대받은 기억은 시시때때로 그를 괴롭혔다. 그는 일상생활을 제대로 할 수 없었고, 그런 처지에 있는 사람들이 흔히 그렇듯 알코올중독에 빠졌다. 그리고 새를 죽여야만 일상으로 복귀할 수 있다고 생각했다. 그를 구원한 것은 빌리 그레이엄 목사의 연설이었다.

"그는 정화된 기분을 느끼며 깨어났다. 5년 만에 처음으로 새가 꿈에 나타나지 않았다.……새는 그를 쓸모없고 망가지고 버림받은 사람으로 만들려고 발악했지만, 그는 그런 사람이 되지 않았다."(2권, 315~316쪽)

이후 루이스의 삶은 변했다. 새를 살해하려는 생각은 더 이상 남아 있지 않았다. 대신 그는 전국을 다니며 자신의 이야기를 전했다. 그리고 '빅토리 보이스 캠프'라는 사업을 시작했다. 문제를 일으키며 방황하는 소년들을 받아들여 함께 시간을 보냈고, 그들의 고민에 귀를 기울였다.

"빅토리 보이스 캠프에 참가한 소년들은 처음에는 깡패로 왔다가 잘못된 마음을 바로잡고 새로운 사람이 되어 돌아갔다."(2권, 324쪽)

그는 100세가 다 될 때까지 살았으며, 늘 쾌활한 성격을 유지했다. 아들이 이렇게 말할 정도였다. "루이스를 좋아하

지 않는 사람을 본 적이 없어요."(2권, 327쪽)

루이스의 이야기가 감동을 주는 건 바로 이 대목이다. 전쟁으로 인해 육상 선수로 성공하지는 못했지만, 결국 더 위대한 성공을 이루어냈으니까.

우리나라에도 이루기 힘든 미션들을 이겨낸 분이 여럿 계시다. 그중 한 분의 삶을 잠시 조명해본다.

하나, 19년간 최고 권력자였던 아버지를 두었다. 그 바람에 친구들과 어울려 지내야 할 유년시절을 외롭게 보내며, 멋진 남자와의 결혼 같은 소박한 꿈 대신 부강한 국가의 꿈을 키운다. 여자의 몸으로 공대에 진학한 것도 그런 취지였다.

둘, 아버지와 어머니를 모두 총탄에 잃는다. 한 분도 아니고 두 분을 모두. 그것도 우리나라에서 일어나기 힘든 총격 사고라는 건 보통 사람이 감당할 만한 고통은 아니다. 먼저 돌아가신 분이 어머니였기에 그분은 퍼스트레이디 역할을 하면서 아버지가 주창한 '한국적 민주주의'를 배운다.

셋, 아버지가 돌아가신 뒤 오랜 칩거에 들어간다. 아버지가 독재자여서 그분에 대한 여론도 좋지 않았고, 그 시절 피해를 입은 분이 한둘이 아닌지라 칩거는 선택이 아니라 필수였던 것 같다. 기간이 18년이었으니, 2년여에 달하는 루이스의 수용소 생활에 비할 법도 하다.

짐작하셨다시피 박근혜 대통령 이야기다. 세 번의 시련에도 이분은 살아남았다. 하지만 이분의 삶을 조명해야 하는 이유는 이후의 행적 때문이다. 1997년, 우리나라를 강타한 외환 위기를 계기로 아버지에 대한 향수가 들불처럼 번지자 그분은 정치판에 뛰어들 결심을 한다. 1998년 4월, 보궐선거에서 국회의원에 당선되는 것으로 시작된 그분의 정치 인생은 2012년 최초의 여성 대통령으로까지 이어졌다. 이것 자체가 문제가 되는 건 아니다. 하지만 루이스가 새를 용서하고 방황하는 청소년들을 도우면서 자신의 상처를 치유한 반면, 그분은 젊은 시절의 기억에서 벗어나지 못한 삶을 사는 듯하다. 아버지의 명예 회복에 집착하는 건 '효'라는 측면에서 나쁜 일은 아니지만, 아쉬운 점이 있다.

우선, 세수 부족에 시달리면서도 기업의 법인세를 올리려들지 않은 것은, 나라가 잘되려면 기업이 잘되어야 한다는 그분이 아직도 1970년대의 기억에 묶여 있다는 증거이리라. 또한, 통합진보당 해산 때 "자유민주주의를 지켰다"라고 한 것을 보면 그분이 아는 민주주의는 아무래도 유신 체제인 모양이다.

아버지가 대통령이었다고 해서 딸이 대통령이 되지 말라는 법은 없다. 하지만 어디까지나 시대에 맞는 정신을 구현

해야 한다는 조건 아래서다. 지금처럼 한다면 현 대통령은 40여 년 전에 있었던 유신 체제를 5년 더 연장하는 수단밖에 되지 않는다. 모든 이가 좋아한 루이스와 달리 그분을 좋아하는 이가 30~40퍼센트 정도밖에 안 되는 이유다.

원칙주의자가 필요하다

Q

서형, 『부러진 화살』

책이 재미있으려면 최소한 둘 중 하나는 있어야 한다. 첫 번째, 독자들이 모르는, 하지만 알고 나면 전율을 느낄 만한 놀라운 사실을 가르쳐주는 것. 김어준의 『닥치고 정치』가 재미있는 이유는 BBK와 청계재단 등에서 벌어진 일이 우리 상상을 초월했기 때문 아닌가? 두 번째, 다 아는 사실에 대해 작가가 완전히 새로운 해석을 해주는 것. 크리스토퍼 히친스 Christopher Hitchens의 『자비를 팔다』는 우리가 성녀라고 아는 테레사 수녀를 비판해 충격을 주었다. 물론 두 가지가 명확히 구분되는 건 아니다. 예를 들어 김어준이 말하는 BBK 사건은 검찰이 발표한 내용과 전혀 다른 해석일 테고, 히친스가 테레사 수녀를 비판한 근거로 삼은 일들도 독자들이 전혀 몰랐을 테니 말이다.

'서형'이라는 필명의 작가가 쓴 『부러진 화살』에도 두 가지 요소가 모두 있다. 해직 교수 김명호가 판결에 불만을 품고 판사에게 석궁을 쏘았다는 보도가 나가자 대부분의 사람은 '그 교수, 참 이상한 사람이네'라고 생각했고, 그가 징역형을 받은 것에도 당연하다는 반응을 보였을 거다. 하지만 이 책은 그 재판이 매우 편파적으로 진행되었다는, 즉 사람들이 모르던 사실을 알려 재미를 부여하고, 그럼으로써 김 교수가 이상한 사람이 아닐 수도 있다는 새로운 해석을 전해준다. 웬만한 사람은 아는 석궁 사건을 다룬 데다 재미도 탁월한 이 책은 신기하게도 그다지 많이 팔리지 않았다. 마이클 샌델Michael Sandel의 『정의란 무엇인가』를 베스트셀러로 만들 만큼 정의에 목마른 사람들이라면 석궁 사건의 진실에도 관심을 기울일 만한데 말이다.

대학교수는 정규직으로 인정받는 직종이지만, 정교수가 되어 정년 보장을 받기 전까지 교수들은 2~3년마다 재임용을 받아야 한다. 그 기간에 연구 실적을 얼마나 쌓았느냐가 재임용의 통과 기준이니 논문만 잘 쓰면 걱정할 필요가 없을 것 같지만, 이런 제도가 학교 측에 의해 얼마든지 악용될 수 있다는 게 문제다. 예컨대 원로 교수들의 친일 행위를 지적한 서울대학교 미대 김민수 교수가 재임용에서 탈락한 이유는 '연구 실적 미흡'이었다. 그의 업적은 기준을 상회하고 남았지만, 상까지 받은 우수한 논문을 학교 측이 함량 미달로 평가해 점수에서 빼버린 것. 김명호 교수는 더 심각했다. 대학 입시 과정에서 발생한 문제 출제 오류를 지적해 학교 측의 미움을 산 그가 이듬해 재임용에서 탈락한 표면상 이유는 '교육자적 자질 부족'이었다. 연구 업적이 있는 걸 없다고 하기는 어렵지만, 자질을 객관적으로 따지는 게 과연 가능할까? 심지어 "출석 안 해도 D는 줄 테니까 떠들 사람은 나가라"라고 한 게 '출석 안 해도 학점을 주었다'는 식의 비난을 받는 빌미가 되었으니, 그가 여기에 승복하지 않고 계속적인 싸움을 해나가는 건 당연한 일이었다.

물론 석궁을 들고 판사 집에 찾아간 건 명백한 잘못이다. 하지만 공정한 재판을 받을 권리 정도는 주었어야 하지 않을까? 김 교수의 행위가 사법부에 대한 테러라고 생각한 판사는 별로 그럴 생각이 없었던 것 같다. 그 결과 재판에서는 기이한 풍경이 연출된다. 법정에서는 검사와 변호사가 판사의 중재 아래 날 선 공방을 벌이며, 피고인은 의자에 앉아 고개를 숙이고 있을 거라는 통념이 통하지 않는다. 그 대신 피고 김명호는 판사를 향해 "법대로 해달라", "왜 법을 안 지키느냐'라고 윽박지른다. 판사를 향해 "재판장님! 이 사실에 대해 인식하고 계십니까"라고 한다든지 검사에게 "신동국 검사! 지금 이 자리에서 형사소송법 제237조에 의해 신태기 재판장을 직무유기로 고발합니다"라고 하는 피고인이 상상이나 가는가? 사법부가 미네르바 무죄, 한명숙 전 총리 무죄, MBC 〈PD수첩〉 무죄, 정연주 KBS 사장 무죄 등 어려운 여건 속에서도 소신 있는 판결로 이 땅의 법치를 지켜온 공로는 충분히 인정하지만, 판사를 향한 테러 사건에서는 감정에 치우친 재판을 했다는 인상을 지울 수가 없다.

마지막으로 덧붙이자면, 김 교수가 이렇게 10년 넘게 투쟁할 수 있던 이유는 원칙주의자였기 때문이다. 입시 문제가 잘못되었다면 그 문제를 아예 빼고 채점하자는 그의 말이 맞다. 그게 우리가 배운 원칙이다. 하지만 학교 측은 "문제는 잘못되었지만 부분 점수를 인정해야 한다"라는 희한한 주장을 폈고, 그 의견이 결국 통과되었다. 내가 그 자리에 있었다면 "적당히 넘어가자"라는 학교 권고에 저항할 수 있었을까? 아마 못 했을 것이다. 하지만 김 교수는 저항해 싸웠다. 그때만 그런 게 아니었다. 1991년 교수로 임용된 직후부터 "김 교수 때문에 교수회는 적당히 진행될 수 없었고, 다른 교수들과도 사이가 좋을 수 없었다"라고 하니 말이다. 한 교수의 증언이다. "김 교수는 다른 사람에게 숨을 쉴 여유를 주어야 하는데 조금만 잘못해도 끝까지 물고 늘어지는 거야. 단 하루도 마음 편할 날이 없었어요."

사회가 제대로 굴러가려면 원칙이 제대로 서야 하고, 원칙을 지키려는 원칙주의자가 많아야 한다. 하지만 우리나라에서 원칙주의자는 주위 사람에게 불편한 존재다. 결국 김 교수는 다른 교수들과 부딪힐 일을 없애기 위해 강의를 오후 7시 이후로 몰아야 했다. 재임용 결정 과정에서 그의 자질 문제에 대해 김 교수 편을 들어준 사람은 없었다.

'원칙'보다는 '적당히'가 우선하는, 그래서 원칙주의자들이 돌을 맞는 사회를 나는 부러진 사회라고 부르련다. 우리 사회는 언제쯤 똑바로 펴질 수 있을까?

교회 비리, 고작 이 정도?

Q

옥성호, 『서초교회 잔혹사』

교회 비리 문제에 관심이 있는 편이다. 처음에는 "교회가 어떻게 저럴 수 있을까?" 의아했지만, 돈과 여자는 물론이고 세습 문제까지 분야를 가리지 않고 비리를 양산하는 목사가 한둘이 아닌지라 지금은 웬만한 사건에도 놀라지 않게 되었다. 2014년에도 한국기독교총연합회 조광작 목사는 세월호 참사로 희생된 단원고 학생들을 언급하면서 "가난한 집 아이들이 수학여행을 경주 불국사로 가면 될 일이지 왜 제주도로 배를 타고 가다가 이 사단이 빚어졌는지 모르겠다"라고 했다. 발언의 한심함에 비해 파장은 그다지 크지 않았는데, 내가 그런 것처럼 다른 사람들 역시 목사들의 발언에 면역이 되어 있어서였으리라.

10여 년 전 금란교회의 김홍도 목사는 인도네시아에서 쓰나미로 많은 인명 피해가 나자 "비기독교인에 대한 하느님의 심판"이라고 한 바 있고, 이에 질세라 조용기 목사는 2011년 일본의 쓰나미에 대해 "우상숭배, 무신론이 팽배해 있어 이 같은 지진이 일어났다고 생각한다"라며 "이번 기회에 일본 국민들이 주님께 돌아오기 바란다"라고 말해 검색어 상위권에 오른 적도 있으니, '불국사 발언'에 새삼 놀랄 일이 뭐가 있겠는가?

『서초교회 잔혹사』를 주문할 때의 마음은 나를 놀라게 할 엄청난 비리를 접할 수 있지 않을까 하는 것이었다. 소설을 표방했지만 이게 '사랑의교회'에서 실제로 일어난 것이라는 정보는 미리 들은 터였으니까. 책은 교회 담임 목사인 정지만이 물러나면서, 아프리카에서 열성적으로 전도하고 있는 김건축 목사를 후임으로 임명하며 시작된다. 곧이어 김건축 목사가 아프리카에서 전도 대신 사자 사냥을 했다는 제보가 들어오고, 김건축 목사가 부임하면 이전 담임 목사를 추종하는 세력들을 정리하겠다는 소위 살생부가 돈다. 일부의 반대에도 결국 김건축 목사가 담임 목사로 취임한다. 여기까지 읽었을 때 '드디어 뭔가 시작되려나보다' 했다.

대망의 첫 회의. 김건축 목사는 아프리카어로 된 찬송가를 참석자들에게 나누어준다.

"이게 바로 세계 선교의 시작입니다. 우리가 이렇게 아프리카 현지어로 찬양하는 것 자체가 바로 세계 선교지요." (51쪽)

참석자들이 얼떨떨해 있는 동안 김건축 목사는 두 번째 개혁안을 내놓는다.

"앞으로 우리 서초교회의 모든 교역자가 영어로 설교할 수 있는 역량을 쌓을 때까지 내가 여러분을 채찍질하겠습니다.……앞으로 우리 서초교회는 세계 선교가 완성되는 그날까지 영어가 거의 '공식 언어'라고 해도 과언이 아닌 교회가 될 것입니다." (52~53쪽)

교역자들에게 매달 토익 시험을 치르라는 목사라니, 그 자리에서 직접 그 말을 들은 이들은 얼마나 황당할까? 놀란 교역자들이 서점에 가서 토익 교재를 구입하는 등 난리를 피우고, 딱 세 문장만 외워서 회의에 들어간 교역자가 개망신을 당하는 등 영어 열풍이 서초교회를 휩쓴다. 하지만 여기에는 반전이 있다. 정작 김 목사는 영어를 전혀 못한다는 것.

"내가 영어로 하면 여러분이 힘들어할 테니까 일단 나는 우리말로 하겠습니다. 대신 내가 여러분한테 질문을 하면 여러분은 예외 없이 영어로 대답해야 합니다." (53쪽)

타인을 전혀 배려하지 않는 이가 '여러분이 힘들어할까

봐' 우리말로 하겠다니, 수상하지 않은가? 게다가 교회에 '마이클'을 비롯해서 우리말을 모르는 재미 교포 목사를 잔뜩 뽑아놨으니, 꼬리가 밝히는 건 시간 문제였다. 결국 영어 실력에 대한 의혹이 짙어지자 김 목사는 방송국 카메라가 촬영하는 가운데 교역자 회의의 마지막 기도를 영어로 해낸다. 어떻게? 립. 싱. 크. 하지만 립싱크도 가사와 입 모양이 얼추 맞아야 하지 않는가?

"김 목사는 고개를 푹 숙인 채 마이크에 입을 대고……립싱크를 하는 사람의 입술이 전혀 보이지 않게 준비된, 새로운 형태의 립싱크였다." (110쪽)

나중에 기도를 영어로 녹음해준 제보자가 양심선언을 하고, 김 목사는 그를 '사탄'으로 몰아붙이는 등 소동이 일어나는데, 책을 읽고 나니 좀 허무했다. 목사가 되어가지고 다른 교역자를 속이는 게 옳은 행동은 아니지만, 영어가 신앙처럼 받들어지는 나라에서 목사가 영어 잘하는 척 좀 했다고 해서 '잔혹사'라는 이름의 고발서가 나와야 하는지 이해가 안 가서였다. 수천억 대의 돈을 착복했다거나, 파리에 가서 나비부인이라도 만나고 왔다면 또 모르겠지만, 우리나라 목사 수준에서 이 정도 비리는 범죄 축에도 끼지 못할 것 같다는 이야기다. 이게 '잔혹'이면 다른 대형교회 목사들의 행태는 도

대체 뭐라고 불러야 할까?

　재미없는 것은 아니었지만, 강도가 기대에 비해 약했다. 하지만 세상은 넓고 교회는 많으며, 비리 교회는 우리나라에 집중적으로 몰려 있다. 소설의 소재가 될 만한 건수가 널렸다는 이야기다. 유독 축구를 잘해 17게임에서 130골을 넣은 JMS 목사를 다룬 책은 '메시가 2인자인 이유: 정명석'이라고 하면 될 테고, 하느님의 계시를 받아 신도들을 성폭행했다는 인천의 모 목사를 다룬 책은 '내 성폭행은 신의 뜻' 정도로 하면 잘 팔리지 않겠는가? 저자가 그들을 하나씩 소설로 써주기를 부탁드린다.

사라진 63조 원을 찾아서

Q

로버트 데소비츠, 『말라리아의 씨앗』

"역시 현장이지 말입니다."

인기 웹툰을 원작으로 한 드라마 〈미생〉의 한석율은 현장의 중요성을 강조하는 신입 사원이다.

"현장이 뭔 줄이나 아십니까? 사무실의 끄적임 몇 번으로 쉽게 잘려나가는 구조 조정의 최일선에서 근무하는 사람들을 현장 노동자라고 하는 겁니다."

심지어 현장을 모르는 사람은 상사로 치지 않는다고 말하다 장그래와 주먹다짐을 하기도 하는데, 『말라리아의 씨앗』을 읽다 보니 한석율의 대사가 생각났다. 주로 열대 국가에서 발생하는 질환을 다루는 학문을 열대 의학이라고 하는데, 이 분야에서 저자는 이론과 현장을 두루 겸비한 흔치 않은 인재다.

열대 의학에서 다루는 질병 중 상당수가 기생충에 의해 생기며, 대표적인 게 말라리아와 흑열병*이다. 전자는 모기에 의해 전파되고, 후자는 모래파리라고 우리나라에는 없는 흡혈파리가 전파한다. 말라리아가 1년에 100만 명 가까운 사람을 죽이는 이유는 내성 때문에 제대로 쓸 약이 없어서지만, 안티몬 제제라는 특효약이 있는 흑열병은 왜 말라리아 다음으로 많은 20~40만 명의 생명을 빼앗는지 솔직히 이해할 수 없었다. 기생충학 전문가로 불리며 학생들한테 열대병을 강의하고 있지만, 그 병이 창궐하는 현장에 가본 적이 없어서였다. 내가 강의 때마다 하는 "기생충은 인간에게 큰 해를 끼치지 않습니다"라는 말도 거기 한두 번만 가보았다면 쏙 들어갔을지도 모른다. 하지만 현장 전문가 데소비츠는 인도를 비롯한 열대병 유행 지역을 찾아다니며 기생충이 그곳 사람들에게 어떻게 고통을 주며 왜 멸종하지 않는지 조사했고, 자신의 경험을 책에 담아냈다.

초반부에 나오는 인도 여인의 이야기는 그저 가슴이 아프

● 리슈만편모충이라는 기생충에 의해 생기며, 피부가 까맣게 되고 열이 난다고 해서 흑열병이라고 한다. 치료하지 않으면 죽는다.

다. 그녀는 흑열병에 걸린 아이를 데리고 찌는 듯한 무더위 속에서 13킬로미터를 걸어 보건소에 갔고, 진료를 받기 위해 직원에게 그동안 모은 돈의 절반인 7루피를 뇌물로 준다. 천신만고 끝에 만난 의사는 이런 말을 한다. "(주사)약을 사서 보건소에 20일간 매일 와 간호사한테 주사를 맞으세요." (24쪽) 이 먼 길을 매일같이 오라고? 하지만 그녀가 내민 처방전을 본 약사는 조금 더 무서운 말을 한다.

"원래 500루피인데, 내 특별히 300루피에 드리리라." (25쪽)

3개월 후, 아이는 약 한번 써보지 못한 채 죽는다. 가난 때문에 치료를 받지 못한 이 이야기가 안타까움을 자아낸다면, 다음 이야기는 그저 어이가 없다. 세계보건기구 동남아사무소에 근무하는 인도 박사가 자기 담당 지역의 모든 흑열병 환자를 치료하고 의료진을 교육하는 데 드는 비용을 계산해보았더니 대략 30만 달러가 필요했다. 그는 국제기구에 이돈을 요청했고, 그곳에서는 흔쾌히 승인했다. 30만 달러가 생기자 인도에서는 이 돈을 어떻게 쓸지 회의가 열렸다. 놀랍게도 돈을 따낸 박사는 배제되었고, 흑열병에 대해 전혀 모르는 사람이 회의를 주관하게 되었다. 30만 달러는 회의 참석자들의 주머니로 들어갔다. 그로부터 1년이 지났다. "전과 달라진 것은 아무것도 없었다.……하지만 30만 달러를 들

이부었다는 이야기는……흑열병으로 죽어가는 아이들한테 뭔가 이루어졌다는 환상을 심어주었다."(88쪽)

2014년 2월 서울 송파구에 사는 세 모녀가 죽었다. 큰딸의 만성질환과 어머니의 실직으로 생활고에 시달리던 그들은 "정말 죄송합니다"라는 메모를 남긴 뒤 번개탄을 피웠다. 전 재산인 현금 70만 원을 집세와 공과금 명목으로 놔둔 채 말이다. 세상에 빚을 지기 싫었던 이들은 꼬박꼬박 공과금을 밀리지 않고 내왔기에, 관할 기관인 송파구청에서는 이들에게 지원이 필요하다는 사실을 알지 못했다. 이 이야기가 안타까움을 자아낸다면, 다음 이야기는 분노를 넘어 화가 치민다.

2009년 9월, 한국석유공사는 하베스트 에너지를 인수한다. 하베스트 에너지는 매장량 2억 배럴 규모의 석유와 가스 생산 광구 등을 보유했다고 주장하는 회사로, 인수하는 데 무려 4조 5,000억 원이 들었다. 현지 언론은 신기해했다. "한국 기업이 아무도 관심을 두지 않는 기업을 비싼 가격에 인수했다." "한국석유공사가 47퍼센트의 프리미엄을 주면서까지 왜 부실덩어리를 인수했는지 모르겠다." 그로부터 3년간 이 회사는 한국석유공사에 1조 원 가까운 손실을 안겼다. 더 심난한 것은 앞으로 2조 원 규모의 추가 손실이 예상된다는 것이다.

2008년 대통령직인수위가 대대적으로 홍보한 이라크 쿠르드 유전개발사업도 사정은 다르지 않다. 2조 원을 들여 따낸 이 사업은 현재까지 어떤 이득도 안겨주지 못했다. 이것들은 그저 빙산의 일각이다. 이명박 정부 때 자원 외교라는 명목으로 해외 자원 개발에 쏟아부은 돈은 총 41조 원. 거기에 더해 향후 5년간 31조 원가량의 투자비를 추가로 납입해야 한단다.

22조 원의 세금이 들어간 4대강 사업도 어떤 유익함을 주었는지 아는 사람이 드물다. '4대강 살리기'라는 캐치프레이즈가 말해주는 것처럼 수질 개선이 가장 큰 목적이었지만, 공사 구간의 수질은 날이 갈수록 악화되고 있다. 심지어 금강에서는 물고기가 떼죽음당하고, 다른 곳에서는 대규모 녹조가 창궐하기까지 했다. 물론 공사 이후 급증한 큰빗이끼벌레를 보면 '미래 식량을 위해 4대강 사업을 한 건가?'는 생각도 들지만, 그 정도 얻겠다고 22조 원을 들이는 건 좀 심한 거 아닐까? 세 모녀에게 필요한 돈이 얼마였는지는 알지 못한다. 이 사업들을 하지 않았다고 해서 모녀에게 돈이 일부라도 갔을 것 같지는 않다. 그렇다고 해도 두 사업만으로 63조 원이란 큰돈이 사라졌다는 사실은 정말이지 유구무언이다.

물론 OECD 국가인 우리나라는 인도와 다르다. 인도에서는 30만 달러의 행방을 묻지 않는 반면, 우리나라는 63조 원을 허공에 날린 책임자를 조사하자는 목소리가 나오고 있으니까. 참고로 책임자로 지목받고 있는 분은 이런 말을 한다. "경제도 어려운데 자원 외교를 정쟁으로 삼아 안타깝다." 이런 낯 두꺼운 분이 있다는 것도 인도와 우리나라의 차이점이 아닐까.

2017년이 멀지 않았다

Q

위화, 『사람의 목소리는 빛보다 멀리 간다』

1966년 중국 공산당 총서기 마오쩌둥毛澤東은 "부르주아 계급의 자본주의 요소가 공산당을 지배하고 있으니 이를 제거해야 한다"라며 프롤레타리아 계급 문화대혁명(이하 문혁)을 제창한다. 홍위병이 전국을 휘젓고 다니며 마오쩌둥주의자가 아닌 모든 사람을 잡아들였고, 멀쩡한 사람이 반혁명분자로 몰려 재산을 몰수당하고 처형되는 일이 다반사로 일어났다. 수천 년 된 문화유산을 파괴하고 마오쩌둥의 책을 제외한 모든 책을 없애버린 것도 문혁의 속성을 잘 보여주는데, 중국 소설가 위화가 쓴 『사람의 목소리는 빛보다 멀리 간다』는 그 당시의 풍경을 담담히 그린다.

문혁 당시 위화의 집에는 『마오쩌둥 선집』 4권과 『마오 주석 어록』, 이렇게 5권의 책이 있었다. 다른 책을 죄다 없앤 탓이었다. 독서에 갈망이 큰 위화는 또래 소년을 만나자마자 물었다. "야, 너희 집에 책 좀 없니?" 있다고 해서 따라가보면 죄다 『마오쩌둥 선집』. 이런 일이 반복되자 위화는 말로 묻는 대신 '4권은 있겠지?'라는 의미로 손가락 4개를 펴곤했다. 그러던 어느 날, 불에 타서 없어지는 운명을 피한 소설이 있다는 걸 알아낸다. 문제는 그 책들이 수천 개의 손을 거쳐 그에게까지 왔다는 것. "나는 책 제목도 몰랐고 작가가 누구인지도 알지 못했다. 이야기가 어떻게 시작되는지도 몰랐고 어떻게 끝나는지도 몰랐다."(81쪽)

위화에 따르면 "이야기의 시작을 알 수 없는 건 참을 수 있지만, 이야기가 어떻게 끝나는지 모르는 것은 정말로 고통스러웠"단다. 이 사람 저 사람 찾아다니며 결말을 알아내려 애썼지만, 더 읽은 이가 있다 해도 기껏해야 몇 쪽이 고작이었다. "마침내 나는 스스로 이야기의 결말을 상상하기 시작했다.……상상의 세계로 들어가 이야기의 결말을 지어내고, 이렇게 내가 지어낸 이야기에 감동하여 뜨거운 눈물을 흘리곤 했다."(82~83쪽) 그러니까 위화는 끝 부분이 뜯겨진 소설들로 창작 열정에 불을 붙였고, 이는 결국 작가로 성공하는 밑바탕이 된다.

책에 관한 아름다운 이야기 하나. 위화는 친구와 함께 또 다른 이에게 알렉상드르 뒤마Alexandre Dumas의 『춘희』 필사본을 빌린다. 대여 기간은 딱 하루, 다음 날이면 넘겨야 한다. 위화와 친구는 머리를 맞대고 읽기 시작했고, "세상에 이렇게 훌륭한 소설이 있으리라고는 생각도 하지 못했다".(84쪽) 그들은 이 책을 영원히 소장하고 싶었기에 읽기를 중지하고 책을 베끼기 시작했다.

"우리는 온 힘을 다해 책을 베끼기 시작했다. 내가 먼저 베끼다가 지치면 친구가 이어서 베끼고, 친구가 지치면 내가 다시 이어받는 식이었다."(84쪽) 교실에서 밤을 새우며 책을 베끼는 중학생들이라니, 그들의 문학적 열정에 그저 숙연해진다. 서로 피곤하다 보니 나중에는 5분마다 교대하는 지경에 이르렀지만, 결국 "동쪽 하늘에 붉은 햇무리가 솟아오르는 것을 바라보며"(85쪽) 집으로 돌아갈 수 있었다. 점심때까지 잔 위화는 학교도 빼먹은 채 필사본을 읽는데, 당연하게도 뒤로 갈수록 글씨가 엉망이었다. 그 와중에도 자기 글씨는 알아볼 수 있었지만 친구 글씨는 도무지 알아볼 수 없었다. "읽는 내내 화가 치민 나는 더 참을 수 없어 필사본을 옆구리에 끼고 문을 나섰다."(86쪽) 농구장에서 친구를 찾은 위화는 화난 표정으로 친구를 부른다. "야, 이리 와! 이리 와보라고!" 친구가 다가오자 위화는 글씨를 알아보지 못하겠다고 하고, 둘은 숲에서 필사본을 꺼내 독서를 계속한다. 책을 읽다가 알아보기 어려운 부분이 나올 때마다 무슨 글자냐고 물어가면서. 이제 친구가 필사본을 읽을 차례였다.

"그날 밤 내가 침대에서 자고 있을 때 그 친구가 우리 집 문 밖에 와서 노기등등한 목소리로 내 이름을 불러댔다. 그 역시 내가 갈겨쓴 글씨를 알아보지 못한 것이었다.……나는 하는 수 없이 침대에서 일어나 그와 함께 가로등 밑으로 갔다. 그는……감정에 북받쳐 이 소설을 읽었다."(87쪽)

이 대목에서 우리나라의 현실이 떠오른다. 세계 10위권의 출판 대국으로 하루에 100종 이상의 신간이 쏟아지지만, 사람들은 이제 책을 읽지 않는다. 지하철 안에서도 책은 고사하고 신문조차 읽는 이도 보기 힘들 지경이니, 오죽하면 '지하철에서 책 읽는 사람 찾기' 같은 이벤트가 벌어지겠는가? 지난 대선 결과를 잠시 분석해보자. 33.7퍼센트에 달하는 20대의 박근혜 지지는 17퍼센트만이 보수 후보에게 투표한 지난 대선과 비교할 때 2배가량 상승했다. 이에 대해 TV조선은 2012년 12월 22일 "(요즘 20대가) 대한민국의 정통성과 헌법 정신에 대한 신뢰가 두텁고, '아버지 세대'의 산업화 공로를 인정한다"라고 감격했지만, 내가 보기에는 이게 다 젊은 층이 책 대신 스마트폰을 붙잡고 있기 때문이다. 책을 통해 비판적 사고를 기르는 대신 채팅하면서 손가락 순발력만 기르다 보면 자기 자신이 누구인지조차 망각하지 않겠는가? 물론 비판적 팟캐스트들이 존재하지만, 책을 통한 앎이 뒷받침되지 않는 상태에서 듣는 팟캐스트는 말초신경 수준에서 소비될 뿐, 사회를 바꾸는 에너지로 승화되지 못한다. 독서에 대해 위화는 말한다. "나는 매번 위대한 작품을 읽을 때마다 그 작품을 따라 어디론가 갔다.……위대한 작품들은 나를 어느 정도 이끌어준 다음, 나로 하여금 혼자 걸어가게 했다. 제자리로 돌아오고 나서야 나는 그 작품들이 이미 영원히 나와 함께하고 있다는 사실을 깨달았다."(104쪽)

돈 버는 방법과 대학 입시에 관련된 책만 팔릴 뿐 문학이 점점 죽어가는 21세기 대한민국. 지금 우리는 자발적인 문혁을 수행하는 중이다. 심화되는 고령화와 함께 책을 읽지 않는 20대는 선거가 거듭될수록 위력을 발휘할 것 같은데, 그렇게 본다면 스마트폰의 개발은 영구 집권을 위한 보수의 음모일 수도 있겠다. 여기에 맞서려면 어떻게 해야 할까? 세계문학전집을 다 읽어야 대학에 들어갈 수 있게 한다든지, 5년간 100권 이상의 책을 읽어야 대통령 선거 투표권을 주든지 뭐든 해보자. 2017년이 그리 멀지 않았다.

괴물이 되어버린 20대

🔍

오찬호, 『우리는 차별에 찬성합니다』

"기업이 직원 마음대로 못 잘라? 여기 북한인가요? 나라가 거꾸로 가는 듯."

"공장에 불 지르고 생산 시설 파괴하고 회사가 미쳤냐? 니들 또 받아주게?"

2014년 2월 7일, 쌍용차 해고자들이 낸 항소심에서 재판부는 '해고 자체가 무효'라고 판결했다. 정리 해고 당시 긴박한 경영상 필요가 있었다거나 사측이 해고 회피 노력을 충분히 했다고 볼 수 없다는 게 이유였다. 또한 정리 해고의 근거가 된 자료의 신빙성이 의심된다고 했다. 그들이 부당하게 해고되었고, 복직을 위해 그간 눈물겨운 투쟁을 했던 것을 생각한다면, 이들의 값진 승리는 축하받아야 마땅할 것이라고 생각했다. 하지만 항소심 결과에 대한 댓글은 부정적인 것이 더 많았다. 예전 같으면 '알바를 풀어서 조직적으로 저런 댓글을 달게 했구나'라고 생각했겠지만, 지금은 안다. 그게 20대 대부분의 생각이라는 것을. 그걸 알게 해준 건 오찬호의 『우리는 차별에 찬성합니다』라는 책이었다.

월간 『인물과사상』에서 저자 인터뷰 기사를 읽다가 흥미가 동해 책을 주문했는데, 책의 흡입력은 상상 이상이었다. 책을 읽는 동안 내 손은 수시로 떨렸고, 그 떨림은 술을 끊은 금단증세 때문이 아니라 내용이 너무도 충격적이어서였다. 여러 학교에 강의를 나가는 저자는 해당 학교의 학생들과 심도 깊은 대화를 나눈 끝에 박사학위 논문을 썼고, 그 논문을 조금 발전시켜 책으로 쓴 것이란다. 요즘 20대가 어떠니 하는 이야기는 숱하게 나왔지만, 책을 통해 그들의 생생한 목소리를 직접 듣는 것은 공포 그 자체였다. 계약직으로 입사한 KTX 승무원들이 정규직 전환 약속을 지키지 않았다고 시위한 것에 대한 반응을 보자. 약속을 안 지킨 회사에 귀책사유가 있지만, 그들의 목소리는 달랐다.

"날로 정규직 되려고 하면 안 되잖아요!" (17쪽)

저자는 그렇게 말한 학생이 행여 왕따가 되지 않을까 걱정했지만, 그건 기우였다. 다른 20대들도 똑같은 생각을 하고 있었으니 말이다.

"남들은 몇 년씩 어렵게 준비해서 토익 900점 넘기고 어렵게 공사 들어가는데……정직원을 넘보는 건 도둑놈 심보라고 볼 수 있죠." (19쪽)

손이 떨리기 시작한 건 이때부터였다.

이명박 정부 시절 글로벌 경제 위기를 예측해 화제가 되었던 미네르바라는 인물이 구속된 적 있다. 민주주의의 핵심 가치인 표현의 자유를 정면으로 침해하는 이 사건에 대한 20대들의 생각은 어떨까?

"솔직히 전문대 출신 아닌가요? 표현의 자유가 무엇을 말하는지는 모르겠지만……비전문가가 전문가 행세를 할 표현의 자유가 전적으로 주어졌다고는 생각하지 않아요." (66쪽)

좋은 대학을 갔다는 건 남보다 노력을 했다는 것이므로 대접받을 권리가 있으며, 좋지 못한 대학에 갔으면서 남과 똑같은 권리를 누려서는 안 된다는 게 이들의 논리. "서연고 서성한 중경외시 건동홍 국숭세단" 이라는, 무슨 마법의 주문 같은 기다란 문구를 20대들이 줄줄이 외우는 것도 같은 이치다. 그런 이들에게 쌍용차 파업은 어떻게 비칠까?

"저도 비정규직으로 2년째 아르바이트 중이니까요. 주변에 보면 다 비정규직인데요, 중요한 것은 아무리 상황이 좋지 않아도 성실하게 살아가고자 노력한다는 거죠.……하지만 폭력적으로 시위를 하면서 다시 회사를 다니게 해달라는 것은 있을 수 없는 일이잖아요. 목숨을 걸었다고 하는데, 제가 보기에는 솔직히 배불러 보여요. 왜 다른 일 찾을 생각은 안 해요? 돈이 급하면 해고 즉시 뭔가를 해야 하는 것 아닌가요?"(70쪽)

앞에서 소개한 댓글은, 그러니까 20대의 진실한 여론이었다.

저자는 열심히 노력해도 취업이 안 되는 작금의 시대가 20대를 괴물로 만들었다고 말한다. 처음에는 이해가 되지 않았다. KTX 승무원들이 약속대로 정규직이 되고, 쌍용차 파업이 그들의 해고를 막아준다면 장차 직장인이 될 그들의 입지도 더욱 탄탄해지는 게 아닐까 하는 생각에. 하지만 곰곰이 생각해보니 어려울수록 연대해야 한다는 말은 당위일 뿐, 실제로 실천하기는 힘든 법이다. 예를 들어 당장 전쟁이 나서 먹을 것이 없다면, 자기 것부터 먼저 챙기려 혈안이 되는 게 인간의 본성이 아니겠는가? 지금 대학생이라면 나 역시 그들과 비슷한 생각을 할 수밖에 없었으리라. 문제는 20대가 아니라 지금의 20대에게 그런 절박한 현실을 물려준 기성세대다. 안정된 직장에서 분에 넘치는 월급을 받으면서

"요즘 20대는……"이라고 비판하기 바빴던 나부터 반성할 일이다.

저자는 젊은이들의 독서가 자기계발서에 치우치는 점을 우려한다. 그런 류의 책들은 타인에 대한 배려심보다 자신을 채찍질해서 한 발 더 앞서라는 경쟁심만 부추긴다는 것. 20대의 정서가 점점 황폐해지는 건 자기계발서가 잘 팔리는 현실과도 관계가 있을 것 같다. 김난도의 『아프니까 청춘이다』에 대한 저자의 비판은 십분 공감 간다.

"그것은 잘나가는 서울대 교수와 서울대 학생들의 고민인 것을……저자는 서른네 살에 서울대학교 교수가 되느냐 아니냐를 놓고 고민한 적이 있었음을 아주 진지하게 밝힌다. 교수가 된 그를 찾아오는 제자들은 유엔기구에서 일을 하니 마니를 고민한다."(197쪽)

책을 덮고 나니 다음과 같은 고민을 하게 된다. 20대를 괴물이 아닌 인간으로 다시 돌려놓으려면 어떻게 해야 할까? 슬픈 소식 한 가지. 2014년 11월 14일, 쌍용차 정리 해고에 대한 대법원 판결이 나왔다. 결과는 항소심과는 완전히 달랐는데, 쌍용차 정리 해고를 경영상 위기에 따른 불가피한 구조조정으로 인정한 것이다. 20대 여러분, 쌍용차 정리 해고가 적법하답니다. 이제 행복하십니까?

정신 차리고 살아야 한다

_Q

존 퀘이조, 『콜레라는 어떻게 문명을 구했나』

설사를 일으키는 병원체는 한둘이 아니지만, 양으로만 놓고 본다면 콜레라만 한 놈은 없다. 하루 20~30차례씩, 수분만 제대로 공급해준다면 수십 리터씩 설사를 유발하는 건 일도 아니다. 이 무서운 콜레라는 물을 통해서 전파된다. 그러니 상하수도 시설만 제대로 갖춘다면 콜레라를 박멸할 수 있지만, 이 사실이 밝혀진 건 그리 오래된 일은 아니다.

1800년대만 해도 콜레라의 원인은 미아즈마miasma, 즉 나쁜 공기를 들이마셔서 발생한다는 게 주된 의견이었다. 늪지대나 습한 땅, 쓰레기 더미, 화산 폭발 등에서 나온 미아즈마가 콜레라를 퍼뜨린다는 것.

이 미신적인 견해가 바뀌는 데는 여러 사람의 노력이 필요했는데, 존 스노John Snow도 그중 하나였다. 『콜레라는 어떻게 문명을 구했나』에는 주류 견해에 맞서 싸운 그의 활약상이 담겨 있다. 스노는 콜레라의 첫 번째 증상이 구토나 위통 등의 소화기 문제라는 데 주목했다. 이는 오염된 음식이나 물이 입으로 들어와 병이 일어난다는 간접적 증거였다. 미아즈마가 원인이라면 먼저 폐를 침범해 기침이 나오지 않을까? 게다가 "집이 두 줄로 서로 마주보고 있는 지역에서 한 쪽 줄에서는 많은 사람들이 사망했지만 맞은편 줄에서는 한 명만 사망했다.……사람들이 많이 사망한 줄의 집은 더러운 물이 식수를 제공하는 우물로 흐르고 있었다".(53쪽)

증거는 또 있었다. 두 개의 식수 공급 회사가 런던을 가로지르는 템스 강에서 물을 퍼 올려 주민들에게 식수를 공급하고 있었는데, 오물이 쏟아지는 곳에서 식수를 퍼 올리는 회사에서 식수를 공급받는 지역의 콜레라 발생률이 상대적으로 높았다. 이런 이야기를 열심히 해보았자 공무원과 학계는 그의 말을 믿어주지 않았다. "콜레라는 미아즈마가 원인이네."

나중에 콜레라가 발생했을 때 스노는 더러운 식수를 공급하는 회사의 펌프를 제거해 콜레라의 유행을 조기에 종식시킬 수 있었지만, 사람들은 스노의 견해에 동의하지 않았다.

"유행이 정점을 지나서 그런 것일 수도 있지 않은가?" 이쯤 되면 스노가 45세의 나이로 사망한 것도 이해는 간다. 사인死因도 뇌중풍이었으니, 아마도 자신의 통찰을 알아주지 않는 세상이 저주스러웠으리라. 뒤늦게 세상은 그의 말이 옳았음을 인정했지만, 그럼 뭐하나. 그는 죽었는데.

억울하기로 따진다면 이그나즈 제멜바이스Ignaz Semmelweiss도 만만치 않다. 1800년대에는 산모들이 출산하자마자 원인 모를 열과 심한 통증으로 사망하는 일이 잦았는데, 이를 가리켜 '산욕열'이라 불렀다. 당시 의사들은 듣기만 해도 짜증스러운 단어인 미아즈마가 산욕열의 원인이라고 믿고 있었지만, 제멜바이스는 다른 생각을 하고 있었다. 그가 일하던 병원은 산부인과가 1병동과 2병동으로 나뉘어 있었는데, 의사들이 분만을 담당한 1병동의 산모 사망률이 산파가 분만을 담당한 2병동보다 3~5배나 높았기 때문이다. 더 황당한 것은 병원에 오지 않고 "집이나 길가에서 분만한 산모의 사망률은 더 낮았다"(77쪽)라는 것. 여기에 의문을 품고 조사하던 제멜바이스는 결정적인 증거를 찾아낸다. "제1병동의 의사들은 산욕열로 사망한 여성의 부검을 마친 뒤 출산 중인 여성의 검진을 담당했기 때문"(78쪽)이다. 그 후 제멜바이스는 외친다. "의사들이여, 손을 씻읍시다! 당신이 더러운 손으로 하는 진찰이 산모를 죽게 만듭니다!" 물론 의사들이 그의 말에 귀를 기울였을 리는 없다. 미아즈마는 공기 중으로 전파되는데 그게 손이랑 무슨 상관이 있단 말인가? 게다가 아픈 이의 병을 고친다는 숭고한 사명감으로 무장한 의사가 오히려 병의 온상이라는 그의 주장은 많은 의사를 분개하게 만들었다. 제멜바이스가 의사들로 하여금 염소액에 손을 씻게 한 뒤 산모의 사망률이 극적으로 낮아졌다는 객관적 증거도 그들의 마음을 돌리지 못했다. 결국 제멜바이스는 정신병원에 들어갔고, 의사들에게 독설로 가득한 편지를 쓰다가 사망한다. 세상은 결국 그가 옳았음을 인정했지만, 그는 이미 죽은 후였다.

세상의 지배적인 견해와 싸워가면서 진실을 추구하는 일은 이렇듯 어렵다. 하지만 지금 우리나라에는 외롭게 진실과 싸우는 집단이 있어 화제다. 서울시에서 공무원으로 일한 유우성이 간첩이라고 일관된 주장을 폈던 국정원 말이다. 그들은 자신의 주장을 증명하기 위해 유우성의 여동생을 잡아와 강압적으로 조사해 "오빠가 간첩이다"라는 자백을 하게 만들었고, 여동생이 재판에서 진술을 뒤집자 객관적인 증거를 찾아 나섰다. 스노가 콜레라 환자가 발생한 지역과 식수 공급 회사의 관계를 밝힌 것처럼, 국정원은 중국 공안국에서

86

받은 것처럼 서류를 위조해 유우성이 북한에 몇 번이나 들락거린 것처럼 보이게 했다. 거기에 그치지 않고 그 서류가 맞다는 중국 측의 확인서마저 위조했으니, 노력이 정말 가상하다. 스노가 세상을 저주하며 생을 마감했듯이, 유우성을 간첩으로 몰던 국정원의 권 모 과장도 유우성을 저주하며 승용차에서 번개탄을 피워 생을 마감하려 했다. 이렇듯 몇 개의 공통점이 있기는 하지만, 국정원과 스노 사이에는 커다란 차이가 있다. 스노가 진실을 등에 업고 말도 안 되는 미신을 신봉하는 세상과 싸운 반면, 국정원은 조작된 증거를 등에 업고 세상이 다 아는 진실과 싸우고 있지 않는가?

사후의 일이기는 하지만 스노가 바라던 안전한 물 공급은 결국 이루어졌고, 이제 웬만한 나라에서는 콜레라 환자를 찾아보기 힘들다. 국정원이 바라는 것처럼 유우성이 결국 간첩이라고 밝혀지지는 않았지만, 한 가지는 확실하다. 국정원에도 상하수도 시설을 만들어 국정원을 망치는 더러운 물을 차단해야 한다는 것. 하지만 결국 스노의 의견을 받아들인 빅토리아 여왕과 달리 우리나라 대통령은 국정원이 깨끗해지는 걸 바라지 않는 것 같아 걱정이다. 괜히 간첩으로 몰리지 않게 우리가 정신 차리고 살아야 하는 이유다.

무지에서
살아남기

만나기 힘든 스승

Q

정희진, 『정희진처럼 읽기』

'한국 남녀 세계 1위'라는 글이 떠돈 적이 있다. 남성은 '근로시간', '과로사' 등이고, 여성은 '공주병', '성형수술', '화장품 사용 빈도' 등이다. 즉 남성으로 사는 건 무척 피곤한 일이지만, 여성은 남자가 벌어다주는 돈을 쓰면서 등치는 존재라는 게 이 글의 요지다. 정희진을 만나지 않았다면 나 역시 동감했겠지만, 지금은 안다. 이 글이 얼마나 말도 안 되게 현실을 왜곡하고 있는지. 예를 들어 성형수술 1위라는 게 과연 여성이 편하다는 징표일까? 남성 중심의 사회에서 그들의 눈에 들기 위해 얼굴에 칼을 대고, 뼈를 깎는 고통을 감수해야 하는데 말이다. 다음은 『뉴스1』 2015년 1월 5일자 기사다.

"2013년 여성의 경제활동 참가율은 50.2퍼센트로 남성

73.2퍼센트보다 23.0퍼센트포인트 낮았고 여성의 임금은 남성의 68.1퍼센트에 그쳤다. 지난해 국내 상장사들의 여성 등기 임원 비율은 1.9퍼센트에 불과했다. 여성 국가공무원이 전체 공무원의 절반이지만 2013년 4급 이상 여성 비율은 9.9퍼센트로 10명 중 1명꼴에도 못 미쳤다."

이게 다가 아니다. 남자는 집에 오면 쉴 수 있지만, 여자에게 집은 또 다른 일터다. 과거처럼 남자가 돈을 버는 외벌이 가구가 대다수라면 그럴 수 있지만, 절반 이상의 가정이 맞벌이인 현실에서 여자가 집안일까지 감당해야 한다는 건 좀 너무하다. 다른 나라 남성들은 어떨지, 『연합뉴스』 2014년 3월 9일자 기사를 보자.

"OECD가 주요국 남성의 집안일 시간을 비교한 결과 한국 남성이 조사 대상 29개국 가운데 꼴찌를 차지한 것으로 나타났다.……한국 남성이 하루 중 육아와 집안일 등 무급 노동에 들이는 시간은 45분으로 인도와 일본, 중국 등에 이어 최하위로 밀리는 불명예를 기록했다. 한국 남성이 하루 중 아이 등 가족을 돌보는 시간은 10분으로 포르투갈(6분)과 일본(7분) 다음으로 적었으며, 청소와 빨래 등 가사 노동에 쓰는 시간도 21분으로 최하위 인도(19분) 덕분에 꼴찌를 겨우 면했다."

이 기사에 네티즌들은 격렬히 반발했는데, 그들의 주장은 크게 세 가지로 대변된다. 첫 번째, 나라마다 사정이 다른데 왜 이런 비교를 하는 거냐? 두 번째, 남자가 돈을 더 버니까 여자가 가사 분담을 더 하는 게 맞지 않느냐? 세 번째, 남자는 군대에 간다.

첫 번째부터 보자. 우리나라에서 여자만 일을 해야 할 특별한 사정이 뭐가 있을까? 두 번째도 생각해볼 필요가 있다. 통계대로 남자가 여자보다 임금을 1.4배 더 받는다면, 그 비율만큼 가사 분담을 하면 될 게 아닌가? 여자들 역시 남자가 똑같이 가사 분담을 하자는 건 아니다. 다만 아내가 애를 업고 청소하는데, 남편은 소파에 누워서 텔레비전을 보는 작금의 현실이 비양심적이라는 것이다. 세 번째, 2년간 군대를 다녀온 것이 남은 평생 손에 물 한 방울 안 묻히고 살 권리를 얻는 것일까? 더 놀라운 것은 이 가사 분담률이 젊은 층으로 갈수록 떨어진다는 것. 가부장적인 노년층이 포함된 탓에 가사 분담률이 낮게 나왔다는 세간의 인식을 정면으로 뒤집는다. 우리나라의 출산율이 점점 떨어지는 이유는 가사 분담을 안 하는 남성들에게 책임이 있다는 게 여러 통계에서 밝혀지고 있는 만큼, 이런 종류의 기사에 반발하지만 말고 자신을 한 번 돌아보면 좋겠다.

이렇게 거품을 물고 사자후를 토할 수 있게 된 건, 앞에서 말한 것처럼 정희진을 만났기 때문이다. 이분이 쓰는 칼럼과 책을 읽으면서 이전까지 경험하지 못했던 깨달음을 얻었고, 그 깨달음은 나로 하여금 조금 더 좋은 남편이 될 수 있게 해주었다. 하지만 아쉬움은 있다. 정 선생이 책을 자주 안 낸다는 것. 여성주의의 고전이 되어버린 『페미니즘의 도전』 이후 정희진은 9년간이나 책을 내지 않았고, 신문 칼럼도 몇 개밖에 쓰지 않고 있다. 어쩌다 정 선생의 글을 발견할 때마다 오아시스에서 물을 마시는 낙타의 심정으로 읽게 된다. 그러던 차에 『정희진처럼 읽기』가 나왔으니, 내가 얼마나 반가웠겠는가?

그분의 글이 늘 그렇듯이 이 책도 내게 많은 가르침을 주었고, 나는 또다시 낙타가 된 채 그분의 말을 온몸으로 흡수했다. 이를테면 이런 구절. "권력 관계가 지배자의 성찰로 뒤바뀌는 경우는 없다."(91쪽) 남자들이 집안일을 하지 않는 것은, 안 해도 되었기 때문이다. 집에서 손 하나 까닥 안 할 수 있는 권력, 남자들은 그걸 잃고 싶지 않았기 때문에 '군대', '나라의 특수성', '임금격차'를 갖다 붙인 거였다. 다음 구절도 음미해볼 만하다.

"상대에게 떠난 이유를 따지는 것은 전혀 효과가 없다. 사랑이 되돌아오지 않는다는 실리 측면에서도 그렇고, 사실 진짜로 이유가 없기 때문이다.……그들은 단지 할 수 있으니까 그런 것이다.……대부분의 인간관계는 끝내는 것이 아니라 끝나는 것이다. 그런데 원인을 찾고 싶은 심리에서는 누군가가 '끝냈다'고 생각한다.……왜 나를 떠났을까?……트라우마는 가해자 때문이 아니라 가해자를 이해하려는 순간 시작된다."(95쪽)

나 역시 피해자였던 적도 있지만, 이 얼굴에도 불구하고 가해자였던 적이 있다. 그때 이유를 설명하라는 요구를 받고 참 당혹스러웠던 기억이 난다. 여기 쓰인 대로 내가 떠난 건 피해자가 잘못해서가 아니었으니까. 하지만 나를 가장 부끄럽게 한 구절은 다음이었다.

"여자를 사랑하지 않는 것은 잘못이 아니다. 다만, 가장 추잡한 남자는 헤어지면서 좋은 인상으로 기억되고 싶어 '희망 고문'을 지속하는 자. 두 번째 저질 남자는 거절 못하고 질질 끌면서 여자의 감정과 자원을 착취하는 부류다."(113쪽)

남의 시선을 병적으로 두려워하는 나는 헤어지면서도 좋은 남자이고 싶었고, 이미 마음이 떠난 의미 없는 만남을 계속했다. 정희진은 "이런 분들은 코끼리에게 밟혀 죽어야 한다"라고 했는데, 이 구절을 읽고 나니 코끼리를 만나면 피해야겠다 싶다.

저자가 선택한 책들이 다소 어려워 읽기에 버거울 때가 많지만, 그렇다 하더라도 이 책을 '장바구니'에 넣기를 주저하지 말자. 워낙 만나기 힘든 스승이니 말이다.

우리는 평화를 사랑했을까?

Q

남경태, 『종횡무진 한국사』

역사 왜곡 하면 우리는 일본을 떠올린다. 침략의 역사를 아이들에게 제대로 가르치지 않는 나쁜 놈들! 위안부, 강제징용, 난징대학살 같은 짓을 해놓고서 왜 사과도 제대로 안 하는 거야? 하지만 『종횡무진 한국사』를 읽고 나면 그동안 일본을 욕해온 게 머쓱해진다. 우리는 과연 역사를 제대로 가르쳐왔을까? 오욕으로 얼룩진 역사만 배우면 아이들이 기가 죽을까봐 찬란한 역사가 있던 것처럼 미화한 건 아닌지?

그랬다. 저자가 적나라하게 보여주는 우리 역사는 그야말로 한심하기 짝이 없다. 예를 들어 국사 시간에 '세계 제국 몽골에 항거한 유일한 국가'쯤으로 미화된 고려 무신 정권의 강화도 항쟁은 국민을 볼모로 한 지배층의 권력욕에 불과했다. 당시 중국 정복에 치중하던 몽골은 고려를 대충 손만 봐주고 말려 했지만, 이미 항복을 해놓고서는 새삼스럽게 항쟁하겠다는 고려의 태도가 코털을 건드렸다. 결국 몽골은 "분풀이 삼아서 한반도 전역을 유린하기로 마음먹는다.……평안도와 함경도는 물론 경상도, 전라도에 이르기까지 그들의 말발굽이 닿지 않은 곳이 없다".(1권, 465쪽) 어설픈 사기를 치다가 들통이 나는 바람에 초래된 몽골의 6차 침략은 하이라이트. 지배층이야 권력을 유지해서 좋겠지만, 그로 인해 작살난 민중의 삶은 누가 보상하랴?

고려는 약과다. 조선시대를 다루는 2권에서는 한 장 한 장 넘길 때마다 한숨이 나왔다. "흔히 말하는 관군이란 오늘날로 치면 군대가 아니라 경찰력에 불과하다."(2권, 162쪽) 전란 때마다 의병이 등장한 건 이 때문인데, 무수한 침략을 받으면서도 제대로 된 군사 조직 하나 갖추지 못한 채 500년을 버틴 건 우리가 평화를 사랑하는 민족이라 그렇다 치자. 그렇다면 외적의 침략을 막으려는 노력 정도는 해야 지배층의 도리이지만, 그런 것도 아니다. 새로운 강자로 떠오른 청나라를 적대시하는 바람에 초래된 두 차례의 호란은 당시 집권층이 생각이라는 걸 하는지 의문을 일으킨다.

지배층이 잘하는 게 있기는 하다. 바로 피난. 일본이 쳐들어오자 선조는 "식솔과 일부 중신들만 데리고 한밤중에……
압록강변 의주까지 한달음으로 도망친다".(2권, 189쪽) 외적의
침략도 아닌, 고작 국내 반란인 '이괄의 난' 때도 인조는 "잽
싸게 충청도 공주로 피난"하는데, 여기에 재미를 붙였는지
후금이 침략하자 강화도로 도망간다. 안타까운 사실은 병자
호란 때 피난 루트를 알아챈 후금이 강화도로 가는 길목을
차단했다는 것. 인조는 하는 수 없이 남한산성으로 가야 했
는데 ─ 그 덕분에 김훈의 『남한산성』 같은 훌륭한 소설이 나
온 거지만 ─ 뭘 믿고 후금에 호전적인 태도를 보였는지 이해
할 수 없다.

　이런 전통은 계속 이어져, "1950년 한국전쟁 때 대통령 이
승만은 수도 서울을 사수하겠다고 큰소리치다가 개전 사흘
만에 남쪽으로 도망"치기도 했다. 그래서 저자는 탄식한다.
"조선 백성들만큼 지배층을 편하게 해주는 민족이 또 있을
까. 당쟁만 일삼으며 모든 면에서 철저히 무능했던 집권 사
대부들을 내내 용서해주었으니 말이다."(2권, 342쪽)

　조선이 조금 더 일찍 망했더라면, 그래서 새로운 나라가
만들어졌다면 역사가 달라질 수 있었다. 하지만 이미 빈사
상태에 빠진 조선은 쓸데없이 오래 존속해 결국 일본에 나라
를 빼앗기는 계기를 마련해준다. 이 과정에서 빼어난 활약을

보인 사람이 몇 있는데, 이완용이 나쁜 거야 당연하지만 고종과 명성황후 등 당시의 집권자들도 책임을 면할 수 없다. 예컨대 고종은 을사조약이 통과될 때 별다른 저항 한 번 해보지 못했고, 헤이그밀사사건을 계기로 순종에게 왕위를 물려주기에 이른다. 일본의 총칼이 무섭기는 했겠지만, 고종이 웬만큼만 저항하는 모습을 보여주었다면 역사가 달라지지 않았을까? 『고종황제 역사 청문회』라는 책을 보면 고종이 아주 현명한 군주였다는 주장도 있던데, 제 안위에만 관심이 있다는 게 언제부터 '현명함'으로 불렸는지 이해할 수 없다.

명성황후 역시 다를 바 없다. 살아생전 "친일−친청−친러로 이어지는 눈부신 노선 변화"를 보여준 그녀는 그저 권력욕의 화신에 불과했고, 개화와 쇄국을 오가며 원칙 없는 행동을 되풀이한 것도 그런 맥락에서 이해해야 한다. 이렇듯 나라가 망하는 데 많은 공헌을 했지만, 칼잡이를 동원한 일본에 잔인하게 살해당하는 바람에 그녀에 대한 평가가 달라지기 시작한다. 예를 들어 뮤지컬 〈명성황후〉에서는 명성황후의 친일−친청−친러 노선을 "다양한 나라와 교류했다"라는 식으로 표현했고, 그녀를 "복잡하고 어수선한 나라를 근심"한 여인으로 그려놓았다. 영화 〈한반도〉를 보시라. 자신을 죽이려는 일본인들 앞에서 명성황후는 단호히 말한다.

"내가 조선의 국모다."

이렇듯 명성황후가 추앙받는 일도 어이없는데, 이런 식이라면 그녀가 독립투사 반열에 오를지도 모른다는 불안감이 든다. 남의 나라 왕비를 비참하게 죽인 일본이 나쁜 건 맞지만 그렇다고 명성황후에 대한 평가가 달라져서야 되겠는가? 업적에서 명성황후와는 비교할 수 없지만, 고 노무현 대통령에 대한 평가도 극과 극을 달렸다. 특히 살아생전에는 그렇게 욕만 하던 사람들이 고인이 자살로 생을 마감하자 무슨 성인인 양 애도하는 모습은 충격이었다. 그래서 "간디가 죽은 것도 아닌데 왜들 이러시느냐?"라는 취지의 글을 썼다가 욕을 바가지로 먹었는데, 그중 한 댓글이 지금도 기억난다. "노무현이 간디보다 못한 게 뭐가 있느냐?" 고인이 정권의 핍박에 의해 생을 마감한 것과 그분이 우리의 기대에 걸맞은 훌륭한 대통령이었는지는 큰 관계가 없지만, 이명박 정권에 대한 반감이 그를 성인의 반열에 올려놓은 거다. 앞으로 100년쯤 후에는 지금의 역사를 어떻게 기록할까?

마법의 인터뷰어

Q

정혜윤, 『그의 슬픔과 기쁨』

사람들은 인터뷰어를 크게 두 종류로 나눈다. 첫 번째는 이미 40권가량의 인터뷰집을 낸 지승호 타입. 그의 특징은 성실성이다. 인터뷰하는 이(인터뷰이)가 쓴 모든 글, 심지어 영화감독 6명이 한 발언들은 물론이고 그들이 만든 영화의 DVD를 모두 구입해 여러 번씩 보았다니, 성실성에 혀를 내두르게 된다. 매우 영광스럽게도 지승호의 인터뷰 대상이 된 적이 있는데, 인터뷰를 하면서 '이 사람은 나보다 나를 잘 아는 것 같다'는 느낌이 들 정도였다.

두 번째는 김어준 타입. 사람들 중에는 공적인 발언이 아닌, 인터뷰이의 진짜 속내를 알고 싶어 하는 사람이 있기 마련이다. 김어준은 인터뷰이의 의표意表를 찌르는 질문을 통해 그 사람이 감추고 싶었던 점을 끄집어낸다. "팬티가 사각이냐 삼각이냐", "친구 애인을 사랑하고 뺏을 수 있느냐?", "국회에서 최고 미녀는 누구냐?", "마지막으로 본 포르노가 언제냐?" 같은 질문을 던지는 인터뷰어는 김어준밖에 없다.

여기에 세 번째 타입의 인터뷰어가 있다. CBS 라디오 PD인 정혜윤으로, 성실성을 따지자면 지승호에게 뒤지고, 인터뷰이를 당황시키는 돌발 질문은 김어준에게 밀린다. 하지만 정혜윤의 인터뷰집이 사랑받는 이유는 기술記述 방식이 뛰어나기 때문이다. 인터뷰이라고 해서 다 말을 조리 있게 잘하는 것은 아니다. 멀리 갈 것 없이 내 인터뷰만 보아도 한심할 때가 많은데, 이런 인터뷰이의 말을 그대로 쓰는 게 과연 옳은 것인지 생각해보아야 한다. 정혜윤은, 그래서 앞의 두 사람과 달리 인터뷰를 자신만의 방식으로 '다시 쓴다'. 인터뷰이는 자신의 말이 편집되어 나가는 걸 극도로 꺼리기 마련이다. 편집 과정에서 원래 발언의 의도가 달라질 수 있기 때문이다. 하지만 정혜윤의 뛰어난 글쓰기 실력 덕분에, 그녀와 인터뷰를 한 사람들은 자신이 말하고자 하는 바가 몇십 배 더 강력하게 전달되는 것을 느낄 수 있다. 영화감독 변영주와 만화가 윤태호 등을 인터뷰한 『사생활의 천재들』을 읽은 이들이라면, 인터뷰이의 말이 훨씬 감동적으로 전달되는 마법이 어떤 것인지 알 것이다.

『그의 슬픔과 기쁨』에서는 이 마법사가 쌍용차 해고자들과 인터뷰를 나눈다. 이분들과의 인터뷰가 이전에 없었던 것은 아니지만, 정혜윤의 언어로 편집된 인터뷰는 그보다 훨씬 세게 가슴을 때린다.

"어제까지 나랑 같이 일했던 사람인데, 산 자와 죽은 자로 갈려서 한쪽은 '같이 살자' 하고, 한쪽은 '내 상황이 그러니 어쩔 수 없다' 하는 것이 고통스러웠고 그래도 한편으로는 이해도 됐어요. 사람은 결정적일 때 자기중심적이 될 수밖에 없는 거잖아요."(50쪽)

해고자의 목소리 뒤에 정혜윤의 내레이션이 붙는다.

"그는 '함께 살자'라는 말에 매달렸다. 그러나 현실에선 다른 말이 떠돌아다니기 시작했다. '같이 죽자는 말이냐?', '너 살자고 날 죽이냐?' 그리고 '차라리 함께 죽자'까지."(51쪽)

해고자 최기민의 말은 이 내레이션으로 어마어마한 전달력을 갖게 된다. 이게 바로 정혜윤이 제3의 인터뷰어로 자리 잡게 된 마법이다. 이 책을 읽으면서 수도 없이 가슴이 먹먹했던 건 쌍용차 해고자들의 절규를 더욱 생생하게 만들어준 그녀 덕분이었다.

『우리는 차별에 찬성합니다』에서 20대들이 쌍용차 해고자들에게 이런 질문을 했다. "왜 다른 일을 찾지 않느냐. 우리는 아르바이트도 하고, 다들 힘들게 살고 있는데." 해고자 김상구는 대답을 들려준다.

"파업 끝나고는 이 일, 저 일 했어요. 화력발전소 가서 봄 가을에 정비 일 했는데 분진 시커멓게 뒤집어쓰기 일쑤였고, 노가다도 해보고, 농협에 가서 공병 수거도 했어요. 소주병, 맥주병 모아 오면 박스에 정리하는 일도 했고, 고향에도 내려가 있어봤는데 왜 또 왔냐면 안 잊히는 거예요.……내가 회사에서 일하던 것이 안 잊혀요. 내가 잘했다고 뿌듯하게 생각한 것들이랑 나 일 좀 한다고 막 자랑하던 것들이 떠오르고……."(131쪽)

출소 후 아내에게 "쌍용차의 '쌍' 자도 말하지 말고 정상적으로 살자"라는 말을 들은 김정운의 대답은 조금 다르다.

"정말 고마웠던 게 지도부가 구속되니까 간부 활동도 거의 안 해본 사람들, 일반 조합원, 김상구, 박정만 같은 사람들이 우리가 구속되어 있을 때 우리 가족들을 챙긴 거예요. 그래서 우리가 못 그만두겠는 거예요.……우리 나오기만 기다린 사람들 보니까 그만둘 수가 없더라고요."(126쪽)

하지만 내가 가장 공감한 대답은 힘든 도배 일을 하다가 쌍용차에 입사한 이갑호의 말이었다.

"힘들지만 정리 해고가 철회될 거라고 생각했어요. 그리고 해고되니 할 수 있는 일이 그것밖에 없었어요. 철회가 중요한 이유는 취업하기 힘든 것도 있고, 다시 이만 한 직장 구하기도 힘들다는 것도 있고, 나름은 안정되어 있던 곳에서 벗어나기 싫었던 것도 있어요. 하지만 그걸 떠나서 무엇보다 가족이 있었기 때문이죠."(84쪽)

한번 생각해보자. 내가 다른 교수들과 함께 매우 부당하게 해고되었다면 어떻게 할까? 금방 포기하고 다른 직장을 알아보아야 할까? 다른 대학으로 옮길 수 있다면 모르겠지만, 편의점에서 아르바이트를 하고 있다면 교수로 군림하면서 좋은 대접을 받던 시절로 돌아가고 싶지 않을까? 교수라는 직업에 내가 감사하듯, 가진 것 없던 이들은 쌍용차에 들어와서 비로소 안정된 삶을 꿈꿀 수 있었다. 이창근의 말을 들어보자.

"비정규직 때는 110만 원 받았는데, 쌍차에 들어와서는 보너스 달에 200만 원 넘게 받으니 횡재한 느낌이 들었어요."(95쪽)

그런데 회사가 이 꿈을 앗아갔다. 이럴 때 조용히 체념할 수 있는 사람이 과연 얼마나 되겠는가? 해고자 한윤수의 말에 전적으로 공감한다.

"나가라고 하면 그냥 나가야 하고, 자르려고 하면 그냥 잘려야 한다면 열 받지 않겠어요?"(64쪽)

2014년 11월 14일, 대법원은 쌍용차 정리 해고가 정당하다고 판결함으로써 이들의 꿈을 짓밟았다. 그로부터 한 달 뒤, 해고자 박 모 씨가 지병으로 숨졌다. 2009년 정리 해고 이후 벌써 26번째 죽음으로, 대부분이 자살과 스트레스로 인한 것이었다. 여기에 어느 분이 댓글을 달았다.

"자본주의라는 것을 잊은 듯! 당신들 도대체 어느 나라 국민이오? 적법하게 처리된 사항을 놓고 도대체 뭐하는 짓들이냐?"

이 글에 공감을 누른 이는 14명, '비공감'을 누른 이는 1명이었다. 재벌 회사가 내킬 때마다 노동자를 자를 수 있는 배후가 여기 있을 듯싶다. 이 책이 많이 읽힌다면 세상이 좀 달라지지 않을까?

가상의 그분이라면

Q

니컬러스 에플리, 『마음을 읽는다는 착각』

"애슐리 토드Ashley Todd는 버락 오바마Barack Obama가 당선된 2008년 대통령 선거 당시 반대편인 공화당에서 일했다. 그녀는 어느 날 얼굴에 상처가 난 채 나타났는데, 버락 오바마 지지자가 그녀의 얼굴에 '버락'의 첫 글자인 'B'를 칼로 그려넣었다고 했다. 사실이라면 무척 충격적인 이 사건은 오래지 않아 진상이 드러났는데, 이유인즉슨 그녀의 뺨에 새겨진 'B'가 방향이 거꾸로였기 때문이었다. 즉 그 글자는 그녀가 거울을 보면서 스스로 새겨넣은 것이었다."(143~144쪽)

이 사건은 다음과 같은 교훈을 준다. 다른 사람에게 범죄를 덮어씌우려면 다른 사람의 눈으로 세상을 볼 수 있어야 한다는 것. 하지만 사람마다 관점이 다르다는 사실을 이해하는 것은 태어나서부터 갖는 게 아니라 다른 사람들과 부단히 접촉하면서 깨달을 수 있는 능력이다. 어린이에게 자기중심성이 두드러지는 것도 그런 경험을 쌓지 못했기 때문으로, 숨바꼭질을 할 때 베개로 얼굴을 가리면 자기를 못 찾을 거라고 생각하는 것도 그 연장선상에 있다.

물론 토드처럼 어른이 되어서도 자기중심성을 극복하지 못한 사람이 제법 있는데, 어려서부터 남에게 권력을 휘두르는 자리에 있었다거나, 타인과의 접촉을 끔찍이 싫어할수록 그럴 확률이 높다. 가능성은 정말 희박하지만, 만일 이런 사람이 한 나라의 대통령이 되었다고 치자. 이것 역시 말이 안 되는 이야기지만, 그분이 당선되는 과정에서 정보기관의 개입이 있었다고 가정해보자. 이에 대해 철저히 진상을 규명해야 한다고 따졌을 때, 정상적인 사람은 이렇게 대처한다.

"그런 일이 있었어? 철저히 조사해 책임자를 처벌하고, 다시는 이런 일이 벌어지지 않도록 할게."

하지만 극도의 자기중심성을 가진 이라면 이렇게 말할 가능성이 크다.

"뭐야? 지금 내가 부정선거로 당선되었다는 거야? 나는 도움 받은 거 하나도 없다고!"

진상 조사가 이루어지지 않자 대통령을 규탄하는 목소리

106

가 커진다고 치자. 야당 국회의원이 성명을 발표한다. "현 정권을 규탄하는 목소리가 전 국민적으로 확산되었습니다. 이전에 있던 대통령 한 분은 중앙정보부라는 무기로 공안 통치를 했지만, 자신이 만든 무기에 의해 자신이 암살당했습니다. 현 대통령도 이 교훈을 타산지석으로 삼아야 할 텐데, 정보기관을 무기로 신공안 통치를 함으로써 이전 대통령의 전철을 밟고 있다는 국민의 경고를 새겨들으십시오."

정상적인 사람이라면 이런 말에 다음같이 대처할 것이다.

"에이, 지금 내가 하는 건 이전 대통령과 비교하면 약과지. 그리고 내가 암살당할지도 모른다는 이야기는 좀 심한 거 아냐? 아무튼 알았어. 정보기관이 국내 정치에 개입 못하도록 할게."

하지만 자기중심성이 강한 대통령이라면 이렇게 대처할 것 같다.

"대통령에게 이런 말을 한다는 것은 국가와 국민에 대한 모독이고, 말 그대로 국기 문란이고, 이 자체가 민주주의에 대한 무서운 도전이다."

즉 자기 자신이 곧 국가고 국민이니, 자신에 대한 비판은 국가를 욕보이는 행위가 된다. 이런 생각을 하다 보면 일반인끼리 채팅으로 자기 욕을 하는 것도 참지 못한다. 그래서 그분은 다음과 같이 말한다.

"대통령에 대한 모독이 도를 넘었다."

그 나라는 세계 최초로 사이버 검열을 하는 나라가 될 확률이 높다. 그런 대통령 밑에 있는 사람들은 어떨까? 자기중심성이 강한 대통령의 의중을 헤아려 어떻게 하면 잘 보일까 그 궁리만 하기 마련이다. 그 나라의 행정자치부 장관은 이런 말을 할 확률이 높다.

"이전 정권에서는 해마다 10명 이상 사망하는 대형 사고가 발생했지만 지난해에는 50년 만에 그런 사고가 발생하지 않았습니다. 다 각하의 덕입니다."

정상적인 사람이라면 이 말을 듣고 "에이, 그게 어디 내 덕인가? 운이 좋은 거지"라고 하겠지만, 자기중심적인 대통령은 그게 정말 자기 덕분이라고 생각하며 배시시 웃는다.

안타깝게도 그 발언 이후 두어 달이 지났을 무렵 배가 침몰해 수많은 학생이 죽었다고 가정해보자. 정상적인 사람이라면 진심 어린 애도를 표하겠지만 자기중심적인 대통령은 사고로 자신의 덕에 금이 간 것 같아 기분이 나쁘고, 분을 삭이기 위해 혼자만의 시간이 필요하다고 한다. 유족의 마음을 헤아리는 능력이 부족하니 사고 현장에 내려가도 눈물 한 방울 흘리지 않는다. 진상을 규명해달라는 유족들의 요구를 대통령에 대한 공격으로 생각하고 외면한다. 시정연설을 하러 국회에 가는 자신을 만나기 위해 유족들이 밤을 새우며 국회 앞에서 기다렸지만, 그쪽으로 눈길 한번 돌리지 않는다.

예가 너무 극단적이라 현실감이 없었다고 항의하는 목소리가 들린다. 사과드린다. 하지만 이왕 예를 든 거, 조금만 더 밀어붙여보자. 현실에 이런 대통령이 만일 존재한다면, 그분이 자기중심성을 극복하려면 어떻게 해야 할까? 다른 사람과 끊임없이 만나 그들의 말을 경청하는 것, 이게 출발점이다. 물론 바쁜 일정에 수많은 사람을 만나는 게 결코 쉬운 일은 아닐 것이니, 대안을 제시하겠다. 『마음을 읽는다는 착각』을 반복해서 읽는 것. 최근 읽은 책 중 이만큼 내게 깨달음을 준 책은 없었고, 나 또한 스스로에 대해 많이 생각하게 되었다. 물론 책 읽기에도 시간이 없다고 투덜댈 것 같아 가상의 그분에게 말씀드린다. "이 책 다 읽는 데 7시간 정도면 충분합니다. 아무리 바빠도 국가와 국민을 위해 그 정도 시간도 못 내십니까?"

사형 제도를 반대한다

Q

안데슈 루슬룬드 · 버리에 헬스트럼, 『리뎀션』

사형이 꼭 필요한가? 그렇다고 생각했다. 유영철로 대표되는 인면수심人面獸心의 범죄자가 존재하니까. 감옥에서 평생을 보낸다 해도 죗값을 치르기에는 턱없이 모자라 보이고, 그런 자들한테 세금으로 밥을 챙겨주는 것도 아까워 보인다. 하지만 잘 쓴 소설 한 편은 나 같은 사람의 생각을 바꿀 수 있는데, 『리뎀션』이 바로 그런 책이다.

아름다운 아내와 아이 하나를 둔 주인공 존에게는 엄청난 과거가 숨겨져 있다. 미국에서 사람을 죽였다는 누명을 써서 사형선고를 받았지만, 몬테크리스토 백작이 써먹은 방법으로 탈출해 스웨덴에서 새로운 사람으로 살아가고 있었던 것. 그런 그에게 시련이 닥친 이유는 그가 일하던 유람선에서 여자를 추행하는 파렴치범을 만났기 때문이다. 드러나서는 안 되는 과거가·있으니 모른 체해도 될 테지만, 그녀는 하필 과거에 짝사랑하던 여자를 닮았다.

"당신 이게 무슨 짓거리야? 당장 그 여자 옆에서 떨어져!" (37쪽)

여기서 멈추었어도 충분하지만, 존은 파렴치범이 자신에게 시비를 거는 걸 참지 못했다.

"한쪽 발에 힘을 실어 시종일관 이죽거리던 입을 정면으로 걷어차버렸다." (39쪽)

이 발차기 한 방으로 존과 주변 사람들의 삶은 폭풍 속으로 빠져든다.

용두사미, 즉 처음에는 거창하지만 갈수록 고리타분하다가 평범한 결말로 끝나는 소설이 한둘이 아니지만, 『리뎀선』은 그와는 정반대다. 사형수였던 과거가 탄로났다는 게 뭐 그리 대단한 일이겠느냐는 생각에 책장을 넘기는데, 읽을수록 소설이 흥미진진해진다. 책에서 새로이 알게 된 것들을 적어본다.

첫 번째로 흥미로웠던 건 스웨덴과 미국의 관계였다. 우리나라야 미국이 시키면 뭐든지 할 준비가 되어 있지만, 2014년 1인당 GDP(국내총생산)가 5만 7,557달러에 달하는 부자 나라 스웨덴은 좀 다를 줄 알았다. 그런데 소설에 의하면 스웨덴도 미국과 맞서는 건 부담스럽단다. 존이 미국에 송환되면 바로 사형이 집행될 게 확실했는데 말이다.

"미국과 EU 간 체결한 범죄인인도조약에서도 사형 집행의 위험이 높은 범죄자에 한해 송환을 거부할 수 있"(384쪽)지 않느냐는 기자의 질문에도 스웨덴 정부는 존을 미국으로 보내버린다. 미국한테 꼼짝 못하는 건 우리만이 아니라는 사실에 약간의 위안을 얻지만, 만에 하나 박근혜 대통령이 경제를 살린다 해도 미국의 입김에서 벗어나지 못할 거라는 좌절감도 든다.

두 번째로, 피해자 가족의 심경을 알 수 있었다. 존이 자기 딸을 죽였다고 믿는 피해자 가족들은 존에 대한 증오감 때문에 삶이 망가진다. 예컨대 부부는 딸의 죽음 이후 한 번도 관계를 가진 적이 없는데, 어느 날 남편에게 갑자기 욕정이 생긴다.

"가슴속에서 무언가가 부글부글 끓어 넘치고 있었다.……아내를 안아본 게 언제인지 기억도 나지 않을 만큼 오래된 것 같았다. 갑자기 그 감정이 되살아났다."(280쪽)

그래서 그는 아내한테 달려가 말한다.

"앨리스, 난 당신을 원해."(같은 쪽)

간만에 한번 하자는 솔깃한 제안이지만, 앨리스는 냉담하다. 아내가 아무런 대꾸도 하지 않자 남편의 "거칠어진 숨결은 순식간에 수치감으로 변해버렸다".(같은 쪽)

왜 그러느냐는 남편의 질문에 앨리스는 말한다.

"당신은 언제나 증오심에 사로잡혀 살 거라고. 존이 사형을 당하고 당신의 복수심이 원하던 걸 얻어내더라도 당신은 계속해서 증오심을 버리지 못할 거라고."(282쪽)

딸의 죽음으로 아버지는 증오심에 휩싸여 괴물로 변해버렸고, 아내는 그런 남편을 경멸하게 된 것. 어떤 이유로든 자식을 잃고 나면 평화롭던 가정은 이렇듯 나락으로 떨어진다. 우리가 피해자 가족에게 각별히 신경을 써야 할 이유가 바로 이런 것인데, 그런 의미에서 본다면 세월호 참사의 진상 규명마저 가로막는 어둠의 세력을 규탄하는 것도 우리가 해야 할 일이다.

세 번째, 사형 제도에 대해 다시 생각하게 했다. "검사님이 했던 말 기억나세요? 유죄판결을 받은 사람들 중에서 2퍼센트는 무죄라는 거요."(405쪽) "일단 사형 당한 후에는 무죄가 밝혀진다 한들 되돌릴 수 없는 거예요."(406쪽) 사형 제도를 반대하는 측에서 내놓는 단골 논리는 바로 오류 가능성이다. 하지만 이 논리는 유영철처럼 증거도 많고 자백한 범죄자의 사형마저 반대할 명분은 되지 않는다.

내 생각이 바뀐 이유는 존이 감옥에 있을 때 수석 교도관이었던 버논 에릭센의 행동 때문이었다.

"사회 구성원을 법적으로 살해하는 그런 사회의 일원으로 남고 싶지 않"(392쪽)았던 에릭센은 "그간 착실히 구상하고 준비해온 전체 계획을 실행에 옮"기는데, 그게 바로 이 소설의 하이라이트다. 다 읽고 나면 머리를 망치로 맞은 듯한 느낌이 들어 책을 한동안 손에서 내려놓지 못하는데, 평소 고집이 세다는 말을 들어온 내가 이 대목을 읽고 사형 제도에 대한 생각이 바뀐 걸 보면 유순한 분들은 대부분 설득당하지 않을까 싶다. 사형 제도를 반대하는 글을 꽤 여러 편 읽었지만, 이 소설만큼 설득력 있게 사형의 부당함을 말해주는 책은 없었다.

1997년 12월 30일, 23명의 사형수에게 사형이 집행된 이후 우리나라에서는 17년간 사형 집행이 이루어지지 않았다. 10년 이상 사형을 집행하지 않으면 '실질적 사형 폐지국'으로 분류된다는데, 국제사면위원회는 그런 맥락에서 우리나라를 '사형 폐지국'으로 분류하고 있다. 하지만 우리가 완전한 사형 폐지국이 되기까지는 여러 난관이 있을 것 같다. 유영철이나 조두순이 한 일처럼 비인간적이고 잔인한 범죄가 잇따라 일어나니 말이다. 그 마음을 이해 못하는 것은 아니지만, 흉악범의 인권을 챙기는 나라라야 보통 사람의 인권도 지켜줄 수 있지 않겠는가?『리뎀션』을 읽는 것은 당신을 사형 폐지론자로 만들어주는 좋은 방법이다.

거짓말일까, 아닐까?

🔍

폴 에크먼, 『텔링 라이즈』

사람이 참 딱해 보일 때가 있다. 사실이 아니라는 것을 뻔히 아는데도 거짓말을 할 때다. 나도 그런 적이 여러 번이다. 가기 싫었던 고등학교 동문회에 안 가기 위해 선배한테 이런 거짓말을 했다.

"제가 오늘 제사라서 못 가겠습니다."

거짓말인 게 얼굴에 드러났는지, 선배는 내게 말했다.

"동문회 가기 싫구나? 네 얼굴이 참 궁색해 보여."

내 경우는 작은 수모로 그쳤지만, 거짓말로 삶이 피폐해진 경우도 있다. 음주운전을 하다 사고를 낸 김상혁은 "술은 마셨지만 음주운전은 하지 않았다"라는, 역사에 남을 거짓말을 하는 바람에 10년 동안 방송에 나오지 못했다. 솔직히 고

백했다면 1~2년이면 복귀가 가능했을 텐데, 순간의 잘못된 판단이 엄청난 결과를 가져온 것이다. 컨트리꼬꼬 출신으로 입담이 좋았던 신정환은 도박 빚 때문에 필리핀에서 억류되어 출국하지 못했는데, 그 사실이 알려지자 뎅기열에 걸려서 입원 중이라고 거짓말했다가 들통이 나서 방송계와 이별했다. 노화방지센터에서 남성호르몬 주사를 맞았다가 도핑테스트에 걸리자 "나는 몰랐다"라면서 모든 책임을 의사에게 뒤집어씌운 박태환도 애국심이 투철한 검찰 덕분에 망신은 면했지만, 18개월간 선수 생활을 지속할 수 없게 되었다.

이렇게 확연히 드러나는 거짓말은 구별할 수 있지만, 거짓 말인지 아닌지 구별하기 모호한 것들이 있다. 한 정치인이 '증세 없는 복지'를 공약으로 내세웠다면 거짓말일까, 아닐까? 폴 에크먼은 이런 경우에 대비하기 위해 거짓말의 모든 것을 다룬 『텔링 라이즈』를 썼는데, 우리 정치판을 이해하는 데 아주 유용한 책이다. 앞의 공약은 놀랍게도 거짓말이 아니란다. 책은 선거운동 중에 세금을 올리지 않겠다는 공약을 내세웠지만 임기 말에 세금을 올리려고 했던 부시 대통령의 예를 들면서 말했다. "지키지 못한 약속은 거짓말이 아니다.……공약을 낼 당시에 그걸 깨뜨릴 의도가 있었다는 점을 입증할 수 있는 경우에만 거짓말로 낙인찍혀야 마땅한 것이다."(52쪽) 물론 증세 없는 복지라는 게 과연 가능하냐고 반박할 수 있겠지만, 상식적으로 말이 안 되는 것도 그 사람이 그렇게 믿고 있었다면 거짓말이 아니다. 문제는 실현 불가능한 공약을 지키려다 보니 정부 재정이 11조 원이나 마이너스가 된다는 것인데, 그게 뭐 대수겠는가? 그분이 정직하게 사는 게 훨씬 중요하지.

청문회 때 뻔히 알고 있는 것 같은데 기억이 안 난다는 말을 하는 사람들이 있다. 이건 거짓말일까, 아닐까? 이 책에 의하면 이것 역시 거짓말이 아니다. "비록 거짓말이 발각되었을 때 거짓말쟁이들이 주로 하는 변명이 '기억나지 않는다'는 발뺌이긴 하지만⋯⋯그것을 거짓말이라고 생각해서는 안 된다."(52~53쪽) 이래서 우리는 불리할 때 기억이 안 난다고 말하는 숱한 정치인을 비난해서는 안 된다.

다음 경우는 어떨까? 정부에서 아무런 직책도 갖지 않은 정윤회가 청와대 비서관과 만나면서 국정을 농단한다는 문건이 발견되었다. 이를 수사한 검찰은 "비선 실세의 국정 개입은 없었으며, 그 문건도 박 모 경정의 자작극"이라는 수사 결과를 발표했다. 박 모 경정이 그런 일을 벌일 하등의 이유가 없는지라 검찰이 수사를 거짓으로 했다는 여론이 많았다. 『텔링 라이즈』에 물어보자. 우리 검찰은 거짓말쟁이일까, 아닐까? "실제로 벌어진 일을 잘못 설명한다고 해서 반드시 속이려는 의도를 가지고 있다고 할 수는 없다.……설명하는 사람이 설명하는 순간에 거짓말이라고 생각하지 않는다면"(53쪽) 역시 거짓말이 아니란다.

읽다 보니 이 책이 우리 정치인들에게 면죄부를 주기 위한 의도로 쓰인 게 아닌가 하는 생각까지 든다. 대선 때 새누리당 김무성은 남북정상회담 대화록 중 북방한계선NLL 관련 부분을 토씨 하나까지 틀리지 않게 읊었다. 정상회담 대화록은 유출이 금지된 문서이기에 어디서 그런 정보를 얻었느냐고 묻자 그는 "지라시에서 본 것"이라고 둘러댔다. 이 책은 "고의적으로 속이려는 의도가 없었다면 허위 진술 역시 거짓말로 여겨서는 안 된다"(53쪽)라고 한다. 듣고 보니 그렇다. 그가 국정원에서 본 정상회담 대화록을 '지라시'로 알고 있다면 그게 왜 거짓말이란 말인가?

지난 대선 때 국정원의 댓글 공작을 주도한 혐의로 3년 징역형을 받은 원세훈 전 국정원장은 "저로서는 국가와 국민을 위해 한 일"이라고 했다. 그가 대통령을 국가, 그 똘마니들만을 국민이라고 생각한다면, 저 말은 진심에서 우러나온 것이리라. 이 책에 의하면 우리나라 정치인은 물론이고 검찰도, 국정원장도 거짓말쟁이가 아니다. 이쯤에서 대한민국 만

세라도 한 번 외치자.

실망하기는 이르다. 거짓말 전문가인 저자는 거짓말임을 알아챌 수 있는 단서들을 제공한다. 거짓말을 하는 사람은 거짓말 자체에만 신경을 쓰다 보니 얼굴근육이 긴장되고, 감정이 고조되기 마련이라 목소리도 조금 변한단다. 연구에 따르면 70퍼센트가 거짓말을 할 때 목소리 톤이 높아졌다고 한다.(121쪽) 또한 말하는 사이에 지나치게 자주 말을 중단하면 의심할 수 있는데, 중간에 "그러니까", "나는 그저" 같은 말을 한다든지, "어" 같은 의미 없는 단어를 쓰는 게 그 예다.(120쪽)

거짓말탐지기도 거짓말 여부를 가리는 단서가 될 수 있다. 심장박동이나 혈압, 피부 온도 변화, 뇌에서 거짓말할 때 활성화되는 부위 등을 근거로 파악하며, 웬만한 사람은 이 기계를 속이는 게 쉽지 않단다. 이런 것들을 동원해도 거짓말인지 아닌지 알 수 없는 경우가 있다. 이런 방법은 말하는 이가 거짓말이 발각될 것에 두려움을 가지고 있는 경우에 한하는 것이지, "삶의 거의 모든 면에서 죄책감이나 수치심이 결여되어 있다면" 도저히 알아낼 방법이 없다.(89쪽) 그러고 보니 위에서 언급한, 거짓말을 한 게 강력히 의심되는 분들이 어쩌면 여기에 해당될 수도 있을 것이다. 참고로 죄책감

이나 수치심의 결여는, 저자에 의하면 사이코패스의 특징이
란다.

살아서 싸워야 한다

Q

좌린 · 꼼마, 『멈춰버린 세월』

지인한테 책을 한 권 받았다. 『멈춰버린 세월』이라는 제목의 책에는 2013년 11월부터 2014년 11월까지 있었던 굵직한 일들에 대한 사진과 그에 대한 감상이 적혀 있었다. 사진이 주를 이루니 금방 읽을 수 있겠구나 싶어 집어 들었지만, 책장은 쉽사리 넘겨지지 않았다. 저자의 시선이 권력이 아닌 민중을 향하고 있는 데다, 하나같이 짓밟혀지는 민중이었기 때문이다. 제목에서 짐작되겠지만 90쪽부터 끝 부분까지는 전부 세월호에 관련된 사진이라 더더욱 책장을 넘기기가 힘들었다. 지난 토요일 미장원에서 순서를 기다리며 이 책을 읽었는데, 겨우 내 차례가 되었을 때 담당 미용사가 말했다.

"감기 드셨어요?"

내가 코를 훌쩍거린 건 지병인 알레르기성 비염이나 감기 때문은 아니었다. 이 책을 보면 누구라도 눈시울이 뜨거워지고, 눈물주머니가 코눈물관과 연결되어 있는 탓에 코까지 훌쩍거릴 수밖에 없을 것이다.

그렇다고 이 책이 꼭 세월호만을 담고 있는 것은 아니다. 『멈춰버린 세월』이라는 제목이 의미하듯 이 책은 민주화를 위해 시민들이 거리로 나섰던 1980년대에서 30여 년이 더 지났지만 아직도 전경과 싸우며 시위해야 하는 슬픈 현실을 이야기한다. 1987년 6월 항쟁의 결과가 이런 것이라면, 시민들이 그토록 열심히 시위를 하지 않았을 것 같다. 안산에서 20년을 자란 경희대학교생 용혜인은 추모 침묵 행진을 제안한 혐의로 연행되는데, 거기에 대해 이렇게 말했다고 한다.

"300명의 죽음에 대해 슬퍼하고 진상 규명을 요구하는 것이 죄라면, 저를 잡아가십시오. 침묵하며 추모하는 것이 죄라면, 저를 잡아가십시오." (142쪽)

용혜인이 눈물을 흘리며 이 말을 외치는 동안, 경찰은 아무 표정 없이 용혜인을 끌고 갔다. 연행되는 사진을 보고 있자니 그저 한숨만 나온다.

그 당시 훌륭하신 총리께서는 세월호 유족들에게 줄 보상금에서 장례비를 삭감하라고 지시했다. 그것도 세월호 참사가 발생한 지 일주일이 지났을 무렵이다. 그래서 어떻게 되었을까?

"친구의 빈소를 찾은 단원고 아이들이 가족들의 보상금이 줄어들까 물 한모금도 안 마시고 가기도 한다는 소식이 전해졌다." (147쪽)

망자의 부모들은 아이들을 말렸다. 꼭 밥 먹고 가야 한다고, 너희들이 친구랑 먹는 마지막 밥이라고 말이다. 학생들의 죽음에 누구보다 애통했어야 할 교육부가 사고 발생 10일이 지난 후 내린 지시도 황당하기는 마찬가지다.

"임시 분향소 VIP(대통령) 조화 관리 상태 지속적으로 확인."

살아남은 학생들을 위로하고 혹시 있을지 모르는 생존자의 구조 작업에 최선을 다하라는 지시는, 교육부의 조치 상황을 일지 형식으로 기록한 보고서 어디에도 나와 있지 않단다.

세월호 참사에는 바다의 경찰인 해경의 잘못도 있다. 오죽하면 대통령이 '해경 해체'라는 극단적인 조치를 취했을까? 담당하는 지역은 다르지만 같은 경찰이라면 부끄러움을 느껴야 마땅할 텐데, 그 이후 육지 경찰이 보인 행태는 도무지 이해가 가지 않는다. 용혜인을 비롯해 추모객을 하나하나 연행하는 등 세월호 집회 때마다 경찰은 늘 추모객들의 반대편에 섰다. 서울 광화문 광장을 철통같이 에워싼 경찰을 저자는 이해하지 못한다.

"무엇을 지켰는지는 여전히 알 수가 없다. 지키려던 것이 이순신 장군의 동상도, 세종대왕의 동상도 아닌 것만은 분명했다."(143쪽)

이것도 부족해 "경기경찰청의 사복 경찰이 유가족을 사찰하다 발각" 되는 일도 있었다.(146쪽) 경찰은 도대체 왜 이러는 걸까? 책에는 우리나라 경찰의 난독증을 보여주는 일화가 있다. 2013년 12월 31일 서울역 고가도로에서 한 40대 남자가 국정원 특검과 박근혜 사퇴를 외치며 분신자살했다. 그는 이런 유서를 남겼다.

"공권력의 대선 개입은······책임져야 할 분은 박근혜 대통령입니다. 하늘을 우러러 한 점 부끄럼이 없다던 그 양심이 박근혜 대통령의 원칙이 아니길 바랍니다······두려움은 제가 가져가겠습니다. 일어나십시오."(43쪽)

놀라운 것은 유서를 읽은 경찰이 이 남자분의 자살 이유를 "경제적 문제와 가족의 질병 등 신변을 비관해서"라고 밝힌 점이었다. 설마, 공권력의 대선 개입이 '경제적 문제'고, 양심을 저버린 대통령이 '가족의 질병'인 것일까? 우리는 각종 집회를 통해 경찰이 숫자에 약하다는 것을 잘 알고 있다. 한만 명 모였다 싶은데 경찰이 200명이라고 발표한 적이 어디 한두 번인가? 그런데 수를 못 세는 것도 모자라 난독증까지 있다니, 우리 경찰을 대체 어떻게 해야 할지 모르겠다.

이 사건과 관련된 일화가 한 가지 더 있다. 배우이자 사회운동가인 문성근이 이 사건에 대해 트위터에 다음과 같은 글을 남겼다.

"죽으면 안 된다. 살아서 싸워야 한다."

그런데 보수의 아이콘인 변희재가 "문성근이 이 사건을 사전에 기획하거나 선동했으니 문 씨를 수사해야 한다"라는 취지의 글을 자신이 몸담은 『미디어워치』에 5차례나 올렸다. 왜 그랬을까? 문성근이 트위터에 글을 올린 시점이 사건이 난 날 새벽이었으니, 문성근이 분신 계획을 미리 알고 있었다고 생각했던 것. 하지만 그 당시 문성근은 미국에 있었고, 미국과 한국의 시차 때문에 글을 쓴 시각이 새벽으로 나올 수밖에 없었다. 보수의 아이콘은 결국 문성근에게 300만 원을 물어주라는 판결을 받는데, 이념을 떠나서 시차 개념 정도는 숙지하는 게 좋을 것 같다.

2014년 7월 30일, 전국 15개 지역에서 재보선이 치러졌다. 세월호 참사에 책임을 져야 할 여당 지도부는 세월호의 아이들이 그렇게 목 놓아 외쳤을 말인 '살려주세요'라는 피

켓을 들고 읍소했다. 그리고 압승했다. 여기서 우리는 알 수 있다. 저자가 앞으로 찍을 사진들도 여기 나온 사진들처럼 안타깝고 슬프리라는 것을. 그렇게 되지 않으려면 어떻게 해야 할까? 개그맨 박명수의 어록을 참조하자. "참을 인忍 세 번이면 호구다."

다시 황우석을 생각한다

Q

한학수, 『진실, 그것을 믿었다』

"저는 황우석 교수 연구실에서 몇 년간 일했던 사람입니다.……이번 『사이언스』에 대한 사실은 양심이 허락지 않아 이렇게 편지 보냅니다."

10년 전, 한국 사회를 뒤흔들었던 황우석 사건은 제보자 K가 보낸 편지 한 통으로 시작되었다.

"한 PD님, 얼마 전에 황우석 교수가 2005년 『사이언스』에 발표한 논문은 가짜 같습니다."

한국뿐 아니라 세계적으로도 명성이 드높은 황우석 교수의 논문이 가짜? 한학수 PD는 당연하게도 이런 생각을 했다.

"이 사람이 미친 것이 아닌가 하는 생각이 들었다."

하지만 제보자는 단호했고, 한 PD는 그때부터 시름에 잠졌다. 줄기세포가 가짜라는 제보자의 말이 맞는다 해도, 그 걸 어떻게 증명한다는 말인가? 그것도 황우석 교수를 상대로. 그가 쓴 『진실, 그것을 믿었다』는 황우석 신화가 허상임을 밝혀내기까지 6개월간 한 PD가 벌인 사투의 기록이다. 결말을 뻔히 아는 이야기임에도 여느 스릴러도 따라올 수 없을 만큼 박진감 넘치는데, 마지막 책장을 덮고 나서도 일주일간은 후유증에서 벗어나지 못할 정도였다.

황우석은 줄기세포 전문가가 아니었다. 다만 그는 언론을 이용하는 방법을 누구보다 잘 알고 있었을 뿐이다. 수염을 안 깎은 초췌한 모습으로 서울대학교병원에 입원하고, 자신의 연구를 그럴듯하게 포장하기 위해 척수손상을 입은 아이를 이용하는 황우석에게 한 PD가 맞설 무기는 '진실' 이외에는 없었다. 그래서 한 PD는 줄기세포 전문가가 되었다. 문제가 된 『사이언스』 논문을 "100번도 넘게 읽었"고, 황우석이 구사하는 전문용어들이 "어려운 축에 들지도 않을 정도로 내공이 쌓여 있었"을 정도. 한 PD가 점점 황우석의 실체에 다가가고, 줄기세포 11개가 하나씩 거짓으로 드러나는 대목은 숨이 막힐 정도의 긴박감을 선사해주었다.

이 책을 통해서 알게 된 것 한 가지. 황우석이 스타 과학자로 유명해진 건 복제소 영롱이 덕분이었다. 하지만 책을 읽다 보니 영롱이 역시 가짜일 확률이 높았다. 논문은 고사하고 실험에 관련된 사진이 한 장도 없었으니까. 그것 역시 조작이라면 황우석은 대체 왜 그런 짓을 한 것일까? 영롱이가 태어난 지 10개월이 지난 1999년 12월, 축산연구소에서 새빛이란 이름을 가진 복제소가 태어났다. 하지만 2등은 아무도 조명을 해주지 않았기에, 새빛이는 이름과 달리 전혀 빛을 보지 못했다. 새빛이를 만든 임기순 박사의 말이다.

"그쪽에서도 연구를 하고 있고 저희도 연구를 하고 있었기 때문에 솔직히 좀더 먼저 생산하려는 욕심들이 있었던 것은 사실입니다." (157쪽)

황우석의 조작 신화는 그때 이미 닻을 올렸던 거다.

실험실에서 일어난 일을 외부에 있는 사람이 아는 것은 거의 불가능하다. 그러니 한 PD의 집념도 중요했지만, 제보자 K가 아니었던들 황우석의 행각은 지금까지도 드러나지 않았을 확률이 높다. 그 기간에 국가는 그에게 수백억 원의 세금을 연구비로 갖다 바쳤을 테고, 여성들은 복수腹水, 출혈 등 여러 합병증의 위험을 안고 난자를 제공해야 했을 거다. "많은 난치병 환자들이 줄기세포의 성과를 입증하기 위한 임상실험에 동원되어 죽었을지도 모른다." (630쪽) 그렇게 본다면 대한민국은 이들에게 큰 빚을 진 셈이지만, 여러 차례의 반전 끝에 황우석을 다룬 MBC 〈PD수첩〉이 방영되고, 그가 만든 줄기세포가 전부 가짜라는 걸 모든 국민이 알게 된 후 기이한 일들이 벌어지기 시작했다. 자랑스러운 프로그램으로 칭송되어야 할 〈PD수첩〉은 테러 수준의 공격을 받았다. 한 PD는 가족들을 지방으로 피신시켰다. 제보자 K와 그의 부인 B는 강제 사직을 당한 뒤 은신처에 묵어야 했다. 한 언론학자는 "제보자를 밝히고 처벌하라"라고 말했다. 있지도 않은 국익에 발이 묶여 진실에 눈을 감는 사람들이 가득 찬 사회, 그 당시 대한민국은 전혀 상식이 통하지 않는 곳이었다.

나는 실험을 하고 논문을 쓰며 먹고산다. 처음 이 생활을 시작했을 때, 내 꿈은 『사이언스』 같은 잡지에 논문을 싣는 것이었다. 그러니까 그 잡지는 내게 북극성 같은 존재였고, 〈PD수첩〉이 『사이언스』 표지를 장식한 황우석 교수를 검증한다고 했을 때 "지들이 뭘 알아?"라고 코웃음 쳤던 건 내 정서로서는 당연한 일이었다. 그렇다 하더라도 그 시절 황우석을 옹호하는 글을 썼던 걸 생각하면 지금도 얼굴이 화끈거리고, 〈PD수첩〉에 미안하다. 이건 나뿐 아니라 과학계 전체가 미안해할 일이다. 마땅히 했어야 할 검증을 하지 못하고, 언론으로 하여금 대신하게 했으니 말이다.

몇 년 전, 모교에서 일어난 연구 부정에 대해 알게 되었다.

한 교수가 1억 6,000만 원의 연구비를 받은 뒤 보고서를 조작했고, 문제가 불거지자 밑에 있던 조교에게 모든 책임을 뒤집어씌웠다는 거다. 내 지도 교수가 관련된 일이고, 모교가 우리 학회를 좌지우지하고 있는지라 망설일 수밖에 없었다. 하지만 그때 나는 〈PD수첩〉을 생각했고, 용기를 얻어 언론사에 제보할 수 있었다. 그 사건은 〈MBC 뉴스데스크〉에 보도되었고, 모교 측에서는 뒤늦게 위원회를 만들어 조사에 나섰다. 그로부터 나는 학회 근처에는 얼씬도 못하고 있다. 모교를 떠난 몸인지라 제보자 K처럼 잘리지는 않겠지만, 조금 불편하기는 하다. 하지만 이 정도야 내가 당연히 감수해야 할 몫이라고 생각해 후회는 없다. 당장은 욕을 먹더라도 모교가 더 훌륭한 곳으로 거듭나면 모두에게 좋은 일이지 않은가? 내게 힘을 준 〈PD수첩〉에 감사하다.

여성이여, 버티시라

🔍

레슬리 베네츠, 『여자에게 일이란 무엇인가』

시몬 보부아르Simone Beauvoir는 『제2의 성』에서 경제적 독립을 강조한다. 경제적 주체로 독립한 여성만이 진정한 자유를 얻을 수 있다는 것. 하지만 아이를 낳아 훌륭하게 키우는 것도 나름 사회에 기여하는 게 아닐까? 레슬리 베네츠가 각계각층의 기혼 여성을 인터뷰한 『여자에게 일이란 무엇인가』는 이 질문에 답이 될 듯하다.

전업주부로 살면서 양육에 전념하려면 필요한 조건이 있다. '생활비를 가져다주는 남편이 있어야 함.' 무슨 당연한 소리냐고 하겠지만, 이런 조건은 항상 충족되는 게 아니다. 첫 번째, 남편이 일찍 죽거나 건강상의 이유로 일을 못하는 경우. 두 번째, 남편이 실직한 경우. "남편은 실직했어요. 몇 달 동안 그에게 소리만 질러댔죠. 이제 나에게 당신이 무슨 도움이 되느냐고요." 세 번째, 이혼. "남편은 더 이상 결혼 생활을 원하지 않는다며 그녀와 네 살배기 아들을 공항에 버려두고 떠났다." 삶에서 이런 일은 얼마든지 일어날 수 있지만, 많은 여성이 별로 대비하지 않는단다. "여성의 생활수준은 결혼이 깨지는 순간 36퍼센트 하락한다. 반면에 남성의 경우 28퍼센트 상승한다"라는 통계도 있는데 말이다.

"연봉 3억 원인 아내가 있다면 그래도 넌 일할 거니?" 친구에게 물었더니 그가 답했다. "당연하지. 직장이 꼭 돈만 버는 곳은 아니잖아?" 그렇다. 직장은 돈 이상의 즐거움을 준다. 새로운 지식을 배우며 성장할 수 있고, 사회에 기여할 수 있고, 폭넓은 인간관계를 형성할 수 있다. 배우자 이외의 이성을 만날 수 있다는 것도 직장이 주는 즐거움이 아닐까?

이런 직장을 여성들은 너무도 쉽게 포기한다. 이해되지 않는 건 아니다. 과중한 업무에 육아와 집안일까지 하는 건 결코 쉬운 게 아니니까. 우리나라 남성은 맞벌이를 하든 하지 않든 가사 분담을 별로 하지 않는다. 그러니까 여성에게 가정은 쉼터가 아닌 또 다른 일터일 뿐이다. 그래서 이런 주장이 나온다. "결국 여자가 직장을 그만두지요. 이런 경우는 자발적 선택이 아닙니다. 그렇게밖에 할 수 없는 상황에 몰

린 거죠."(82쪽)

하지만 여자가 일을 그만두는 건 좋은 선택이 아니다. 아이를 키우는 건 인생에서 잠깐이니 말이다. 20대에 직장에 들어가 60세까지 일한다면 대략 35년 동안 일하는 건데, 아이들에게 엄마가 필요한 시기는 길어야 10년이니까. "직업 인생은 40년이죠. 전업주부 기간은 그중 10년 내지 12년 정도입니다. 아이 양육에 맞춰 산 10년 뒤에는 또 다른 30년이 기다리고 있어요."(151쪽)

또 아이들은 자라면서 밖에서 보내는 시간이 점점 길어지게 마련이고, 집에 있다 해도 엄마를 귀찮아하게 된다. 직장 다니는 엄마를 둔 딸의 증언이다. "초등학교 때 친구네에 놀러 갔는데 걔네 엄마가 쿠키를 굽고 있었어요. 그때 우리 엄마도 집에서 쿠키를 구워줬으면 하고 생각했죠. 그런데 중학생이 되었을 때도 그 애 엄마는 여전히 쿠키를 굽고 있었어요. 제발 어디든지 나가서 우리끼리 놀았으면 좋겠다고 생각했죠."(176쪽)

게다가 보부아르 말처럼 자신이 돈을 벌지 못하면 진정한 자유는 고사하고, 애 취급을 받기 마련이다. "경제적으로 의존하는 저를 어린애 취급하더군요. 전 하버드 경영대학원 출신인데, 남편은 용돈을 함부로 써버린 아이를 대하듯 훈계를 했어요."(215쪽) 이러니 다음과 같은 일이 벌어진다. "대학을 졸업한 지 25년 된 전업주부와 직장 여성을 비교해보면 전업주부는 상대적으로 자존감이 낮다."(162쪽)

물론 직장과 가정의 병행은 분명 힘들지만, 직장을 그만두는 선택은 도피일 수도 있다. "직장 일이 힘들고 (그 일을) 하기 싫었던 속내가 자리 잡고 있다는 것이다."(76쪽) 게다가 집안일을 하겠다며 직장을 그만둔다면 좋은 엄마라고 찬사까지 받으니, 그런 선택도 무리는 아니다. 하지만 남자들은 비슷한 난관이 있어도 절대 직장을 그만두지 않는다는 걸 상기하면서, 무조건 퇴직하기보다는 상황을 극복할 방법을 찾아보는 것도 좋겠다.

시간제 근무도 한 방법이지만, 그보다 바람직한 건 남편에게 집안일 분담을 강력히 요구하는 거다. 남자들은 절대로 먼저 집안일을 분담하려 들지 않고, 마틴 루서 킹Martin Luther King의 말처럼 "자유는 억압받는 사람들이 요구해야 얻을 수 있"으니 말이다. 물론 남편은 기저귀를 갈라는 말에 화를 내겠지만, 아내가 돈을 벌게 됨으로써 경제적으로 더 윤택한 삶을 누리는 게 아이 교육에도 좋을 것이며, 아빠가 집안일을 하는 집 아이가 협동심이 많을 뿐더러 또래와도 잘 어울린다는 통계도 있다. 아빠가 양육에 참여해 아이들과 친밀감을 기르는 것도 좋은 일이다. 이런 반론이 나올 것이다. "도와달라고 해도 남편이 듣지를 않아요. 어떻게 해야 하죠?" 저자의 대답은 명쾌하다. "계속 주장하고 설득하고 요구하는 것밖에 없다. 그래야만 한다. 아내와 엄마라는 이름으로 스스로를 가두어서는 안 된다."(263쪽)

장기적으로 볼 때 여성의 조기 퇴직이 반복된다면 직장에서는 여성보다 남성을 선호하게 될 것이고, 임원급 자리에서는 여성을 볼 수 없게 될 것이다. 기업 문화는 권력을 쥔 사람들이 만들며, 아이를 기르는 여성을 전혀 배려해주지 않는, 그래서 남성에게도 힘든 작금의 풍토는 능력 있는 여성들이 자꾸 일을 그만둔 결과다. 여성이여, 일을 갖자. 그리고 버티시라. 그게 인간 전체를 위한 길이다.

제2장

일상

편견에서
살아남기

이 얼굴로 여자였다면

Q

박민규, 『죽은 왕녀를 위한 파반느』

초등학교 1학년 때, 학교 현관에 있던 대형 거울 앞에 선 나는 깜짝 놀라 뒤를 바라보았다. 거울에 비친 모습이 너무도 실망스러웠기에, 어린 마음에 내가 아니기를 바랐으니까. 눈은 양쪽으로 처졌고, 그나마도 너무 작았다. 심지어는 길을 가다가 모르는 애한테 이런 말도 들었다.

"야! 너는 왜 이렇게 바보같이 생겼냐?"

가장 빠른 동물이 뭐냐고 물으면 '치타'라고 대답해줄 텐데, 깡패처럼 생긴 그 애에게는 해줄 말이 없었다. 고등학교 1학년 때 우리 반 애는 이렇게 말하기도 했다.

"너처럼 못생긴 애는 처음 보았어."

내가 길을 걸을 때 고개를 숙이고 걷게 된 것, 수줍어하는 태도를 콘셉트로 가지게 된 것도 다 외모 콤플렉스 때문인데, 그게 꼭 나쁜 것만은 아니었다. 내가 공부를 열심히 한 건 공부마저 못하면 인생의 루저가 될지도 모른다는 절박감 때문이었으니까. 물론 괜찮은 대학에 갔다고 해서 크게 달라질 건 없었다. 예를 들어 소개팅 자리에 나온 여자애는 나를 보자마자 공포에 질린 얼굴로 주선자에게 말했다.

"언니, 금방 갈 테니 조금만 기다려요."

이런 상처들이 쌓이고 쌓여 지금은 외모에 대해서 어떤 말을 들어도 신경 안 쓰는, 달관의 경지에 이르렀다. 그래도 나는 남자고, 키가 작은 편은 아닌 데다 직업도 뭐 그렇게 나쁘지는 않으니 외모의 열세를 만회할 수단이 있다. 만약 내가 이 얼굴로 여자였다면 어땠을까 생각하면 그저 암담하다.

박민규가 쓴 『죽은 왕녀를 위한 파반느』는 나처럼 생긴 여자 이야기다. 주인공은 백화점 아르바이트를 하다가 여자 하나를 보는데, 그때 이런 느낌을 받는다.

"순간 몸이 얼어붙는 느낌이었다.……늘 시청하는 토요일의 쇼 프로에서……느닷없이 요들송을 부르는 아저씨가 나와 '요로레이리요 레이리요 레이요르리' 하는 기분이었다.……그때까지도 꽤 많은 못생긴 여자들을 봐왔지만 나는 그녀처럼 못생긴 여자를 본 적이 없었다." (82쪽)

그럼에도 주인공은 그 여자에게 끌리고, 여럿이 보는 와중에 그녀에게 다가가 사귀자는 이야기를 한다. 그 여자의 마음은 어땠을까? 나중에 사귀게 된 후 그녀는 다음과 같이 말한다.

"저 사실 그때 당신을 믿지 않았거든요.……이전에도 여러 번 비슷한 일을 겪었으니까. 즉 가위바위보를 해서 진 사람이 저 애에게 가서 말 걸기, 그리고 이긴 남자애들이 어딘가 숨어서 배를 잡고 웃는 거예요. 수군거리는 주변의 그 분위기를 저는 너무도 잘 알고 있었어요." (140쪽)

이 구절을 읽으면서 가슴이 아팠다. 고기도 먹어본 사람이 잘 먹는다고, 나 또한 못생겨서 죽고 싶었던 아이였기에 그녀가 어떤 심정이었는지 가슴에 절절히 와 닿는다. 초등학교 때 우리 반의 어여쁜 여자애들은 나 같은 건 거들떠보지도 않았다. 나도 그애들과 말을 하면서 웃고 싶었는데. 그때 나는 머릿속으로 이런 소설을 쓰며 스스로를 위안했다. 내가 어떤 섬의 왕자인데 A는 아내, B는 각시, C는 애인, D는 부인…….

여자는 자기가 특별히 잘못한 것도 없는데 왜 이렇게 태어났는지 끊임없이 저주하며, 심지어 이런 생각도 한다.

"세상엔 장애를 지니고 태어나는 사람도 많습니다.……염

치없고 이기적인 생각임을 알고 있지만, 그들이 부럽다는 생각을 한 적도 많았습니다. 적어도 사람들은 그들의 장애를 인정은 해주니까요. 사람들은 저의 어둠을 장애로 인정하지 않습니다. 그리고 무수히, 저를 장애인으로 만들어왔습니다."
(267~268쪽)

사람들은 장애인을 대놓고 비하하지 않지만, 못생긴 여자는 마음 놓고 조롱한다. 얼굴이 무기라거나, 토가 쏠린다는 등의 말을 우리는 얼마나 쉽게 하는가? 하지만 주인공이 일하던 백화점에 예쁜 여자가 들어왔을 때의 상황은 이와 180도 다르다.

"자기소개를 하던 그 순간 고요 속에서 술렁이던 모두의 얼굴을 잊을 수 없다. 질투와 부러움이 번지는 여직원들의 얼굴과 단체로 입을 벌리고 선 남자애들, 고령임에도 불구하고 한 마리 사슴을 닮고자 하는 주임의 눈웃음을 볼 수 있었다."
(305쪽)

물론 예쁘면 예쁜 대로 삶이 피곤할 수도 있다. 남자들이 집적거려서 회사 다니기가 어렵다거나, 스토커가 따라다녀서 무섭다거나. 하지만 이런 것들은 안 예쁜 여자가 겪는 고통에 비하면 아무것도 아니다. 개그우먼 오나미의 말처럼, 안 예쁜 여자에게 12월 25일은 그냥 금요일일 뿐이니까.

나와는 차원이 다르게 잘생긴 저자가 어떻게 못생긴 여자의 심리를 이렇게 잘 알까 살짝 궁금하기도 한데, 우리 사회에서 이미 확고한 가치관으로 자리 잡은 외모 지상주의에 저자가 내놓는 해법은 '사랑'이다.

"여자든 남자든 대부분의 인간들은 아직 전기가 들어오지 않은 전구와 같은 거야. 전기만 들어오면 누구라도 빛을 발하지. 그게 사랑이야.……가수니 배우니 하는 여자들이 아름다운 건 실은 외모 때문이 아니라 수많은 사람들이 사랑해주기 때문이지. 너무 많은 전기가 들어오고, 때문에 터무니없이 밝은 빛을 발하게 되는 거야."(185쪽)

물론 이 말에 동의할 사람이 그리 많지는 않을 것이다. "좀 예뻐야 사랑을 하든지 말든지 하지!"라는 푸념이 벌써부터 귀에 들리는 듯하다. 하지만 여자 외모를 보고 10점 만점에 몇 점이라고 하면서 킬킬거리는 남자들, 그러는 당신은 도대체 몇 점이나 됩니까?

하석아, 미안하다

Q

장하석, 『온도계의 철학』

　　장하석 교수와 나는 초등학교 동창이다. 내가 반에서 중간 이하의 성적을 기록하는 평범한 학생이었던 반면, 우수한 학생들이 몰린 사립초등학교에서 그는 별처럼 빛나는 우등생이었다. 그와 같은 반을 두 번쯤 했지만, 제대로 말 한 번 섞어본 적이 없다. 그에게 나는 있으나 없으나 한 미미한 존재였으리라. 초등학교 졸업식 날 그는 온갖 상을 다 받으며 그날의 주인공이 되었지만, 나는 상장 하나도 타지 못한 채 쓸쓸히 학교를 나섰다. 그때 삼촌이 했던 말이 기억난다. "민이는 상을 하나도 못 받은 거야?"

　　그와 나는 다른 중학교로 배정받았다. 거기 가서도 내 성적은 초등학교 때와 크게 다를 바가 없었다. 그러던 어느 날,

이 얼굴에 공부까지 못하면 안 되겠다 싶어 공부를 시작했다. 성적은 쑥쑥 올랐고, 중학교 3학년 때는 반에서 3등 내외를 유지하는 단계에 이르렀다. 연합고사를 보고 고등학교에 갔더니 연합고사 성적으로 따지면 반에서 6등이었다(우리 반에는 연합고사 성적이 200점 만점에 199점인 애도 있었다). '역시 고등학교의 벽은 높구나'는 걸 느꼈고, 안 되겠다 싶어 중학교 때보다 몇 배 더 열심히 공부를 했다. 그 결과 4월에 치른 첫 시험에서 우리 반 1등(전교 5등)을 했다.

공부 못하게 생긴 내가 1등을 하자 반 아이들이 무지하게 놀랐다. 하지만 그보다 놀란 건 나였다. 어떻게 된 일인지 얼떨떨했으니까. 순전히 우연일 뿐 곧 실력이 탄로 날 것이라고 생각하고 넘어갔다. 하지만 그 후 중간고사에서도 1등(전교 10등)을 하자 자신감이 생기기 시작했다. 그러던 어느 날, 복도에서 우연히 장하석을 만났다. 초등학교 때와 그때의 나는 분명 달랐지만, 과거의 기억은 무시할 수 없었다. 그를 보자마자 나는 주눅이 들어버렸고, 그걸 감추려고 "어, 하석아"라고 인사한 뒤 잽싸게 자리를 피했던 기억이 난다.

1학년 1학기 기말고사. 실력도 실력이지만 운도 따라서 나는 꿈도 꾸어보지 못한 전교 1등을 차지한다. 기쁨에 취해 여름방학을 보내는 와중에 가끔씩 하석이 생각을 했다. 알아

편견에서
살아남기

147

본 바에 따르면 하석이는 전교 5등 정도를 했단다. 자존심이 센 그로서는 5등을 했다는 것보다 저 아래 있던 내가 전교 1등을 했다는 게 속상할 것 같았다. 다시 말하지만 과거의 기억은 무시할 수 없었다. 나는 하석이에게 미안했고, 주군을 배신한 사무라이가 된 느낌이었다. 개학을 하고 학교에 나가자 하석이가 보이지 않았다. 안 보이는 곳에서 지옥훈련을 하는 건가 생각했지만, 수소문해서 알아보니 하석이는 학교를 그만두고 미국으로 건너갔다고 했다. 여러 소문이 나돌았다. 하석이를 유난히 괴롭혔던 정치경제 선생님 때문에 그렇게 되었다는 게 정설이었지만, 나는 직감적으로 알 수 있었다. 나한테 전교 1등을 빼앗겨 충격을 받은 게 그가 미국으로 간 이유였음을.

미국으로 건너간 장하석의 행보는 오직 나를 이기기 위함이었다. 내게 1등을 빼앗긴 분풀이로 미국의 명문고인 마운트허먼스쿨을 수석으로 졸업했고, 내가 서울대학교 의대에 가자 노벨상의 산실인 캘리포니아 공대(칼텍)에 진학하는 것으로 통을 쳤다. 칼텍에서 물리학박사를 받은 그는 내가 기생충학으로 박사를 받자 박사학위의 숫자로 나를 앞서고자 스탠퍼드대학에서 철학박사 학위를 받는다. 28세에 런던대학 교수가 된 그는 내가 만 32세에 단국대학교 교수가 되자

148

위기감을 느꼈고, 결국 캠브리지대학 석좌교수가 된다.

여기서 끝이 아니다. 내가 『서민의 기생충 열전』을 써서 과학 분야 베스트셀러로 만들자 자신이 쓴 『온도계의 철학』 번역판을 국내에서 출간한다. 참고로 내 책은 2015년 3월 기준 알라딘에서 평점 9.5인 반면 하석이의 책은 평점 7.5다. 그가 한국에 자주 오지 않는 것도 내가 〈베란다쇼〉를 비롯해 각종 텔레비전 프로그램에 출연하는 유명인사가 된 까닭이 아니겠는가?

오랫동안 나는 이렇게 생각하고 있었다. 그러던 중 하석이에게 직접 진실을 들을 기회가 생겼다. CBS 〈세상을 바꾸는 시간, 15분〉이라는 강연 프로그램에 그가 나온 것. 나는 담당 PD에게 장하석이 미국에 간 이유를 말했는데, 강의가 끝나고 질의응답 시간에 PD가 손을 들고 내가 그렇게 궁금해하던 질문을 던졌다.

"서민 박사에게 전교 1등을 빼앗겨서 미국으로 간 것이라는데, 진짜인가요?"

장하석은 매우 황당하다는 표정을 지었다. 잠시 후 그가 입을 열었다. 중학교 때 읽은 칼 세이건Carl Sagan의 『코스모스』가 자신으로 하여금 미국에 가게 만든 원동력이라고.

그는 『국민일보』와 2013년 11월 14일 이런 인터뷰를 하기도 했다. "중학교 3학년 때 『코스모스』를 접한 뒤 물리학자가 되고 싶었어요. 영어를 잘 못해 처음엔 한 페이지 읽는데 꼬박 하루가 걸렸죠. 그렇지만 너무 재미있어서 원서가 너덜너덜해질 때까지 읽고 또 읽었지요."

그랬다. 하석이는 물리학이 하고 싶어서 미국에 간 것이지, 나 때문에 삐쳐서 간 게 아니었다. 심지어 그는 내가 그 당시 전교 1등을 했다는 사실조차 모르고 있었다. 세이건의 책을 영어판으로 읽고 물리학을 전공해야겠다고 결심하는 중학생이라니, 그와 나는 애당초부터 그릇이 달랐다.

그가 쓴 『온도계의 철학』은 어떤 책일까. 그에 따르면 과학계의 고정관념에 대한 엉뚱한 문제제기에서 출발했다고 한다. "온도를 측정하는 온도계의 온도가 맞다는 건 어떻게 측정해서 확인할 수 있을까?" 실제로 18~19세기에 '물이 끓는 점'을 100도로 고정하고, 이를 근거로 온도계를 만들어가는 과정에서 과학계는 다양한 격론을 벌였다고 한다. 나는 그가 나를 의식한 삶을 살았다는 망상에 빠져 있었지만, 알고 보니 그는 그 유명한 토머스 쿤Thomas Kuhn과 비교되는 학자였다. 그런 석학이 쓴 책이니만큼 『온도계의 철학』은 결코 쉽지 않다. 괜한 라이벌 의식만 아니었다면 50쪽 정도에서 때려 치웠을 테지만, 현재까지 100쪽 넘게 읽고 있다. 이 책을 다 읽고 그에게 다음과 같은 이메일을 보낼 생각이다.

"하석아, 네 책 다 읽었다." *

● 이 리뷰를 쓰고 난 지 1년이 다 되어가지만, 아직도 다 읽지 못했다. "하석아, 미안하다"
라고 이메일을 보내는 편이 빠르지 않을까.

아내에게 잘하자

Q

존 가트맨 · 낸 실버, 『가트맨의 부부 감정 치유』

『서민의 기생충 열전』을 냈던 출판사에서 『가트맨의 부부 감정 치유』를 보내왔다. 책을 받았을 때 약간 놀랐다. '어떻게 알았지?'라는 생각에서였다. 방송 나가서는 만날 "아내가 제일이지요"라고 하지만, 책을 받기 사흘쯤 전에 아내와 말다툼을 진하게 했기 때문이다. 내 치명적인 문제 중 하나가 한 번 싸우고 나면 상대방과 말을 안 해버리며, 화해를 위한 노력도 거의 안 한다는 데 있다. 지금은 많이 나아져서 며칠 정도지, 자라면서 동생들과 2~3년씩 말을 안 하고 지낸 적도 허다하다. 언젠가 방송에 나가 이 말을 했더니 관객들이 '무섭다'는 반응을 보이던데, 정말 그런 것 같다.

그런 면에서 이 책은 내게 꼭 필요했다. 저자는 내 특기인,

삐쳐가지고 방에 틀어박혀 있는 행위를 '바퀴벌레 숙소'라고 칭하면서 "불행한 부부들의 전형적인 모습"이라고 일갈한다. 즉 바퀴벌레 숙소는 비난과 경멸, 방어, 담 쌓기 등이 어우러진 최악의 결과물이며 쉽사리 빠져나올 수 없는 수렁이라는 것. 저자는 바퀴벌레 숙소로 가기 전에 먼저 노력하라고 이야기한다. 어떻게?

첫 번째로 해야 할 것은 중립 상태를 즐기는 거다. 중립은 자신이 하고 싶은 말을 참고 감정을 드러내지 않으려고 노력하며, 상대의 입장을 헤아려보는 것이란다. 하지만 보통 부부들은 화나는 일이 있으면 상대를 비난하고, 상대는 야단을 들으면서 상대의 잘못을 기억해내 반박하려고 애쓴다. 예를 들어보자.

> 아내: 아니, 나랑 상의도 없이 그따위 별장을 사다니, 당신이 인간이야?
>
> 남편: 아니, 여보. 당신은 지금 들고 있는 명품 백 살 때 나랑 상의했어?
>
> 아내: 별장이랑 명품 백이랑 비교가 돼?
>
> 남편: 당신이 지금까지 산 명품을 다 합치면 그게 더 비쌀걸?

아내의 공격

일단 아내의 태도가 문제가 있다. 동등한 관계여야 할 부부 사이에 "당신이 인간이야?"라는 말을 한다면, 상대가 아무리 잘못했다고 해도 반발을 불러일으키기 십상이다. 그럼에도 많은 부부가 공격할 때 비아냥거림을 동원한다.

> 나쁜 예: 여보, 입을 옷이 없잖아! 집구석에 있으면서 빨래도 안 하고, 뭐하는 거야!
>
> 좋은 예: 여보, 오늘 입을 옷이 마땅치 않아서 그냥 팬티 바람으로 출근할게. 사랑해.

> 나쁜 예: 내가 '처음처럼'을 사다달라고 했는데 '참이슬'을 사오면 어떡해? 당신, 글은 읽을 줄 아는 거야?
>
> 좋은 예: '처음처럼'을 더 좋아하지만, 오늘은 '참이슬'을 마실게. 하지만 앞으로는 꼭 기억해줘. 당신 아내가 '처음처럼'을 더 좋아한다는 거.

남편의 방어

별장을 말 안하고 산 건 분명한 잘못이며, 거기에 대해 남편은 야단을 맞아도 싸다. 그런데 남편은 아내가 명품 백을

산 것을 가지고 퉁을 치려고 한다. 별장과 명품 백의 가격이 비교가 안 된다는 아내의 반박에도 남편은 물러서지 않는다. 그렇게 해서까지 남편이 지키고자 하는 게 뭔지는 모르겠지만, 이런 방어는 갈등을 끝내기보다는 긴장 수준만 높여 부부 관계를 악화한다. 그럼에도 많은 이가 방어를 한다.

> 아내: 결혼기념일인데 당신은 오늘도 늦었군. 한 번도 제시간에 온 적이 없어.
> 남편: 7년 전 결혼기념일에는 당신이 늦었어!

여기서 중요한 건 '오늘 늦었다'는 것인데, 아내의 말도 경멸조이기는 하지만 남편 역시 상대의 약점을 찾아내 반박하고 있다. 그보다는 이런 식의 방어가 좋다.

> 남편: 오늘 같은 날 늦어서 미안해. 그래도 내가 한 번도 제시간에 온 적이 없다는 말은 좀 너무하다. 기억해 보면 내가 먼저 온 적도 있을 거야.

이 밖에도 이 책에는 부부 간 대화를 위한 주옥같은 지침들이 나와 있다. 몇 가지만 보자.

첫 번째, 개방형 질문으로 물어라. (156쪽) 즉, 배우자가 '그렇다/아니다'로 대답할 수 있는 질문은 피하라는 것이다.

> 아내: 오늘 직장에서 별일 없었어?
> 남편: 응.

> 남편: 영화 재미있었어?
> 아내: 아니.

그다음에 말이 끊긴다. 그보다는 "오늘 직장에서 있었던 일 좀 이야기해줘"라든지 "오늘 영화 어떻게 생각해?"가 좋다.

두 번째, 다른 사람의 말에 관심을 기울이고 거기에 대해 반응하라. (157쪽) 즉 상대의 말에 대해 유대감을 강화하는 말을 하라는 것이다. 예를 들어 기업의 인사 담당자인 창식 씨가 퇴근했는데, 마음이 울적하다. 정리 해고를 몇 명 해야 하니까.

> 창식: 아, 누굴 잘라야 하나. 마음이 아프다.
> 아내: 밥 차려놨으니 와서 먹어.
> 창식: 가만 있어봐. 내가 지금 마음이 심란하다니까.

아내: 나는 밥이 식는 게 더 심란해.

이런 것보다는

아내: 당신 정말 기분이 끔찍하겠어.

남편: 그렇다니까.

아내: 어떤 감정이 가장 힘들어?(개방형 질문)

남편: 다들 나랑 잘 알고 지내는 사람인데, 그 사람들한테 그만두라고 말해야 한다니.

아내: 전부 당신 책임인 것 같은 생각이 들겠어.(유대 강화)

나 역시 한참 이야기를 하는데 아내가 "밥 뭐 먹을래?" 같은 말로 김을 뺄 때가 있다. 그럴 때는 존중받지 못한다는 느낌이 든다. 그래서 아내에게 "리액션을 조금만 해달라"라고 집요하게 요구하지만, 잘 안 된다. 하기야, 나처럼 말을 많이 하면 일일이 리액션을 하는 게 쉽지는 않을 것 같다.

세 번째, 배우자가 화나 있다면 배우자 편을 들어주어야 한다.(158쪽)

아내: 옆집 아줌마 때문에 속상해 죽겠어.

남편: 당신은 늘 그런 식이야. 주위 사람하고 다투는 일이 너무 잦잖아.

"당신이 먼저 잘못했으니까 그 사람이 그런 거잖아"라고 하는 건 금물이다. 옳은 말을 하는 게 항상 최선은 아니다. 이런 것보다는 사랑하는 사람 곁에 항상 내가 있음을 알려주는 게 좋다.

남편: 정말 이상한 사람이네. 내가 가서 한마디 할까?

이런 책을 읽고 나면 무엇보다 실천이 중요하다. 특히 대화법에 대한 내용을 숙지한 뒤 아내에게 실험해보았더니 효과가 제법 좋았다. 말다툼을 할 뻔한 위기를 부드러운 말로 몇 번 넘기자 아내는 내가 달라졌다며 기특해했다. 사실은 책에서 읽은 걸 실천하는 중이라고 했더니 아내가 이런다.

"흥, 그게 며칠이나 가겠어?"(나는 아내의 이런 점이 좋다)

물러서지 않고 아내에게 말했다.

"여보, 내가 다 읽고 나면 여보도 한번 읽어봐. 큰 도움이 될 거야."

아내는 바로 대답했다.

"너만 잘하면 돼!" (아, 나는 이런 박력 있는 아내가 좋다)

이 책에는 나오지 않았지만, 부부 관계가 좋아지는 또 다른 비법을 공개한다. 그건 바로 편지다. 가끔씩 아내에게 편지를 써주는데, 그냥 주면 재미가 없으니까 '종로에 사는 김 서방'이라는 식으로 가명을 쓴 뒤 우체국에 가서 부친다. 말보다 글이 좋은 이유는 말은 감정적으로 변하기 쉽지만 글은 비교적 차분하게, 자신을 객관적으로 볼 수 있어서다. 말로 하면 "내가 당신에게 못해준 게 어딨어?"라는 식이지만, 편지를 쓰다 보면 자신이 부족했다는 생각이 훨씬 많이 드는 이유가 여기 있다. 그런 진솔한 편지를 받으면 아내가 감격하지 않을 수 없다. 언젠가 아내가 내게 보낸 답장이다.

"우체부가 건넨 여보의 편지를 방금 받았어요. 그러잖아도 눈물 많은 이 아내를 여보가 또 편지로 울리네요. 하지만 감동의 눈물이지요. 요즘은 여보가 나를 정말 사랑하고 예뻐해주는 것 같아서 신 나고 고맙고 즐겁습니다. 저는 참 복이 많은 사람 같아요. 여보가 그렇게 예뻐해주니, 형제들이나 다른 주변 사람들에게도 내가 받는 사랑만큼 더 여유롭게 잘해야겠다는 생각이 듭니다. 참 부족한 것도 많은데 무조건 예뻐해주고 귀여워해주니 참 고맙습니다."

　이 책을 읽고 올바른 대화법을 배우는 것도 중요하지만, 가끔 한 번씩 편지도 쓰자. 저런 답장을 받고 나면 몸 전체에 행복감이 짜르르 퍼지니까.

베스트셀러에 내 이름이

Q

유시민, 『나의 한국현대사』

유시민이 쓴 『나의 한국현대사』를 드디어 다 읽었다. 글쟁이 유시민을 정치인 유시민보다 훨씬 좋아했기에, 이유가 무엇이든 그가 다시금 작가의 세계로 돌아온 걸 환영한다. 언젠가 한 모임에서 그와 나란히 앉는 영광을 안은 적이 있다. 나는 그의 모든 책을 사서 읽었으며, 그의 글을 읽으면서 사회에 눈을 뜬 그의 제자였지만, 막상 만나니까 벅찬 가슴과는 달리 별로 할 말이 없었다. 마침 내 앞에 『내가 사랑한 유럽 TOP10』으로 베스트셀러 종합 1위를 달리던 정여울이 있기에 유시민에게 "종합 1위를 해본 적이 있느냐?"라고 물었다. '유시민에게 질문을 해보았다'는 것에 들뜬 나머지 그가 뭐라고 답변했는지 기억이 안 나지만, 그로부터 2달가량 지

난 뒤 나온 이 책은 출간 즉시 종합 1위에 오르더니 그 자리에서 3주간이나 머물렀다!(알라딘 기준)

이 말의 핵심은 이렇다.

"내가 유시민에게 종합 1위를 못 해보았냐고 자극한 것이 그로 하여금 남은 기간 열심히 책을 쓰게 만들었고, 그 덕분에 그가 종합 1위를 3주나 할 수 있었다."

이 책은 유시민이 출생한 1959년부터 2014년까지, 55년간 있었던 사건들을 다룬다. 역사라는 것은 객관적인 기록물이 아니라 쓰는 사람의 가치관이 투영된 기록이다. 하물며 책에 나오는 인물들이 멀쩡히 살아 있는 현대사라면 논란이 있을 수밖에 없다. 전두환을 존경하는 사람이라면 그의 업적보다 비리에 치중한 역사책을 보면서 불편하지 않겠는가?

다행히 나는 유시민의 가치관에 전적으로 동의하는 사람이라 그런 불편함은 느끼지 못했다. 내가 안타까웠던 점은 유시민과 내가 별로 나이 차이가 안 나서, 책을 읽으며 "세상에 이런 일이!"라고 한 적이 거의 없다시피 하다는 사실이었다. 하지만 요즘 젊은이들이 의외로 현대사에 대한 지식이 빈곤하다고 느꼈기에, 균형 잡힌 현대사 지식을 가르쳐주는 이 책이 잘 팔린 것은 분명 환영할 일이다. 여기서 '균형 잡힌'이라는 것도 순전히 내 기준이며, 보수 쪽 분들이 보면 "이런 빨갱이 같은 책!"이라며 화를 낼 수도 있겠지만 말이다.

저자는 민주주의에 대해서 다음과 같이 말한다.

"민주주의는 최선의 인물이 권력을 장악해 최대의 선을 실현하도록 하는 제도가 아니다. 최악의 인물이 권력을 잡아도 악을 마음껏 저지르지 못하게 하는 제도다."(178쪽)

검찰과 국정원, 언론이 힘을 합쳐 최악의 인물이 마음껏 악을 행하도록 돕는 우리나라는 그래서 민주주의 국가라고 불려서는 안 된다. 또한 저자는 칼 포퍼Karl Popper의 말을 빌려 "다수 국민이 마음을 먹었을 때 정권을 평화적으로 교체할 수 있다면 그 나라는 민주주의 국가다. 그게 불가능한 나라는 독재국가다"(177쪽)라고도 말하는데, 우리나라는 헌법상으로는 평화적 정권 교체가 가능할지 모르지만, 실질적으로는 불가능한 나라가 되어버렸다. 이명박 정부 이후 박근혜 정부가 들어선 데서 보듯, 나이 든 분의 비중이 늘고 젊은이들의 보수화가 진행된 지금은 보수 정권이 아무리 삽질을 한다 해도 정권이 바뀌지 않을 테니 말이다. 이 책에는 나오지 않지만 우리나라가 민주국가가 아니라는 결정적 증거는 2014년 말에 벌어진 통합진보당 해산이다. 이석기를 비롯한 몇몇 사람의 발언을 빌미로 헌법재판소는 통진당에 해산 결정을 내렸는데, 민주주의라는 체제가 자유로운 사상이 유통

될 수 있음을 전제한다는 점에서 이 사건은 우리나라가 민주국가가 아님을 말해준다. 그럼에도 이 판결에 지지를 보낸이가 더 많다는 사실은 우리가 민주주의 체제 아래 살아갈능력이 없는 게 아닌가 하는 의혹을 던져준다. 대통령이 환호한 것이야 그분이 자라난 시대적 배경 탓으로 돌릴 수 있지만, 어려서부터 민주주의를 배우며 자라난 젊은 층의 찬성은 어떻게 이해해야 할까? 책을 쓸 당시 55세였던 유시민이65세 혹은 75세가 되었을 때 우리나라가 어떤 모습일지 상상하면 몸이 떨리는 이유다.

읽을수록 우리나라에 대한 절망감만 들게 만드는 이 책에서 가장 빛나는 부분은 내 이름이 등장하는 자리다.

"아이 어른 할 것 없이 대다수 국민이 기생충을 가지고 살았다. 기생충 박사인 서민 교수는 기생충 좀 있다고 해서 큰일 날 일은 아니라고는 하지만 그것도 어느 정도라야 한다."
(37쪽)

이 대목을 읽을 때 나는 기차를 타고 있었는데, 너무 놀란나머지 책을 덮고 주위를 두리번거렸다. 어찌되었든 이 책에내 이름이 등장한 건 가문의 영광이다. 이럴 줄 알았다면 그를 만났을 때 "종합 1위 해본 적 있느냐?"라는 질문보다는조금 더 따뜻한 말을 해줄 걸 그랬다.

거절을 잘할 수는 없을까?

Q

재키 마슨, 『모두에게 사랑받을 필요는 없다』

몇 년 전, 병원에 근무하는 고등학교 선배가 갑자기 만나자고 연락을 했다. 나이가 들어서 알게 된 것은, 누가 만나자고 하는 이유는 대부분 부탁할 게 있어서라는 사실이다. 선배도 마찬가지였다. 의대 대학원에 다니는데 리포트로 수업을 대체하는 과목이 있다고 했다. 그걸 왜 나한테 말하는 건지, 예감이 좋지 않았다. '설마?' 선배가 말했다. "내가 의대를 나온 것도 아니고, 그걸 어떻게 써? 그래서 좀 써주었으면 해서."

고교 동문들끼리 가끔 모일 때마다 얼굴을 보기는 했지만, 그와 나는 그다지 친한 사이가 아니었다. 설사 친하다고 해도 자료를 좀 찾아달라는 것도 아니고 아예 써달라고 하는 건 말도 안 되는 일이었다. 주제도 내 전공인 기생충이 아닌, '일차 의료의 질 관리'라는 생소한 분야였으니까. 하지만 나는 부탁을 거절하지 못했고, 떨떠름한 얼굴로 알았다고 했다. 그가 덧붙였다. "마감이 다음 주 월요일이니까 나한테 금요일까지는 보내줘."

리포트를 쓰는 동안 거절하지 못한 나 자신을 원망하면서 몇 번이나 머리를 쥐어뜯었는지 모른다. 놀라운 일은 그 선배가 그다음 학기에도 비슷한 일을 부탁했다는 것. 나이 50이다 된, 평소 바쁘다고 가정을 내팽개치고 사는 사람이 남의 리포트를 써주고 앉아 있는 심정을 어찌 말로 표현하겠는가? 다 쓴 리포트를 보내면서 "아무리 선후배지만 이런 부탁을 두 번이나 하는 건 너무하지 않느냐?"라고 항의했지만, 그가 미안하다고 사과를 한다든지, 고맙다고 뭐라도 사가지고 온다든지 하는 일은 일어나지 않았다.

살면서 그 선배 같은 사람을 많이 만났다. 감염내과에 있는 별로 안 친한 선배는 "기생충 강의를 해야 하는데 강의 슬라이드 좀 만들어주라"라는 황당한 부탁을 했고, 나가기 싫은 모임에 나를 끌고 간 사람은 셀 수 없이 많았다. 문제는 내가 마음속으로는 욕을 바가지로 하면서도 거의 거절하지 못했다는 것. 그러다 보니 아내에게서 "가뜩이나 시간 없다고 툴툴거리면서 왜 그런 쓸데없는 데 시간을 쏟느냐?"라며 야단을 맞아야 했다. 거절을 잘할 수는 없을까 생각하다 집어든 책이 바로 『모두에게 사랑받을 필요는 없다』였다. 심리학자이자 상담자인 저자는 우울증이나 불안감 때문에 자신을 찾아온 사람들의 이야기를 담았는데, 읽는 내내 무릎을 칠 수밖에 없었다. 그들의 이야기가 곧 내 이야기였으니까. 그들 역시 거절하지 못하는 고질병에 시달리고 있었다.

예를 들어 한 여성은 "혹시라도 상대방을 기분 나쁘게 할까봐 부탁이나 초대를 거절할 수가 없어요"(55쪽)라는 고민을 하고 있다. '타인이 원하는 것을 주지 못하면 나는 이기적이고 나쁜 사람이 된다"(82쪽)라고 생각한다는 것이다. 그래서 이들은 행복할까? 자기 자신과 타인에 대한 분노 때문에 속이 부글부글 끓고, "속으로 삭인 분노와 원망이 목의 통증과 복통까지 유발하"(105쪽)는 단계에 이르기도 한다.

왜 이들은 거절하지 못하는 것일까? 저자는 어릴 적 경험이 큰 영향을 미쳤다고 말한다. "인정이 부족한 환경에서 자란 아이는……상대가 누구든 가리지 않고 인정받기 위한 행동을 계속하게 된다."(52쪽) 나 역시 그랬다. 친구 하나 없는 외로운 어린 시절을 보냈던 터라 내게 다가와주는 사람에게 마구 잘해주고 싶은 마음이 있었다. 부탁을 거절해서 다른 사람을 실망시키고, 그 사람이 나를 미워할까 두려워했다. 술자리에서 내가 계산해야 한다는 강박을 갖고 있는 것도 그 일환. 그런 어린 시절을 보냈다면 앞으로도 쭉 이렇게 끌려 다니며 살아야만 하는 것일까? 저자는 자신의 조언을 따른 다면 그러지 않아도 된다고 말한다. 저자가 말해준 다양한 처방 중 공감한 것을 몇 가지만 뽑아본다.

첫 번째, 내면의 비난이 현실성 있는지 따져보아라. 예를 들어 원하지 않는 모임에 참석하라는 제의를 받았다고 해보 자. '여기 안 가면 애들이 너를 욕할 거야'라는 비난의 목소 리 때문에 내키지 않지만 "알았어, 갈게"라고 했던 게 그간 의 현실이었다. 여기서 따져 물어야 한다. 내가 안 간다고 해 서 정말 참석자들이 나를 욕할까? 설사 욕을 한다고 해서 내 게 무슨 피해가 있는가? 지금의 나는 친구가 없어 하루 종일 한마디도 못하던 그때의 내가 아닌데 말이다.

두 번째, 자기 앞가림을 잘하는 다른 친구를 떠올려라. 리 포트를 써달라는 부탁을 받는다면 무조건 알았다고 하지 말 고 내 동료 K라면 이럴 때 어떻게 할지 생각해본다. 아마도 "내가 돌았어?"라며 화를 냈을 테지. 내가 그렇게 못할 이유 는 없다.

세 번째, 할리우드 영화와 현실은 다르다는 걸 명심하라.

영화에서 착하고 헌신적인 주인공은 자신을 이용만 하려는 상대방한테 늘 상처받는다. 하지만 상대방은 어떤 계기를 통해 주인공의 소중함을 깨닫고, 결국 주인공은 해피 엔딩을 맞는다. 그 때문인지 해달라는 걸 다 해주면서 상대가 알아주리라고 헛된 기대를 하는 사람이 있는데, 영화와 달리 현실에서는 주인공이 골병드는 것으로 끝난다. 영화배우 브래드 피트Brad Pitt의 조언에 귀를 기울이자. "다 헛소리예요. 사람은 갑자기 변하지 않아요."(143쪽)

네 번째, 미소는 필요할 때만 지어라. 거절하려니 좀 미안한 마음이 든다. 그걸 상쇄하기 위해서 비굴한 웃음을 짓는다면 상대방은 당신을 만만히 본다. 그보다는 상대의 눈을 똑바로 보면서 "그깟 리포트, 개나 줘버리세요"라고 한다면 다시는 그한테서 부탁받을 일은 없을 것이다.

다섯 번째, 불필요한 말은 생략하라. 억지로 없는 핑계를 만들어내서 거절하다 보면 허점이 생긴다. "제가요, 요즘 방송도 나가고 해서 바쁜데"라고 구구절절 이야기하자 그 선배는 말했다. "네 능력이면 리포트 정도는 2시간이면 쓸 수 있잖아? 방송이 매일 있는 것도 아니고 말이야." 할 말이 없어진 나는 결국 두 번째 리포트를 썼다. 그때 이렇게 거절했어야 했다. "선배, 이번에는 안될 것 같네요."

여섯 번째, 다시 설득당하기 전에 자리를 떠라. 거절하면서도 사실 우리는 불안하고 죄책감을 느낀다. 상대방이 그걸 간파하고 허점을 파고들기 전에 신속히 자리를 뜨는 게 좋다.

얼마 전, 모 방송사에서 해달라는 인터뷰를 과감히 거절했다. 내 전공이 아니었고, 그것 때문에 천안에서 서울까지 가는 것도 귀찮았으니까. 그럴 수 있었던 건 물론 이 책 덕분이다.

아버지는 빨대다

Q

박범신, 『소금』

지인의 북 콘서트 사회를 본 적이 있다. 그 출판사의 미녀 담당자는 자사의 책을 잔뜩 보내주는 친절을 베풀어주었다. 다들 재미가 넘칠 것 같은 책이었지만, 한 권은 그다지 마음에 들지 않았다. 박범신이 쓴 『소금』 말이다. 지금까지 박범신의 책을 한 번도 읽어보지 않았다. 내가 어릴 적 전성기를 누렸던, 지금은 시대에 뒤떨어진 작가라는 생각 때문이었다. 어린 시절을 더듬어보면 아버지 서재에 박범신이나 한수산의 책이 놓여 있었는데, 그게 나로 하여금 '저 사람들은 옛날 작가다'는 생각을 하게 한 것 같다.

물론 이건 잘못된 생각이었다. 박범신이 1946년생으로 70대에 접어든 건 맞지만, 소설가의 전성기가 꼭 40대인 것은 아니다. 영화로 만들어져 큰 화제를 불러일으킨 『은교』를 쓴 게 2010년, 박범신이 65세 때인 데서 보듯 말이다.

서울과 대전, 또다시 서울을 갔다가 천안으로 가는 빡빡한 스케줄이 잡힌 날, 책장에서 읽을 책을 고르다 우연히 손에 걸린 게 『소금』이었다. 혹시 재미없으면 때려치우려고 천명관의 신작도 같이 챙겨 넣은 터였지만, 그날 나는 천명관의 책은 꺼낼 생각도 못한 채 『소금』의 책장만 정신없이 넘겨댔다. 아쉬운 것은 시간이 부족해 그날 다 읽지 못했다는 점이었다. 원래 나는 아내와 개 4마리와 거실에서 다 같이 자는데, 너무 피곤하다 싶으면 침대가 놓인 안방에 들어가서 잘 때도 있다. 그래서 우리는 그곳을 '회복실'이라고 부른다. 아내에게 말했다.

"오늘은 기차를 많이 타서 그런지 유난히 피곤하네. 회복실에서 잘게."

아무리 피곤해도 재미있는 영화를 볼 때는 졸지 않듯이, 잠이란 치명적인 호기심이 없어진 결과물인 모양이다. 이론적으로는 분명 엄청 피곤하고 졸려야 했지만, 『소금』의 결말이 궁금한 나는 하나도 졸리지 않았다. 그리고 침대 옆에 놓인 조그만 전등에 의지해 책장을 넘겼다.

시간이 얼마나 지났는지 모르겠다. 새벽 2시, 어쩌면 3시쯤 되었을 것 같다. 갑자기 서늘한 기운이 느껴졌다. 놀라서 고개를 들어보니 아내가 나를 째려보고 있었다. 나와 눈이 마주치자 아내가 말했다.

"내가 이럴 줄 알았어!"

개들 때문에 잠에서 깬 아내는 방문 틈으로 희미하게나마 불빛이 새어나오는 것을 보고 낌새를 챘다고 했다. 아내의 잔소리가 이어졌다. 허구한 날 피곤하다고 하더니 이렇게 책을 보고 있느냐, 내일도 스케줄이 있다면서 이러다 과로사라도 해버리면 개들은 어떻게 키우라고 그러느냐 등등. 나는 잘못했다고 빌었고, 당장 불을 끄고 자겠다고 했다. 아내는 "지켜보겠어!"라는 말을 남기고 거실로 나갔다. 아내가 그렇게까지 했다면 자는 게 맞지만, 이미 『소금』에 중독된 나는 그냥 잘 수가 없었다. 이불을 머리까지 덮어쓰고 휴대전화 불빛에 의지해서 책을 보기 시작했다. 화면 기능을 조절해서 한 번 스위치를 누를 때마다 3분씩 밝은 상태가 유지되도록 한 뒤에, 결국 나는 책을 다 읽어버렸다. 책장을 덮고도 감동이 사라지지 않아 그 뒤로도 한 20~30분 잠을 이루지 못한 채 뒤척여야 했는데, 그 바람에 다음 날 스케줄은 좀비 상태로 수행해야 했다.

"아버지는 빨대다. 자식들한테 다 빨리고, 더이상 생산력이 없어지면 폐기처분된다."

책을 읽기 전에 누군가한테 이런 말을 들었다면 쉽사리 수긍하지 못했을 것 같다. 늘 희생만 하는 어머니에 비하면 아버지는 그래도 대접받는 존재이지 않은가? 회사에서 일하는 건 힘들겠지만, 집에 돌아오면 왕처럼 군림하는데? 그렇게 따지면 힘들지 않은 사람이 도대체 어디 있담? 게다가 '아버지는 힘들다'는 담론이 새로운 것도 아니다. 외환 위기 때 김정현의 『아버지』가 공전의 히트를 쳤던 것처럼, 경제가 어려울 때마다 나온 게 바로 '힘든 아버지'론이었지 않은가? 하지만 훌륭한 소설 한 편은 독자의 생각을 180도 바꾸어놓는다.

"요즘 뭐, 어머니의 희생은 많이 회자되지만, 아버지의 희생에 대해 말하는 것은 좀 촌티가 나는 걸로 여기는 사람도 많잖아. 알코올중독 아버지, 폭력주의 아버지, 권력 지향 부정부패 아버지. 아버지 이미지는 이런 식이야. 아버지들이 만든 안락에 기대 살면서도 그래.……그 양반이 당신의 꿈을 버리고 치사해져버렸기 때문에, 그나마 내가 배우고 굶지 않았다는 거."(207쪽)

이 말이 유난히 공감이 갔던 건, 어린 시절 맞고 자란 기억 때문에 내가 아버지를 제대로 보지 못한 건 아닌가 싶어서였다. 아버지 덕분에 내가 배우고 굶지 않았으면서.

"저축이 늘어나면, 아파트를 늘리면 행복해지는 줄 알았다. 그러나 소용없었다.……늘어난 연봉, 늘어난 잉여 재산이 가져온 건 사랑의 황폐화뿐이었다. 가족은 차츰 그 자신을 다만 '통장' 같이 취급했다."(248쪽)

"특히 '핏줄'이라는 이름으로 된 빨대는 늘 면죄부를 얻었다.……사랑이 빨대로 둔갑했지만 핏줄이기 때문에 그냥 사랑인 줄만 알았다."(331쪽)

한 광고가 생각난다. "'아빠, 힘내세요. 우리가 있잖아요'라는 노래가 나오는. 그 광고 카피는 그저 아버지를 위로하는 자식들의 메시지인 줄 알았다. 하지만 다르게 듣는 사람도 있는 모양이다. 한 지인은 "어서 돈을 벌어와라. 그래야 우리가 먹을 게 아니냐"라는 무서운 협박처럼 느껴진다고 했는데, 다시 들어보니 그럴 수도 있겠다 싶다. 아버지가 돈을 못 벌게 되면 어떤 일이 벌어질까?

"아비가 빨아오는 단물이 넉넉하면 가정의 평화가 유지되고 그 단물이 막히면 가차 없이 해체되고 마는 가정을 그는 너무도 많이 보았다. 아버지가 실직하면 가족이니 더 뭉쳐야 한다고 생각했지만, 현실은, 해체였다."(336쪽)

지병으로 고생하다 마지막 3년간 병원에 누워만 계시던 아버지의 모습이 생각난다. 그때 내가 아버지를 얼마나 짐스럽게 생각했는지 떠올리면 그저 부끄럽다. 책을 읽으면서 바뀐 건 이 땅의 아버지들에 대한 생각만은 아니었다. 시대에 뒤떨어진 작가라고 생각했던 박범신에게 존경의 마음을 갖게 된 것. 다행히 그는 40여 권의 소설을 펴냈으니, 당분간 읽을 책이 없어서 걱정하는 일은 없을 것 같다. 아울러 통렬한 반성을 해본다. 나이로 한 사람을 재단하는 게 얼마나 바보 같은 짓인지를.●

─────────────────────────────────────

● 말은 이렇게 해도 나이가 원망스러울 때가 있기는 했다. 대략 주인공 3명의 삶을 조명한 이 소설을 읽다 보니 누가 누군지 간혹 헷갈렸다. A와 B가 사귀고 C와 D가 사귀는데 A와 C를 혼동하는 일이 종종 있었던 것. 사실 A는 D의 아버지니, 머릿속에서 패륜을 조장할 뻔했다. 이게 다 방금 듣고도 돌아서면 잊어버리게 된 내 나이 때문이다.

개를 기른다는 것

Q

요네하라 마리, 『인간 수컷은 필요 없어』

개를 기른다는 건 세상과의 전쟁을 각오해야 하는 일이다. 귀엽다며 웃어주는 사람도 많은 반면 꼭 시비를 걸고 가는 사람도 한둘이 아니다. 소변이야 어쩔 수 없다 해도 대변은 꼭 치우고, 이른 아침이나 깊은 밤 등 한적한 시간대에 산책시키는 등 흠 잡힐 일이 없도록 노력하지만, 개에 적의를 가진 사람은 언제 어디에나 존재한다. 개똥은 제대로 치우느냐는 분은 이해할 수 있지만 다짜고짜 "나는 개가 싫다"라고 화를 내는 분, "집 안에서만 키우지 왜 밖으로 내보내느냐?"라고 따지는 분은 어떻게 대처해야 할지 난감하기만 하다.

중학교 2학년 때 선생님 댁에서 셰퍼드한테 머리를 물린 적이 있다. 피가 철철 나서 사모님이 티셔츠를 빨아주실 정도였는데, 그럼에도 나는 여전히 개를 좋아한다. 개를 싫어하는 사람들은 대체 왜 그러는 걸까? 몇 사람한테 물어보았더니 그냥 싫단다. 개한테 위협받지도 않았는데, 왜? 단서를 아파트 엘리베이터에서 찾을 수 있었다. 개들을 유모차에 싣고 산책을 나가는데, 어떤 아이가 "예쁘다"라며 만지려고 했다. 사람을 좋아하는 우리 개들은 아이한테 꼬리를 흔들었지만, 아이 아빠는 아이를 만류했다. "만지지 마. 물어." 아이가 머뭇거리자 그는 한마디 덧붙였다. "저러다 확 문다니까. 절대로 만지면 안 돼, 알았지?" 전라도 사람한테 피해를 본 적도 없으면서 밥상머리에서 반反전라도 교육을 시키는 부모들이 지역감정, 정확히 말하면 전라도 차별을 악화하는 것처럼, 그 남자의 세뇌는 개를 싫어하는 아이를 만들기 마련이다. 물론 개는 사람을 문다. 기껏해야 1년에 한 번 있을까 말까지만. 그보다 많은 사람이 사람에 의해 죽는다. 통계에 의하면 연간 살인 사건은 평균 1,000여 건, 그러니까 하루 3명꼴이다. 상황이 그렇다면 개보다 사람한테 목줄을 매는 게 온당하겠지만, 개에 대한 근거 없는 편견은 사라질 줄 모른다. 이게 우리나라만의 일일까?

요네하라 마리의 『인간 수컷은 필요 없어』를 읽고 나니 일본은 개에 대한 대우가 훨씬 좋다는 걸 느끼게 된다. 개와 고양이를 기르며 평생을 독신으로 사는 저자는 말할 것도 없고, 책에 나오는 다른 사람들도 개에 대한 인식 자체가 다른 것 같다. 저자가 겐이라는 개를 잃어버렸을 때의 묘사. "사람들에게 전단지를 (나눠)주었다. 모두 자기 일처럼 걱정을 했고 협조를 약속했다."(306쪽) 이 대목을 읽으니 예전 일이 생각난다. 늦은 저녁, 한 여인이 개 이름을 부르며 아파트 주변을 미친 사람처럼 돌아다니고 있었다. 동물병원에서 개 미용을 담당하는 여자로, 미용을 끝내고 잠시 놔두었는데 열린 문틈으로 개가 도망갔다는 거다. 하지만 모두들 그녀를 본 체 만 체 지나갈 뿐 아무도 도와주는 이가 없었다. 결국 나와 둘이서 개를 찾아다녀야 했고, 개는 내 밝은 눈에 발견되어 여인의 품으로 돌아갔다. 다행이었지만, 그때 사람들의 무심한 표정은 내게 씁쓸함을 남겨주었다.

반면 이 책을 보면 주민들이 협조적인 건 물론이고, 경찰마저 개에 호의적이다. "없어진 개의 특징을 말씀해주세요"라고 묻는 경찰이라니! 거기다 개를 보호할 만한 곳의 연락처를 일일이 가르쳐주기까지 한다. 개에 대한 태도로 선·후진국을 따지는 내 눈에는 일본이 아주 멋진 나라로 다가올 수밖에. 개를 이 정도로 대우한다면 사람에 대한 태도는 어떻겠는가?

이 책에 나오는 사람들이 더 존경스러운 건, 유기견에 대한 태도 때문이다. 저자도 유기견을 길렀지만, 그녀가 놀러 간 집주인도 여간 대단한 사람이 아니다. "지비와 도부, 스미레도 본래는 집 없는 개였다. 이들 부부는 구로도 가족으로 받아들일 생각을 했다."(181쪽) 내가 길에서 만난 유기견들은 대개 사람을 무서워해, 먹을 것을 주려 해도 도망친다. 원래 그랬던 건 아닐 테고, 지금이라도 좋은 가정에 입양되면 얼마든지 어리광을 부릴 수 있지만, 그런 기회를 얻는 개는 극소수다. 겐에 대한 이야기 하나. 거의 짖지 않던 겐은 저자와 살게 된 뒤 어느 날부터 갑자기 짖기 시작한다. 왜 그럴까 물었더니 동물병원 의사가 말한다.

"겐은……언젠가 다시 버림받을지 모른다고 느꼈던 거예요. 그런데 이제 마리 씨의 집을 마지막 거처로 정한 거예요. 그래서 이 집은 자신이 지켜야 한다는 자각이 싹튼 거죠."(220쪽) 읽다 보니 가슴이 뭉클해진다. 끝까지 함께하지 못할 거라면 개를 아예 안 기르면 좋으련만.

성수선 작가의 일화다. 태국에 있는 상사에게 『장미도둑』이라는 책을 선물했더니 그가 말하더란다. "신문 소개란에서 이 책을 보고 읽고 싶었는데, 고마워요." 그러면서 책꽂이를 가리켰는데 당시 베스트셀러였던 치즈 어쩌고 하는 책이

10권도 넘게 꽂혀 있었단다. 오는 사람마다 그 책을 들고 왔다나. 선물이라는 게 원래 어려운 거지만, 책 선물은 더 어렵다. 사람마다 느낌이 다른지라 내가 재미있다 해도 상대가 재미있으리라는 보장이 없으니 말이다. 하지만 나처럼 개나 고양이를 좋아하는 사람이 주위에 있다면 『인간 수컷은 필요 없어』를 선물하시라. 칭찬 엄청 받을 거다.

글이 술술 써진다

Q

안정효, 『안정효의 글쓰기 만보』

잘 쓴 글을 읽으면 일단 감탄하고, 그다음에는 부러워하고, 마지막에는 비결을 알고 싶어 한다. 앞의 두 단계를 지겹게 거친 끝에 글 잘 쓰는 비결을 알고 싶은 단계에 도달해 시중에 나와 있는 글쓰기 책을 여럿 읽었지만, 내 글솜씨는 여전히 답보 상태였다. 그러다 읽게 된 게 바로 『안정효의 글쓰기 만보』. 이 책을 읽고 나니 갑자기 글을 잘 쓸 것만 같은 자신감이 솟아올랐다. 『하얀 전쟁』으로 유명한 저자는 이 책을 통해 '좋은 소설을 쓰는 방법'을 가르치고자 하지만, 글이란 다 하나로 통하는지라 이 책을 읽으면 어떤 종류의 글이든 잘 쓰게 된다고 해도 과언이 아닐 것이다. 몇 개만 예를 들어보자.

"한국인은 그 세 단어 – 있었다, 것, 수 – 를 문장에서 너무 자주 사용한다.……이 세 단어를 모조리 제거하기만 해도 글이 얼마나 윤기가 나는지 스스로 놀라게 되리라."(25쪽)

이 구절을 읽고 내가 얼마 전 인터넷에 올린 글을 보았다.

"그 시간에 나는 달게 잠을 자고 있었다. 그런데 초인종이 울렸을 때 일어날 수 있었지만 귀찮아서 계속 자고 있었다. 그래서 케이크를 먹을 수 있는 기회를 놓쳤다."

바로 이거였다. 내가 글을 못 쓰는 이유가. 나는 왜 이렇게 '있었다'를 자주 쓸까? "말끝마다 진행형을 붙여놓는 까닭은 대부분의 경우 불안하기 때문이다.……짧은 문장을 쓰면 실력이 짧아 보일까봐 걱정이 되어서이다."(26쪽)

정말 그렇다. 글쓰기 수업을 제대로 받은 적이 없고, 인터넷이라는 황야에서 댓글 싸움으로 글을 배웠기에 내 밑천이 드러날까 불안했던 거였다. 고쳐야 할 점은 이것만이 아니다.

"자신이 써놓은 글에서 접속사를 모조리 제거하라는 가르침이었다."(42쪽)

내가 쓴 세 문장에서도 접속사가 2개나 나온다. 접속사를 즐겨 쓰는 이유는 뭘까? "지나간 문장과 연결이 되지 않는 듯한 단절감을 준다고 독자가 실망하면 어쩌나 걱정이 되어"(43쪽)서였다. 이 밖에 부사를 제거하라든지, 수동태를 버리라든지 하는 저자의 충고를 잘 새겨듣는다면 글의 설득력을 훨씬 높이는 지름길을 발견하게 된다.

소설 잘 쓰는 법에 대한 책이니만큼 소설에 대해서도 감식 안이 생긴다. 특히 인상적이었던 대목은 "소설은 사실보다 더 사실적이어야 한다"(64쪽)라는 구절. 소설은 허구인데 무슨 소리냐고 할지 모르겠다. 책에 나오는 예를 보자. "찢어지게 가난한 사람들이 평생 고생을 하고, 아내가 몸까지 팔아 눈물겨운 삶을 살아간다. 그러다가 마지막 장면에서 주인공이 복권에 맞아 400억 원이 생겨 떵떵거리며 잘살게 되었다는 결론을 내리면 어떻게 될까?"(65쪽) 십중팔구 읽던 책을 던져버릴 거다. 왜 그럴까? 현실에서는 분명히 몇백 억 복권에 당첨된 사람이 존재하지만, "소설에서는 (인과법칙에 어긋나는) 우발성으로 이야기를 종결지으면 비겁한 해결 방법이라고 여겨지기 때문"(64쪽)이란다. 〈달마야 서울 가자〉라는 영화에서 스님이 복권에 당첨되었을 때 내가 불편했던 이유도, 그 영화를 끝으로 '달마' 시리즈가 만들어지지 않는 이유도 여기 있었다.

다시금 저자는 말한다. "마지막 거짓말 한마디를 하기 위해 스무 마디 백 마디의 진실을 열심히 이야기"(67쪽)한다고. 저자의 대표작 『하얀 전쟁』에는 서울 사직공원 이야기가 나오는데, 그 장면을 묘사하기 위해 저자는 직접 답사를 나갔고, 심지어 시간대까지 비슷하게 맞추었단다. "독자로 하여금 소설에서 지어낸 이야기에 공감하고 믿게 만들려면 철저한 사실화가 도움"(73쪽) 되기 때문에. 프랭크 모트Frank Mott라는 사람은 이런 이야기를 했단다.

"사랑 이야기를 엮어내기 위해 작가는 뉴욕에서 유럽으로 가는 여객선에 멋지고 매혹적인 젊은 남녀를 함께 태운다. 성탄절 전야에 짝이 없어 외로운 그들은 보름달이 휘영청 밝은 밤에 우연히 만나고, 사랑을 시작한다.……책이 출판된 다음에 어디에선가 어느 독자가 연감을 찾아보고, 소설의 시간적인 배경으로 선택한 성탄절을 전후해 정말로 뉴욕에서 유럽으로 떠난 여객선이 있었는지를 확인한다. 그리고 그 성탄절이 음력으로 보름이었는지, 그날 밤 해상 날씨가 맑아 달의 관측이 가능했는지까지 확인할지 모른다. 따라서 작가는 작품에 등장하는 갖가지 사실을 철저하게 검증해야 한다."(73~74쪽)

나는 『딴지일보』에 기생충을 이용해 다이어트를 하다 죽은 여대생 이야기를 소설로 썼다. 죽음의 실체를 밝히기 위해 탐정이 동서울터미널에서 버스를 타고 남원으로 내려간다는 내용이 있는데, 아니나 다를까 이런 댓글이 달렸다.

"그 시간대에는 남원 가는 버스가 없습니다."

그때는 "뭐 이런 스토커 같은 인간이 있어?"라고 짜증을 냈는데, 지금 생각하니 부끄럽다. 직접 가볼 필요도 없고, 인터넷으로 버스 시간이 다 검색되는 세상에서 왜 나는 그리도 게을렀을까?

여기서 알 수 있듯 글을 잘 쓰려면 부지런해야 한다. 저자는 말한다. "조금씩, 날마다, 꾸준히 – 이것이 글쓰기의 세 가지 원칙이다. 초등학생의 일기 쓰기는 그 3원칙을 몸에 익히는 기회이다."(19쪽) 그러고 보니 『나의 아름다운 정원』을 쓴 심윤경 작가는 일기 쓰기 이외에 특별히 글쓰기 훈련을 한 적이 없다고 한다. 이런 좋은 기능이 있는 일기를 초등학생들은 몰라서 쓰고, 심지어 엄마한테 써달라고 한다. 저자의 말이다. "일기나 감상문을 대신 써주는 엄마는 자식의 앞날을 망쳐놓는 미련한 여자다." 우리나라에서 노벨문학상이 나오지 않는 것도 이런 엄마가 많기 때문이리라. 차라리 엄마들 중에서 노벨문학상을 받는 이가 나오지 않을까.

그렇다면 어릴 때 일기를 안 쓴 사람은 글 잘 쓰는 걸 포기해야 할까? 그렇지 않다. 누구나 SNS를 이용하는 시대다. 거기에 사진만 찍어 올리지 말고, 그날그날 일기를 써보자. 댓글이 안 달린다고 좌절하지 말고 1년 정도만 써보시라. 어느 날 갑자기 글이 술술 써지는 신비한 체험을 하게 될 테니까.

내가 연구에 매진하는 이유

Q

나쓰메 소세키, 『나는 고양이로소이다』

『나는 고양이로소이다』는 나쓰메 소세키가 1905~1906년에 쓴 소설이다. 책에 조예가 깊은 지인 여럿이 이 책을 내게 권했지만, 읽지 않고 버텼던 이유는 길거리에서 노숙하는 수많은 고양이가 생각날 것 같아서였다. 내가 사는 아파트에도 고양이가 많이 기거하는데, 그네들이 도대체 뭘 먹고살지, 추위는 어떻게 견딜지 생각하면 마음이 아프다. 이 책에 나오는 고양이도 노숙은 하지 않을지라도 식구들에게 그다지 사랑받는 것 같지는 않다. 하다못해 이름조차 지어주지 않았을 정도니 말이다.

물론 식구들이 그렇게 하는 데는 이유가 있다. 고양이의 임무는 쥐를 잡는 것. 하지만 이 고양이는 단 한 마리의 쥐도 잡지 못했다. 이에 대해 고양이는 자신은 쥐를 못 잡는 게 아니라 안 잡는 거라고 말한다. 왜? 이웃 고양이가 쥐를 많이 잡았단다. 그 당시에는 죽은 쥐를 경찰서에 가져가면 5전씩 주었다는데, 그 주인은 돈만 받아 챙길 뿐 쥐를 잡아준 고양이에는 아무런 보상도 해주지 않았다는 거다. 고양이가 쥐를 절대로 잡지 않겠다고 결심한 건 이 때문이다. 하지만 남이 주는 밥을 먹기 위해서는 그에 상응하는 의무를 해야 하는 법, 사람들은 이렇게 말한다.

"여태껏 (쥐를) 한 마리도 잡은 적이 없어요. 정말 한심하고 뻔뻔한 고양이예요."

"저런, 쓸모없는 놈이네예. 그냥 내다 버리시소. 지가 가져다가 삶아 묵어뿌까요?" (228쪽)

할 수 없이 고양이는 쥐를 잡기로 마음먹으나, 그날 밤 쥐에게 조롱만 당할 뿐 쥐를 전혀 잡지 못한다. 여기서 우리는 "못 해서 못 하는 게 아니라 안 하니까 못 하는 겁니다"라는 어느 개그맨 출신 영화감독의 말이 늘 들어맞지만은 않는다는 걸 깨달을 수 있다.

아무튼 이 고양이는 쥐를 잡지 않는 대신 철저한 소시민인 주인을 비롯한 인간 군상을 마음껏 비웃는다. 사람들 틈에 끼어 앉아 그들이 하는 말을 듣고 그에 대해 촌평하는 수준인데, 이 책의 재미는 바로 사람들이 하는 말들에 있다. 100여 년 전 일본은 지금의 한국과 어쩜 그렇게 똑같은지, 이 책이 오랜 세월이 지난 지금에도 읽히는 이유가 여기 있는 듯하다. 하지만 100여 년이 지나는 동안 달라진 게 하나 있으니, 지식과 돈의 관계다. 주인의 친구로 가장 자주 등장하는 메이테이 선생의 말을 들어보자.

"옛날 그리스 사람들은 체육을 대단히 중요시했는데 온갖 경기에 큰 상을 내걸고 백방으로 장려책을 강구했지. 그런데 불가사의하게도 학자의 '지식'에 대해서만은 어떤 상금도 준 기록이 없는 거야. 그래서 오늘날까지 어째서일까 대단히 궁금해하고 있는 거야."(201쪽)

이 구절을 읽으면서 나는 내가 아는 모 선생님을 생각했다. 1992년 바르셀로나 올림픽에서 황영조가 마라톤에서 우승해 10억 원에 달하는 돈을 벌었다는 보도가 나왔을 때, 그 선생님은 비분강개하며 말했다.

"내가 그동안 한 연구가 황영조의 우승보다 못할 게 없다고 생각해. 근데 왜 황영조에게만 이렇게 격려금이 몰리는 거야?"

이 말을 듣고 나는 좀 어이가 없었다. 학자란 명예를 추구하는 존재고, 명예는 좋은 논문을 통해 쌓이는 건데 웬 격려

금 타령일까? 메이테이 선생의 해답도 기본적으로 내 생각
과 같았다.

"그리스 사람들이 경기에서 얻는 상은 그들이 연출하는
기예보다도 귀중한 것이지. 그렇기 때문에 포상도 되고 장려
하는 도구도 된 거야. 그런데 지식은 어떤가? 지식에 대한 보
수로 무엇인가를 주려고 한다면 지식 이상의 가치 있는 것을
주지 않으면 안 되겠지? 그런데 지식 이상 진보한 게 이 세상
에 있기나 할까? 있을 턱이 없지. 상이랍시고 뭔가를 줘봐야
지식의 위엄을 해칠 뿐이지.……그 후로는 깨끗이 아무것도
주지 않기로 했지. 황금이나 은, 돈 따위가 지식을 따르지 못
한다는 것은 이걸로 충분히 설명이 된 거지." (202쪽)

십수 년이 지난 지금은 사정이 많이 바뀌었다. 연구 수준
에 따라 대학의 순위가 매겨지는 이 세상에서, 중요한 건 오
직 '어느 대학에서 더 좋은 논문을 발표하는가?' 뿐이다. 그
래서 각 대학에서는 외국의 좋은 학술지에 논문을 실으면 격
려금을 주는 방식으로 학자들을 독려하고 있다. 그전에도 우
수한 연구자는 많은 연구비를 받을 수 있었지만, 연구비라는
건 연구와 관련된 일에만 사용해야 하는 제한이 있었다. 하
지만 좋은 학술지에 논문을 써서 받은 격려금은 그냥 개인이
자유롭게 쓸 수 있는, 그러니까 올림픽 메달리스트에게 주는

격려금 같은 거다.

액수도 상상 이상이다. 2000년대 초, Y대학교 교수 한 명이 외국 학술지에 논문을 실어서 1,000만 원을 받았다는 이야기를 듣고 놀랐는데, 지금은 그런 게 너무도 당연하게 생각될 만큼 자리를 잡았다. 포상금의 수준은 대학마다 다른데, K대학교는 『네이처』에 논문을 실으면 5,000만 원을 주고, 얼마 전 D대학교에 갔을 때 격려금 제도에 대해 문의한 결과 이런 답을 들었다.

"『네이처』에 논문이 실리면 1억 원 가까이 주는 걸로 알고 있어요."

이뿐만이 아니다. 서울대학교 의대 생화학교실에 있는 서정선 교수는 '마크로젠'이라는 벤처 기업을 갖고 있는 재벌이다. 서 교수는 유전자를 이식한 마우스를 개발해 회사를 세웠는데, 재산을 비교한다면 임상을 전공한 그의 형과 비교가 안 될 정도다. 몇 년 전 서 교수의 논문이 『네이처』에 실렸다는 보도가 나가고 나서 '마크로젠'의 주식이 급상승한 걸 보면, 이제 지식이 명예만을 의미하는 건 아니다. 외국 학술지에 논문을 실어 받은 격려금은 지식의 위엄을 해치기는커녕 학자의 명성을 더욱 빛내줄 뿐이니까.

20여 년 전 황영조를 부러워했던 선생님의 소망은 이제 이루어졌다. 안 그래도 교수들에게는 충분히 먹고살 만큼의 연봉을 주었는데, 노력 여하에 따라 연봉을 뛰어넘는 격려금까지 챙길 수 있게 되었으니 말이다. 내가 갑자기 연구를 열심히 하는 건, 『네이처』에 논문을 싣는 게 인생의 목표가 되어버린 건 바로 이 때문이다.

나도 당할 뻔했다

Q

다카기 아키미쓰, 『유괴』

과거에는 책에 몰입하면 역을 지나쳐도 모를 정도였는데, 나이가 드니 책을 보는 것도 피곤한 일이 되었다. 그러다 보니 서울에서 천안까지 기차를 타는 내내 스마트폰만 보는, 내 기준에서 볼 때 어처구니없는 일도 벌어진다. 이래서 책은 젊을 때 읽어야 하나 보다 생각했다.

2014년 여름, 제주도에 강의를 다녀온 적이 있다. 그날 스케줄은 다음과 같았다.

- 6시 기차를 타고 서울역에 간다.
- 7시 반까지 KBS에 가서 〈아침마당〉에 출연한다.
- 택시로 김포공항까지 간다.

- 11시 비행기로 제주도에 간 뒤 택시로 1시간 거리인 서귀포까지 간다.
- 2시간 동안 강의를 한다.
- 5시 비행기를 타고 김포공항에 온다.
- 공항철도로 서울역까지 가서 기차를 이용해 천안까지 온다.

이런 빠듯한 스케줄인데, 그렇긴 해도 장거리 여행을 갈 때 어떤 책을 고를까 고민하는 건 행복한 일이다. 그날 아침에 가방에 챙겨 넣은 책은 다카기 아키미쓰의 『유괴』였다. 처음 듣는 작가였지만, 언제부터인가 책을 고르는 기준이 된 알라딘 '블로거 베스트셀러'에 있기에 순위에 있는 다른 책 6권과 더불어 주문했다. 그 리스트는 나를 실망시키지 않았고, 이 책 역시 그랬다. 방송 출연과 이어진 당일치기 제주도라는 힘든 스케줄을 오로지 이 책 덕분에 버틸 수 있었으니 말이다. 그러고 보면 책을 읽는 게 피곤한 이유는 체력 때문이 아니라 재미있는 책을 고르는 능력이 떨어졌기 때문이 아닐까?

『유괴』는 실화를 바탕으로 구성되었으며, 시작부터 끝까지 흥미를 유발한다. 책의 앞부분에서 유괴를 계획한 범인은 그보다 먼저 일어난 유괴 사건의 재판에 참석한다. 범인이 왜 잡혔는지 알아야 꼬리가 밟히지 않을 테니, 수사 과정이 낱낱이 드러나는 재판정은 다음 유괴범이 예습할 수 있는 기회의 땅이다. 그런데 재판을 받는 유괴범은 아이를 유괴한 뒤 이런 요구를 했다고 한다.

"가정부에게 현금 200만 엔을 들려서 오후 2시에 역으로 가게 하라." (23쪽)

내가 모르는 사이 엔화의 가치가 크게 변동하지 않았다면 엔화는 우리 돈의 10배 정도고, 200만 엔은 우리 돈으로 2,000만 원 정도다. 아니, 겨우 200만 엔을 요구할 거면 뭐하러 힘들게 유괴를 하지? 더 황당한 것은 주인공 유괴범이었다. 준비한 보람이 있어서 범인은 부잣집 아이를 대상으로 완전 범죄 수준의 유괴를 저지르는데, 그래 놓고선 요구한 돈이 겨우 3,000만 엔, 우리 돈으로 3억 원이다. 에계, 겨우 3억? 붙잡혔을 때 받을 처벌을 생각하면 요구액이 너무 적은 게 아닌가 싶었다. 비밀은 책을 덮고서야 풀렸다.

"이 작품은 1961년 『호세키』 3월호부터 7월호까지 5회에 걸쳐 연재되었다." (485쪽)

지금부터 50여 년 전 쓰인 소설이니, 200만 엔, 3,000만 엔을 요구하는 것도 당연했다. 그러고 보니 범인은 휴대전화를 전혀 쓰지 않았고, 온라인 송금 같은 것도 요구하지 않았다. 읽을 때는 이상하게 느끼지 못했지만, 연도를 알고 나니 모든 의문이 풀렸다. 오래전에 쓰인 책인데 지금 읽어도 전혀 어색하지 않다는 것은 이 책이 얼마나 잘 쓰인 작품인지 역설적으로 말해준다.

책에 나오는 내용 중 감동적인 대목 하나. 이 책에서 사건을 해결하는 변호사는 주식으로 돈을 잘 버는 아내를 두고 있다. 변호사가 돈이 되는 민사 대신 형사를 하고 싶다고 하자 아내가 말했단다.

"경제적으로는 걱정할 필요가 없으니 평생 형사 변호를 전문으로 해봐."(375쪽)

이 대목을 읽으면서 하종강을 떠올렸다. 그가 노동운동에 투신할까 말까 고민할 때 아내분이 한 말.

"나는 특수학교 선생이 될 거니까, 당신 먹여 살리는 것은 걱정 없어. 당신이 적성에 안 맞아서 그만둔다면 모를까, 돈 때문이라면 걱정하지 마."

덕분에 우리나라 노동계는 큰 친구를 얻었으니, 하 선생 아내분께 감사할 일이다. 순전히 자랑질이지만, 나는 아내한테 가끔 이렇게 말한다.

"돈 쓸 일 있으면 걱정하지 마. 내가 가루가 되도록 일해서라도 벌어올게."

그러고 보면 아내도 결혼을 참 잘했고, 그건 외모에 연연하지 않고 나를 선택해준 고마운 판단력 덕분이다.

본론으로 돌아와서, 나도 초등학교 4학년 때 유괴범을 만난 적이 있다. 없어 보이는 외모라 그런 일이 있다는 자체가 놀라운지, 내가 유괴범 만난 이야기를 하면 사람들은 이런다. 우연히 방향이 같았던 건데 네가 오버하는 거 아니냐고. 그건 절대 아니다. 그날은 일요일이었고, 이른 아침이라 사람이 없었다. 나는 친구랑 스케이트를 타러 가는 중이었는데, 체크무늬 잠바를 입고 모자에 마스크까지 쓴 사람이 나를 보더니 방향을 돌려 쫓아오기 시작했다. 남자의 손에는 멍키스패너가 들려 있었다.

어머니는 평소 말씀하셨다. 유괴범을 만나면 살려달라고 소리를 지르라고. 하지만 막상 유괴범을 만나니 입이 굳어서 소리가 나오지 않았다. 심지어 다리가 굳어서 걷는 속도도 잘 나지 않아, 유괴범이 천천히 걷는데도 거리가 점점 좁혀졌다.

친구 집은 좁은 골목길 끝에 있었다. 문을 두드렸더니 그냥 열렸다. 나는 뛰어 들어가면서 살려달라고 소리쳤다. 유괴범은 문을 열고 나를 한참동안 째려보다 돌아갔다. 그가 나를 보던 무서운 눈빛을 평생 잊을 수 없다. 한참 동안 떨다가 집에 갔는데, 그 집 문이 열려 있지 않았더라면 어떻게 되었을까 생각하면 그저 끔찍하다.

커피는 염소도 춤추게 한다

Q

마크 펜더그라스트, 『매혹과 잔혹의 커피사』

결혼 전까지 수십 년을 홍대 앞에서 살았다. 그동안 많은 변화가 있었지만, 최근에 일어난 가장 큰 변화는 커피집이 크게 늘었다는 점이다. 합정역에서 서교동사거리까지 걸어가는 얼마 안 되는 거리에 커피집이 10개도 넘게 있는 데다, 더 놀라운 것은 빈자리가 별로 없다는 사실이다. 2014년 2월 발표된 자료에 의하면 서울의 커피집은 9,399개로 1만 개에 육박한다. 왜 갑자기 커피가 인기를 끌게 된 것일까? 과거의 커피집은 지인들과 만나서 수다를 떠는 곳이었다. 그런데 최근에는 여럿이 오는 사람보다 혼자 와서 공부하거나 노트북으로 일을 하는 사람이 훨씬 늘어났다. 이유인즉슨 혼자 사는 사람이 그만큼 많아져서, 집에 가보았자 아무도 없으니

외로움을 이기기 위해 커피집에 간다는 거다. 커피집이 많아지다 보니 사람들은 카페 라테, 아메리카노, 캐러멜 마키아토 등 어려운 커피 이름을 줄줄 외우게 되었다. 불과 몇 년 전만 해도 믹스 커피에서 행복을 느끼던 나마저도 커피집 커피를 손에 들고 길을 걷는다. 원래 즐겨 마시던 커피는 달달한 카페 라테였다. 어느 날 내 앞에 줄을 선 미녀가 캐러멜 마키아토를 주문하는데 멋있어 보여서 그것만 죽어라 마셨다. 그러다 2014년 말, 제주도 애월읍에 있는 한 커피집에서 세트 메뉴 때문에 할 수 없이 시킨 아메리카노 맛에 반해 요즘은 그것만 마시고 있다.

갑자기 이런 질문을 던져본다. "커피를 좋아하는 당신, 커피에 대해서 얼마나 알고 있습니까?" 물론 커피를 많이 마신다고 해서 꼭 커피를 알아야 한다는 법은 없다. 하지만 많이 알면 많이 보인다고, 커피에 대한 지식이 커피 맛을 더 좋게 할지도 모른다는 생각에 집어든 책이 『매혹과 잔혹의 커피사』였다. 먼저 질문 하나. 커피의 발상지는 어디일까? 많은 이가 브라질을 떠올리겠지만, 답은 의외로 에티오피아다. 옛날 에티오피아에 '칼디'라는 이름의 염소치기가 살았는데, 염소들이 풀을 다 먹을 때쯤 피리를 불었고, 염소들은 그 소리를 들으면 칼디가 있는 곳으로 돌아왔다. 그러던 어느 날

칼디가 피리를 불어도 염소들이 돌아올 생각을 하지 않았다. 그래서 칼디는 염소를 찾아 나섰는데, 어디선가 염소 울음소리가 들려 후다닥 그쪽으로 가보니 염소들이 뒷다리로 서서 춤추면서 매애, 매애 울고 있었다. 칼디는 염소들이 단체로 미쳤다고 생각했지만, 염소들을 가만히 보니 어떤 나무에서 열매와 잎을 수시로 뜯어먹고 있었다.(37~38쪽) 염소도 춤추게 하는 그 열매가 바로 커피였는데, 글쎄다. 아직까지 커피집에서 춤추는 사람을 본 적은 없는데, 커피 열매를 먹지 않고 그걸 갈아서 만든 액체를 먹은 탓일까? 심지어 이슬람교의 예언자 마호메트Mahomet는 이런 말을 했다고 한다.

"커피를 마시면 기운이 넘쳐서 마흔 명의 남자를 말에서 떨어뜨리고, 마흔 명의 여자와 동침할 수도 있을 것이다."(41쪽)

남자 40명을 말에서 떨어뜨리는 거야 어떻게든 해볼 수 있겠지만, 글쎄다. 4명도 아니고 40명의 여자와 동침이라니, 과장이 너무 심한 것 같다. '마시면'이라는 말이 있는 것으로 보아 마호메트가 커피 열매를 먹은 게 아닌데 말이다. 마호메트의 이 말과 달리 커피는 "아라비아의 수도승들이 졸지 않고 밤새 기도하기 위한 용도로 마셨다"(42쪽)라는데, 이 말에는 전적으로 동의할 수 있다. 나만 해도 학생 때 잠을 쫓기 위해 하루 10잔 이상의 커피를 마시기도 했으니까. 신기한 것은 커피집의 유래다. 커피의 초창기 때 부유한 사람들은 집에 전용 커피방을 두고 커피를 마셨는데, 그럴 여유가 안 되는 사람들을 위해 만들어진 것이 바로 커피집이란다. 실제로 요즘에는 집에다 커피 머신을 갖다놓고 커피집 부럽지 않은 커피를 만들어 먹는 사람이 한둘이 아니니, 아무래도 초창기 커피 정신으로 돌아가고 있나 보다. 스타벅스에서 커피를 마시는 여자를 '된장녀'라고 욕했던 분들이 이 이야기를 듣는다면 좀 머쓱할 것 같다.

그런데 책의 제목이 『매혹과 잔혹의 커피사』인 이유는 무엇일까? 커피 어디에 '잔혹'이 담겨 있을까? 여러 예가 나와 있지만 대표적인 예는 브라질이다. 세계 1위의 커피 생산국인 만큼 커피로 돈을 많이 버는 것은 맞지만, "그 대가로 인간적으로나 환경적으로 막대한 희생을 치르게 했다".(69쪽) 커피 재배 때문에 많은 노예가 필요했고, 노예를 들여오면서 아프리카에 있던 기생충들이 브라질로 전파되었다. 게다가 커피나무는 한 번 수확한 다음 1년 동안은 반드시 쉬어주어야 하는데, 브라질에서는 이 원칙이 지켜지지 않았다. 한 곳의 기력이 쇠하면 다른 곳의 숲을 개간해 커피 재배를 했으니, 브라질의 열대우림은 점점 파괴되었다. 게다가 커피 때문에 다른 농산물을 재배하지 못해 밀가루를 비롯해서 현지에

서 얼마든지 재배할 수 있는 식품들을 죄다 수입해야 하는 것
도 커피 1위 생산국의 비극이었다. 점점 부자가 되는 커피 농
장주와 달리 커피 재배를 하는 노동자들이 가난해지는 빈부
격차가 일어난 것 역시 빼놓을 수 없는 비극이리라.(69~79쪽)

커피를 마시는 것은 건강과 어떤 관계가 있을까? 커피가
수면 장애나 불안 증세를 가져올 수 있고, 경우에 따라서는
심계항진palpitation이라고 심장이 빨리 뛰어 가슴이 두근거리
는 증상을 가져올 수도 있지만, 오늘날의 연구 결과는 커피
가 최소한 성인에게는 해롭지 않다는 것이다.

"지금까지 적당량의 카페인 섭취가 이런 질환들 – 유방
암, 뼈 손실, 췌장암, 결장암, 심장 질환, 신장 질환, 정신장애
등 – 및 그 밖의 건강 장애와 관련되어 있다는 확실한 증거
는 한 건도 나오지 않았다."(592~593쪽)

오히려 커피는 운동 능력 향상, 편두통 완화, 우울증 경감
등의 효과가 있고, 정자의 운동성을 증가시켜주니, 우리나라
사람들이 커피를 너무 많이 마신다고 걱정할 필요는 없을 듯
하다.(594쪽)

그렇다면 아이들에게는 어떨까? 책에 나오지는 않지만 내
가 어릴 적만 해도 커피를 마시면 키가 안 큰다는 말이 유행
해, 나만 해도 20세까지 커피를 한 잔도 입에 대지 않았는데

말이다. 나중에 알았는데 전혀 과학적 근거가 없는 이야기였다.

"카페인이 아동에게 해롭다는 증거는 거의 없다."(595쪽) 오히려 카페인은 "주의력이 부족하고 산만한 아동을……진정시켜주는 것으로 여겨진다"(같은 쪽)라니, 아이에게 금기할 것만도 아닌 것 같다.

자, 이 책을 읽은 원래 목적으로 돌아가보자. 책을 다 읽고 나서 커피 맛을 더 즐길 수 있게 되었는가? 별로 그런 것 같지는 않다. 그럼 이 책을 읽은 소득이 뭘까? 평소 생각을 안 하던 에티오피아라는 나라에 감사한 마음을 갖게 되었다는 것. 한 가지 더 있다. 600쪽이 넘는 두꺼운 책을 읽고 나니 인내력이 길러졌다는 것. 아내의 잔소리를 1시간 동안 듣는 게 가능해졌으니, 이 책을 읽은 보람은 충분하지 않은가?

아는 티를 내자

ọ

조승연, 『언어천재 조승연의 이야기 인문학』

2013년 〈베란다쇼〉를 할 때의 이야기다. 조승연이라는 분이 여행 전문가로 나왔는데, 7개 국어를 한다는 말에 놀랐다. 대부분의 한국인이 우리말과 조금 하는 영어를 쳐서 2개 국어, 잘하면 일본어까지 3개 국어를 하는 게 고작인데 7개 국어라니? 움베르토 에코Umberto Eco라는 이탈리아 소설가도 8개 국어를 하며, 〈엠마뉴엘〉으로 유명한 에로 배우 실비아 크리스털Sylvia Kristel은 무려 6개 국어를 할 수 있단다. 하지만 유럽의 언어들은 어순이 비슷해 배우기가 상대적으로 쉽지만, 우리나라에서 7개 국어를 한다는 건 정말 어려운 일이다.

나이가 너무 젊어 보여 알아보니 조승연은 1981년생이었다. 이런 분들한테는 평소 궁금했던 걸 물어보아야 한다.

"비명 지를 때는 어떤 언어를 쓰나요?"

이게 궁금했던 이유는 다음과 같다. 어릴 적 읽은 책에 '사막의 여우'로 불렸던 에르빈 로멜Erwin Rommel 장군이 영국군에게 포로로 잡혔을 때 이야기가 나왔다. 영국인인 척 우기는 로멜에게 영국 병사들은 고문을 해보기로 했다. 비명을 어떻게 지르는지 보면 진짜 영국인인지 아닌지 알 수 있다고 생각해서였다. 당황하면 사투리가 저도 모르게 튀어나오는 것처럼, 극한 상황에서는 자기 언어를 쓰기 마련이니까. 하지만 로멜은 영어로 비명을 질렀고, 그 덕분에 풀려날 수 있었단다. 조승연은 어떨까?

"최근에 가장 많이 쓴 언어로 비명을 지릅니다. 이탈리아에서 며칠 있다 보면 이탈리아어로 비명이 나와요."

대답에 감탄했다. 이 정도면 7개 국어 모두를 원어민처럼 구사한다는 이야기 아닌가. 중학교 2학년 때 미국으로 유학을 간 조승연이 뉴욕대학에서 경영학 석사를 받았다는 것이나 뉴욕대학을 다니면서 줄리어드 음대를 동시에 다녔다는 사실은 크게 부럽지 않다. 다만 그가 22세 때 『공부기술』이라는 책을 써서 50만 부를 판 베스트셀러 작가가 되었다는 건 부러워 죽겠다. 내가 베스트셀러 작가라고 폼을 재는 이유가 『서민의 기생충 열전』이 1만 부 조금 넘게 팔린 건데,

50만 부라면 내가 명함도 못 내미는 수준이다. 이밖에도 그는 십수 권의 책을 더 냈는데, 르네상스 미술에 대한 책도 있지만 공부에 관한 책이 대부분이다. 이런 천재가 공부 비법을 가르쳐준다니, 사고픈 마음이 들 만도 하다. 그런데 저자에 대해 인터넷을 뒤지다 놀라운 사실을 알게 되었다.

"중학교 때는 수학 점수가 50점밖에 안 될 정도로 성적이 부진했다. 책 읽기만 좋아해 아이들과 어울리지 못하던 왕따였고 수업 시간에 딴짓만 하다가 '이런 숙제가 무슨 의미가 있느냐'라며 일부러 숙제를 안 해가는 반항아였다."

원래 천재면 수학을 잘하지 않나? 그래도 나는 초등학교 때부터 수학 하나는 잘했으니, 갑자기 주눅 들던 게 어느 정도 회복된다. 거기에 더해 그에게는 치명적인 약점이 하나 더 있다. 우리나라에서 청소년기를 보내지 않은 탓에 우리나라 전래동화에 약하다는 것. 초등학생들과 함께한 독서 퀴즈왕 뽑기에서 조승연은 심청의 아버지 이름이 심학규라는 것을 몰랐고, 호랑이를 피하려고 하늘에 올라간 「해님 달님」 이야기도 처음 듣는다고 했다. 그런 문제만 나오면 한숨 쉬며 답을 쓰라고 준 칠판을 하얗게 비워놓는 그를 보면서 지적 우월감까지 느꼈다.

이것도 잠시, 그에게 받은 이 책을 읽으니 잠시나마 느꼈던 지적 우월감은 어디론가 사라지고 그저 "와, 이 사람 정말 천재다"라는 말만 계속하게 되었다. 이 책에서 저자는 우리가 흔히 접하는 영어 단어의 어원이 뭔지 말해주는데, 구수한 이야기와 더불어 설명해주는 게 그렇게 재미있을 수가 없다. 남미에 페루라는 나라가 있다. 조선은 '아침이 밝은 나라', 일본은 '해가 뜨는 곳', 중국은 '가운데 나라' 등 자기 나라의 이름은 멋지게 짓기 마련이지만, 페루만큼은 그렇지 않다. 크리스토퍼 콜럼버스Christopher Columbus 이후 수많은 스페인 사람이 남미로 건너왔는데, 그들은 원주민들을 죽이고 금은보화를 약탈해갔다. 하도 이런 일이 잦으니 원주민들은 나름의 수를 썼다. 스페인 사람들이 마을에 와서 금을 내놓으라고 하면 "저기 가면 금이 많다"라며 그들을 속인 것. 귀가 솔깃해진 스페인 사람들이 그곳이 어디냐고 물으면 서쪽을 가리키며 "삐루"라고 대답했단다. 원주민 말로 '서쪽'이라는 뜻이었다. 그러다 보니 나라까지 이름이 페루가 되었단다.(118~119쪽) 정말 재미있지 않은가?

몇 가지만 더 소개하자. 노예는 영어로 슬레이브slave다. 이 단어가 동유럽의 슬라브족과 관계가 있다는 생각을 한 사람이 과연 있을까? 놀랍게도 있다. 슬라브족은 오스트리아, 터키, 로마라는 강대국에 둘러싸여 있었고, 이들은 노예가 필요하면 슬라브족의 땅으로 쳐들어가 노예를 징발했다. "슬라브 남자들은 건강하고 힘이 셌으며, 여자들은 피부가 하얗고 얼굴이 예뻤다."(243쪽) 그래서 slave가 노예를 뜻하는 단어가 되었단다.

내가 좋아하는 테니스 이야기도 해보자. 테니스를 칠 때 한 점을 따면 1점이 올라가는 게 아니라 15점이 올라가 15-0이 되는데, 이걸 '피프틴 투 제로fifteen to zero'라고 하지 않고 '피프틴 러브fifteen-love'라고 한다. 20년간 테니스를 치면서 왜 0이 러브인지 몰랐지만, 이 책은 내게 답을 주었다.

"0을 love라고 하는 이유는 0점으로 지고 있는 사람은 이기든 지든 상관하지 않고 단지 테니스를 사랑하는 마음 자체만으로 경기에 임하고 있다고 믿었기 때문이다. 또 아마추어는 0점을 받아도 된다는 의미가 담겨 있기도 하다."(47쪽)

모르던 의미를 알아서 좋기는 하지만, 아무리 테니스를 사랑해도 0점으로 지고 있으면 기분이 좋지만은 않다.

책을 다 읽고 책상에 놔두었는데, 이 책을 보자마자 빌려 간 동료 선생이 일주일 후 책을 갖다주면서 이 책의 장점을 이렇게 말했다.

"이성 친구에게 많이 아는 티를 내는 데 이만한 게 없네요."

결혼해서 아이도 있는 친구가 왜 이러는지 모르겠지만, 그의 말에는 전적으로 동의한다. 이 책에서 읽은 이야기들을 잘 기억했다가 이성 친구에게 해준다면 자칫 서먹서먹할 수 있는 자리가 화기애애하게 바뀔 수 있고, 경우에 따라서는 둘이 잘될 수도 있지 않겠는가? 혼자 사는 게 편하다는 사람도 있겠지만, 달력을 보면 밸런타인데이, 화이트데이, 크리스마스이브 등등 혼자 있으면 치명적인 날이 꽤 많다. 그런 날 외롭지 않으려면 이 책을 읽으시라. 2~3일간의 투자로 당신을 훨씬 지적이고 재미있는 사람으로 만들어줄 것이며, 이는 천재 작가가 사회에 공헌하는 길이기도 하다.

고전을 놓치지 말지어다

Q

이현우, 『아주 사적인 독서』

어릴 적 기억을 되살려보자. 있는 집답게 우리 집 서재에는 세계문학전집이 풀 세트로 꽂혀 있었다. 하지만 그 비싼 책들은 누구의 손도 타지 않은 채 방치되다 결국 버려지는 운명을 맞았다. 그나마 내가 읽은 건 『여자의 일생』 일부분, 『채털리 부인의 연인』 일부분, 『데카메론』이 고작이었는데, 왜 이것들만 읽었는지는 상상에 맡긴다. 다른 책들을 읽지 않은 것에 나름의 변명거리는 있다. 첫 번째, 글자도 작은 데다 가로쓰기가 아닌 세로쓰기였기에 어린아이가 읽기에는 여러모로 불편한 점이 있었다. 두 번째가 결정적인 이유인데, 아버지는 내가 책을 손에 들기만 하면 야단을 치면서 빼앗아버렸다. 책을 사놓고 읽지는 못하게 한 아버지의 알 수 없는 철학은 나로 하여금 30년간 책을 멀리하게 만들었고, 책의 바다에 빠져든 30세 이후에는 고전을 읽지 않았다는 열등감에 시달리는 원인을 제공한다.

로쟈라는 필명을 쓰는 이현우는 고전을 '너무도 유명하지만 아무도 안 읽은 책'으로 정의한다. 실제로 주변 사람 중 고전을 읽은 이는 별로 없다. 다 그랬다면 내가 열등감을 가질 필요가 없겠지만, 하필이면 나랑 일요일마다 테니스를 치는 친구는 고전을 죄다 읽었다는 걸 자랑으로 삼고 있었고, 말할 때마다 나한테 "네가 『전쟁과 평화』를 안 읽어서 그런 생각밖에 못하는 거야", "네가 『파우스트』를 읽어보았다면 이런 소리를 안 했을 거야"라며 놀려댔다.● 이 친구만 그랬다면 "재수없어, 정말" 하고 무시해버렸을지 모르지만, 하필이면 아내 역시 고전에 해박해서, 시시때때로 이런 식으로 면박을 주었다.

"여보가 고전을 읽었다면 정서적으로 훨씬 도움이 되었을 텐데."

내가 뒤늦게 세계문학전집을 읽기 시작한 건 다 이들의 자

● 나중에 『파우스트』를 읽어보았지만, 그때 그 상황과 별 관계도 없었다. 책 많이 읽은 친구의 갑질이라고 할까.

극 덕분이다. 하지만 어릴 적 읽어야 할 책들을 건너뛴 채 어른이 된 폐해는 이해력이 떨어진다는 것. 고전을 읽고 난 뒤 남는 건 그저 "숙제 하나를 해치웠다"라는 것뿐, 그 책이 어떤 의미가 있는지 전혀 알지 못했다. 이해도 못하는 책을 계속 읽는다고 정서적으로 도움이 되기는 할까 고민할 때 만난 책이 바로 『아주 사적인 독서』다.

이 책은 로쟈가 고전 7권으로 일반 독자들에게 강의한 내용을 묶은 것이다. 이 책의 가장 훌륭한 점은 고전을 읽어야 하는 동기부여를 해준다는 거다. 그에 따르면 고전은 시대를 뛰어넘어 독자들에게 계속 읽히는 책, 즉 시대를 망라한 인간 정신의 총아 정도로 표현해도 될 수 있을 테니, 고전을 읽지 않는다는 것은 인간 정신의 총아를 외면한 채 곰이나 사자, 하이에나의 정신으로 세상을 살겠다는 뜻이다. 게다가 이 책은 내가 이해하지 않고 외웠던 대목들에 대해 친절히 설명해준다. 예를 들어 『햄릿』의 주인공이 우유부단한 이유는 다음과 같다.

"제가 생각하는 복수 지연의 이유는……어머니를 독차지하기 위해서는 아버지를 제거해야 하는데, 아버지는 그러기에는 너무 강하니까 현실 원칙을 수용하는 것이죠. 내가 아버지처럼 되면 엄마를 차지할 수 있으니 아버지 같은 남자가 되려 하는 것입니다. 그 경우 어머니에 대한 욕망은 약간 유예됩니다. 그런데 햄릿의 문제는 모델이 갑자기 클로디어스(햄릿의 숙부)로 바뀌었다는 것입니다.……어머니가 클로디어스 같은 남자를 원합니다. 그런데 햄릿이 보기에 두 사람은 너무 차이가 나요." (144~145쪽)

어머니는 도대체 왜 저런 한심한 남자를 좋아하는 것인지, 수수께끼가 해소되지 않으니 햄릿이 행동으로 나아가지 못한다는 이야기다. 이해하지 않고 외우기만 했던 햄릿의 우유부단함이 이해되는 순간. 이 구절들을 읽으며 탄식했다. 진작 이 책을 읽었다면 조금 더 일찍 고전의 세계에 뛰어들었을 테니까. 그랬다면 그 친구가 "파우스트" 운운할 때 "입 닥치지 못해? 햄릿이 왜 우유부단한지도 모르는 주제에!"라고 받아칠 수 있지 않았을까?

그러니까 이 책은 다음과 같은 분들이 읽는다면 좋을 것 같다.

- 나처럼 고전을 건너뛴 청소년기를 보낸 것에 열등감을 갖고 있는 분.
- 학교 숙제 때문에 억지로 고전을 읽었지만, 아무런 교훈도 얻지 못한 분.

214

- 좋은 책이 없어서 책을 안 읽는다고 핑계대면서 책을 멀리하는 분.
- 책을 많이 읽었다며 잘난 체하는 주변 사람 때문에 괴로운 분.
- 면접을 위해 속성으로 지식을 습득해야 할 분.

강의한 걸 글로 풀어낸 거라 술술 읽힌다는 점도 이 책의 매력. 고전에 쉽게 정을 붙일 기회를 놓치지 말지어다.

평창에는 별이 산다

Q

김경, 『너라는 우주에 나를 부치다』

김경이 소설책을 냈다. 설마 우리가 아는 그 김경? 패션지 에디터로 일하면서 톡톡 튀는 글로 사람들 마음을 후련하게 해주었던 그분? 맞다. 바로 그 김경. 네이버에서 김경을 검색하면 여러 명이 뜨지만, 내가 좋아하는 김경은 오직 그 김경이다. 김경을 잘 모르는 사람을 위해 그녀가 『씨네21』 필진이 되었을 때 올라온 소개글을 옮겨본다.

"누군가의 책상 위에는 언제나 김경의 에세이집 『뷰티풀 몬스터』가 놓여 있다. 무료할 때마다 아무 쪽이나 펼쳐 읽는다. 무릎을 친다. 김훈은 김훈이고 싸이는 싸이고 김경은 김경이다. 세상에 글쟁이는 많지만 김경 같은 글쟁이는 없다."

김경을 좋아하는 이들은 대부분 자신이 그녀를 좋아한다

는 것에 자부심을 갖고 있는데, 나 역시 내가 김경의 팬이라는 게 자랑스럽다. 다른 팬들이 부러워할 일이겠지만, 나는 김경과 직접 만난 적이 있다. '삶에서 잊지 못할 50대 장면'에 포함된 그 만남은 '경향 필진의 밤'이라고, 『경향신문』에서 필진들을 초청했을 때 극적으로 성사되었다. 연말인 데다 집이 천안이라 그다지 가고 싶지 않았고, 자리 배치 결과 왼쪽과 오른쪽은 물론이고 테이블 전체에 아는 이가 없었다. 게다가 죄다 남자였다. 그들과 "어떤 음식 좋아하세요?", "향후 우리나라 정치권의 판세에 대해 이야기해봅시다" 같은 대화를 나누면서, 여기에 왜 왔을까 후회했다.

영원히 끝나지 않을 것 같은 어색한 분위기는 사회자가 마이크를 잡으면서 바뀌었다. 우선 사회자는 참석자 개개인을 소개하며 인사하게 했다. 평소 존경하던 분이 많아서 "와, 저분도 계셨구나"라면서 감탄하는 사이 내 차례가 되었다. "『경향신문』의 최고 인기 필자"라는 과한 칭찬에 수줍게 고개만 숙였던 기억이 난다. 하지만 나보다 수줍게 인사한 분이 있었으니, 바로 김경이었다. 내 건너편 테이블에 김경이 있다는 것을 안 뒤부터 잘 왔다는 생각을 했다. 김경은 티 안 나게 조용히 앉아 있었지만, 팬들은 자신이 좋아하는 사람에게서 광채를 본다. 그 뒤부터 나는 이제나 저제나 인사할 기회만 엿보았지만, 숫기가 없는 인간이라 좀처럼 기회를 잡지 못했다. 자리가 파할 무렵, 김경은 잽싸게 자리에서 일어나 엘리베이터로 달려갔다. 나도 따라갔다.

"저…… 팬이어요."

내 말에 김경은 토끼 같은 표정으로 대답했다.

"누구신지요?"

나름 인기 칼럼을 연재하는 나를 모르는 게 서운했지만, 좋아하는 작가와 인사를 나눌 수 있어서 기쁜 마음이 더 컸다.

그녀는 10년간 일했던 패션지를 어느 날 그만두었다. 왜 그랬을까 궁금했는데, 그녀는 첫 장편소설 『너라는 우주에 나를 부치다』로 답을 해주었다. 인터뷰와 에세이에 탁월한 글솜씨를 발휘한 김경이니 소설도 당연히 멋지지 않을까 싶었다. 결론부터 말하면 김경의 소설은 팬들의 기대를 충족하는 것이었다. 김경이 회사를 그만두고 결혼하기까지의 과정이 모두 담겨 있었으니까. 김경 자신의 자전적 소설로 추측되는 이 책의 소득은 저자가 글과 삶을 일치시키는 멋진 사람이라는 것을 알았다는 점이다. 좋아하는 남자가 생기면 다짜고짜 익명으로 이메일을 보내고, 예전 애인을 동원해 그에게 달라붙는 여자들을 처리하는 주인공이라니 정말 사랑스럽지 않은가? 김경의 분신인 주인공 김영희는 회사를 그만

둘 때 이런 사직서를 쓰려고 했다.

사 직 서

지겨워서 그만둡니다.

2011년 9월 23일
김영희

하지만 김영희는 "그것만으로는 여전히 끓어오르는 게 내 안에 남아 있어서 또다시 편지를"(235쪽) 쓴다. "그냥 한 줄로 보내는 게 더 김경다운데"라며 아쉬워했지만, 그게 다가 아니었다.

무려 15쪽에 걸쳐 전개되는 편지는 책의 가장 빛나는 부분으로, 음미하며 읽다 보면 저자가 왜 굳이 이 편지를 책에 집어넣었는지 깨닫게 된다. 특히 다음 대목을 읽는 도중 그만 폭소를 터뜨리고 말았는데, 자기로 하여금 회사를 그만두게 만든 안 이사에게 김영희는 다음과 같이 말한다.

"최종 결정권자로서 개인적인 일로 마땅히 자리를 비우면 안 되는 데드라인에 당신은 7시간씩 부재중인 채 행방이 묘연했던 일이 있었지요. 하지만 당신은 어떠한 해명도 사과도 하지 않았습니다. 반면 기자들이 작성하고 최종적으로 당신이 송고 도장을 찍어준 기사에 문제가 생기면 당신은 담당기자에게⋯⋯사과문이나 시말서 등을 쓰게 했지요."(242쪽)

진정 고급스러운 풍자가 무엇인지, 이걸 보니까 알겠다.

책을 읽다 보니 내가 김경과 비슷한 점이 있다는 걸 알고 혼자 기뻐했다. 예컨대 이런 대목. "난 종의 번식에는 눈곱만큼도 관심이 없는 여자다.⋯⋯자본주의 사회는 인간을 귀히 여길 줄 모른다.⋯⋯난 그런 곳에서 아이를 낳아 키우는 불안감을 감당할 수가 없을 것 같다. 게다가 이 지구에게 인간만큼 해로운 존재도 없지 않은가?"(32쪽)

나는 외모로 고생했던 어린 시절의 기억 때문에 아이를 낳기 싫었지만, 어쨌든 결과가 같다는 것이 기쁘다.

"책 욕심을 버리지 못해 여행 가방이 늘 무거워진다. 하지만 어쩔 수 없다. 책을 챙기지 않으면 나로서는 여행 가방이라는 걸 아예 꾸릴 수조차 없다. 책 한 권도 없이 어딜 간단 말인가?"(155쪽)

군이 여행까지 가지 않더라도 나는 손에 책을 들지 않고 나간다는 것에 공포감이 있다. 목적지에 가려면 한참 남았는데 가져간 책을 다 읽어갈 때의 공포는 〈파라노말 액티비티〉 못지않다. 김경과 나는 둘 다 책을 사랑하는 사람이라는 공통점이 있다. 그게 또 기쁘다.

주인공이 그러는 것처럼 강원도 평창에 집을 짓고 화가 남편과 살고 있다는 김경. 그로 인해 평창은 단순히 동계올림픽이 열리는 곳이 아니라, 내가 좋아하는 별이 살고 있는 아름다운 곳으로 기억될 것 같다. 김경을 잠시라도 좋아했다면, 이 책과 함께 우주로 나가보기를 권한다.

그의 책을 보고 싶다

Q

고종석, 『해피 패밀리』

중학교 1학년 때 내 별명은 왕눈이였다. 음악 선생이 붙여준 건데, 눈이 우리 반에서 가장 작은 날 놀리는 게 주된 이유였다. 나는 그 별명에 책임을 지기 위해 음악 시간마다 눈을 찢었고, 그 행위에 정당성을 부여하기 위해 "덕분에 눈이 많이 커졌다"라며 흐뭇해하는 모습을 보였지만, 내 눈은 여전히 콤플렉스로 남아 있다.

선생님이 붙인 별명인지라 '왕눈이'는 원래 별명이던 '새우젓눈'과 '와이셔츠 단춧구멍'을 제치고 내 메인 별명으로 자리 잡았다. 이런 걸 반어법이라고 하나 싶어서 찾아보았더니, 반어법은 보너스를 조금 받았을 때 "참 많이도 주네"라고 하는 것이고, 역설법은 "아는 것이 병이다" 같은 거란다.

역시 국어는 어렵다.

왕눈이가 반어법의 범주에 들어가는지는 모르겠지만, 이런 식으로 반대되는 이름을 붙여 남들을 황당하게 만드는 경우가 많이 있다. 몇십 년을 거슬러 올라가보면 정의를 엄청나게 유린한 정당이 '민주정의당'이라는 이름을 붙였고, 역대 정당 중 지역감정을 가장 부추긴 정당 이름은 '한나라당'이었다. 그 인물에 그 인물인 분들이 모여서 구태의연한 정치를 하고 있는 정당 이름이 '새정치민주연합'이니, 정치판에서는 반어법이 대세인 듯하다. 정치보다는 못하지만 소설에도 이런 식의 제목을 붙인 책이 몇 개 있는데, 성석제가 쓴 『참말로 좋은 날』이 대표적인 예다. 평소의 그답지 않게 어려운 처지에 처한 주인공들의 애잔한 삶을 그렸는데, 책을 읽다 보면 왜 그런 제목이 붙었는지 도무지 알 수 없다. 공선옥의 『멋진 한세상』역시 읽을수록 우울해져, 전혀 멋지지 않다.

『해피 패밀리』역시 내용과 제목이 전혀 어울리지 않는 책이다. 촉망받는 인재였던 장남은 거의 술만 마신다. 그냥 마시는 게 아니라 24시간 내내 마실 때가 많다. 서너 시간만 마시면 정신을 잃는 나로서는 그런 능력이 부럽지만, 그런 아들을 보는 아버지의 마음은 그저 속상할 뿐이다. 여기까지만 보아도 별로 행복하지 않은데, 장남이 그렇게 된 이유가 자기랑 친했던 누나가 죽어서란다. 가족 중 하나가 죽으면 남은 가족들은 평생 먼저 간 가족을 가슴에 묻으며 살아야 한다. 중요한 것은 누나가 죽은 이유다. 지병이라면 속상하기는 하지만, 자기 팔자려니 하고 넘어갈 수 있다. 사고라면 마음이 더 아프겠지만, 그래도 어쩌겠는가? 받아들이는 수밖에. 하지만 『해피 패밀리』의 누나는 자살을 했다. 이유와 연관된 사람뿐 아니라 주위 사람들 모두를 죄인으로 만드는 죽음이다. 자살한 가족이 있다면 그들은 행복해지기 어렵다. 웃어도 웃는 게 아니고, 슬플 때는 더 생각이 난다. 읽다 보면 궁금해진다. 그녀는 도대체 왜 자살한 것일까? 이 궁금증은 나로 하여금 책장을 쉬지 않고 넘기게 하는 동력이 되었다. 하지만 가족들은 그녀가 죽은 이유를 '그 일'이라고만 하면서 넘어간다.

책이 영화와 다른 점은 독자로 하여금 생각하게 만든다는 데 있다. 영화가 2시간 남짓한 러닝타임 동안 정신없이 독자를 몰고 가는 데 비해 책은 언제든 읽기를 멈출 수 있다. 앞부분을 들추며 내가 제대로 읽었는지 볼 수 있고, 앞으로 일어날 일을 추측할 수도 있다. 누이는 왜 죽었을까? 가족들이 그렇게 쉬쉬할 만큼, 뛰어난 인재가 술독에 빠질 만큼 충격적인 사건이라면 대체 무엇일까? 소설가가 어려운 이유는 여기서 독자의 기대를 뛰어넘어야 하기 때문이다. 예측대로 진행된다면 읽다가 김이 빠져버리니까. 『해피 패밀리』는 최소한 내 예측은 가볍게 뛰어넘었다. '뭔가 대단한 게 나올 거야!' 라며 마음의 준비를 했는데도 충격을 받아버렸으니까.

저자인 고종석은 『한국일보』에서 기자로 일하면서 명칼럼니스트로 이름을 떨쳤다. 그가 썼던 칼럼들을 읽어보면 "글을 이렇게 아름답게 쓸 수도 있구나!" 라며 탄식하게 되는데, 안타깝게도 그는 "자신이 쓴 글과 책이 이 사회를 바꾸는 데 별 영향을 주지 못한" 것에 좌절한 나머지 2012년 9월 절필을 선언한 바 있다. 그럼에도 『해피 패밀리』가 나온 이유는 2011년 계간지에 연재했던 것을 책으로 다시 묶은 덕분이었다.

잠깐 짚고 넘어가자. 『해피 패밀리』는 소설이다. 칼럼과 소설은 엄연히 다른 장르며, 아무리 명칼럼니스트라고 해도 소설을 잘 쓴다는 보장은 없다. 고종석에 비하겠다는 건 아니지만 나도 요즘 신문에 칼럼을 쓰고 있는데, 이전에 썼던 기생충 소설을 보면 그저 얼굴이 화끈거린다. 추리소설을 표방하지만 추리라고는 전혀 등장하지 않는 그 책은 소설이라는 건 아무나 쓰는 게 아니라는 걸 잘 보여준다. 하지만 고종석은 다르다. 그는 『한국일보』 기자로 일하던 1993년 이미 『기자들』이라는 장편소설을 쓴 바 있고, 그 이후에도 『제망매』, 『엘리야의 제야』, 『독고준』 등의 소설을 썼다. 평단의 반응은 잘 모르겠지만, 독자들에게는 꽤 좋은 반응을 얻었다. 그러니까 고종석은 칼럼과 소설 모두에서 성공한 드문 글쟁이다.

그에게 궁금한 건 따로 있다. 누이 콤플렉스가 있는 게 아니냐는 것. 『제망매』라는 소설에서 주인공은 이종사촌과 사랑에 빠진다. 제목인 '제망매'는 먼저 죽은 누이를 그리워한다는 뜻. 그래도 이 책에는 결정적인 장면이 나오지 않으니 넘어가자. 내가 그를 의심하기 시작한 것은 『엘리야의 제야』다. 소설의 마지막 부분에 이런 장면이 나온다.

"나는 누이의 볼에 입을 맞췄다. 그러자 누이는 제 입술을 내 입술에 가볍게 포갰다가 뗐다.……누이의 가슴 뜀이 내 가슴에 전해져 왔다……." (118쪽)

어릴 적에 이랬다면 호기심의 소산이라 치부할 수도 있지만, 이건 주인공의 나이가 마흔이 넘었을 때 일이다. 그리고 그들이 입을 맞추기 전 누이가 이런 말도 했다.

"오빠가 새언니랑 헤어진 게 나한테 다행인 것 같아." (같은 쪽)

이게 도대체 무슨 이야기인가? 게다가 이 말을 듣고 주인공이 '마음속 깊은 곳에서 뭔가가 흐무러지는' 걸 느꼈고 그게 곧 키스로 이어졌으니, 저자에게 누이 콤플렉스가 있다고 의심하는 게 당연하지 않을까? 나뿐 아니라 많은 이가 이런 의심을 해서인지 어느 인터뷰 도중 이런 말이 나왔다. 누이 콤플렉스가 있는 게 아니냐는 질문에 고종석은 답했다.

"누군가가 저에게 누이 콤플렉스가 있다고 하는데, 그건 누이 없는 사람에게나 생기는 거죠. 전 손아래 누이가 셋이나 있으니까. 실제로 나에게 누이 콤플렉스가…… 있나?(웃음)"

웃음으로 때우는 걸 보니 더 의심이 되고, 이번 『해피 패밀리』는 스포일러를 무릅쓰고 말하는 건데, 거기서 한 발 더 나아가니 의심이 아니라 확신으로 바뀐다.

참고로 고종석은 절필한 뒤 트위터에 활발한 의견 개진을 하고 있다. 트위터는 글이 아닌가? 그에 따르면 트위터는 글이 아니라 말이라는데, 실제로 트위터에 올라온 글들을 가지고는 그가 당대의 문장가라는 걸 알아보기가 힘들다.

또한 절필 이후 고종석은 2년 7개월간 11권의 책을 냈다. 다른 책들은 기존에 연재한 것이거나 기존 책의 개정판이지만, 『고종석의 문장』은 좀 논란이 있었다. 절필했다더니 왜 책을 썼느냐는 것. 하지만 이건 저자가 숭실대학교에서 4개월간 강연한 것을 책으로 옮긴 것이니, 절필의 범주에서 벗

어나지 않는단다. 절필 논란을 떠나서 그의 팬으로서 반가운
일이다. 이런 식으로라도 고종석의 책을 볼 수 있다면, 칼럼
을 못 보는 것에 대한 아쉬움을 덜 수 있지 않겠는가?

제3장

학문

오해에서
살아남기

멋진 고발, 멋진 보수

Q

김대식 · 김두식, 『공부 논쟁』

자신이 몸담고 있는 조직을 비판하는 건 쉽지 않은 일이다. '누워서 침 뱉기'인 데다 "너는 뭐 그렇게 잘났냐?"라는 동료들의 반응에 대꾸할 말이 없을 수 있어서다. 학계를 비판하는 일은 특히 어려운데, 그 안에 몸담고 있는 교수들이 다들 자기 잘난 맛에 사는 분 아닌가? 그래서 우리나라 학계의 내부 비판은 은퇴한 원로 교수가 그나마도 아주 두루뭉술하게 하는 경우가 많았고, 그러다 보니 비판에 신경 쓰는 이가 아무도 없었던 것이 그간의 현실이었다. 『공부 논쟁』은 법 관련 저술로 유명한 김두식 교수의 형이자 현재 서울대학교 물리학과에 몸담고 있는 김대식 교수가 학계의 문제점을 제대로 짚어낸 책이다. 퇴임하려면 아직도 10여 년이나 남은 분이 작정하고 쓴소리를 한 배경이 궁금했지만, 동생의 설명에 고개를 끄덕이게 된다.

"형은……옳다고 믿으면 누구와의 싸움도 피하지 않습니다."(6쪽)

게다가 책날개에 나온 김대식 교수의 업적은 학계 최고 수준이니,● "교수가 연구나 하지" 같은 비판도 먹혀들기 어렵다. 하지만 살살 형을 부추기며 센 발언을 유도한 김두식 교수가 아니었다면 이 책은 학자들이 한 번쯤 새겨들을 고발서가 되지 못했으리라.

김대식의 문제의식은 서울대학교 이공계 교수의 대부분이 해외에서 박사를 땄다는 데서 출발한다. 과학이 가장 발전한 나라가 미국이니 유학의 필요성이 전혀 없지는 않겠지만, "우리나라 정도의 국력을 가지고 아직도 우르르 미국으로 몰려가는 건 이상한 일"(116쪽)이란다. 일본의 경우 과학 발전의 초창기 때 수십 명 정도가 유럽에서 배운 뒤 유학 가

● 학술지의 좋고 나쁨을 따지는 것은 평균 인용 빈도인데, 내가 내는 학술지는 높아보았자 2.0이 고작이다. 김대식 교수가 논문을 실은 학술지의 인용 빈도를 보자.(2012년 기준) 『피지컬 리뷰 레터스(Physical Review Letters)』: 7.9, 『네이처 포토닉스(Nature Photonics)』: 27, 『나노 레터스(NANO Letters)』: 13, 『네이처 커뮤니케이션스(Nature Communications)』: 10, 『사이언스(Science)』: 31. 이런 분한테 "연구나 하지"라고 할 수 있는 학자는 우리나라에 없다.

는 길을 아예 끊어버렸고, 그 결과 일본만의 독특한 문화를 만들고 노벨상도 탈 수 있었다는 게 저자의 설명이다. "(노벨상을 탄) 15명 중에서 13명은 일본에서 박사를 딴 사람들이고……2008년 노벨 물리학상을 받은 마스카와 도시히데 교수는 노벨상을 탈 때까지 외국을 다녀온 적이 없어서 아예 여권이 없었잖아요."(129쪽)

이런 식으로 자기 나라만의 독특한 학문 세계를 구축하는 것을 김대식은 "자기 집을 짓는다"라고 표현하는데, 그에 따르면 '자기 집'은 연구자의 국적과는 아무런 상관이 없단다. 즉 우리나라 사람이 미국에서 박사를 받고 그 후에도 미국에서 계속 연구해서 노벨상을 받는 것은 우리나라 학문의 발전과는 아무런 관계가 없으며, 그보다는 인도에서 유학을 온 학생이 한국에서 박사학위를 따고 노벨상을 받는 것이 훨씬 좋은 일이라는 것. 그런데 일본이 일찍부터 일본 박사들을 중심으로 자기 집을 짓기 시작한 것과 달리 한국은 해외 박사만 우대해 자기 집을 짓는 데 실패했다.

"자기가 하버드대 박사 출신 서울대 교수면서 자기 제자인 서울대 박사를 서울대 교수로 뽑지 않는 거예요. 대신 서울대 학부 나와서 하버드대에서 박사를 딴 후배를 서울대 교수로 뽑는 거지."(141쪽)

이런 풍토의 폐해는 심각하다. 서울대학교 박사과정 학생들은 모교 교수 자리가 물 건너 갔으니 의욕이 꺾일 테고, 서울대학교 교수들 역시 해외에서 박사과정을 밟는 학생들에게만 신경을 쓸 뿐 자기 밑에서 박사를 하는 학생들은 챙기려 들지 않는다.

"이런 시스템에서는 누구도 목숨 걸고 공부하지를 않아서 문제예요. 목숨을 건다는 건 자기 자식에게 먹을 것을 만들어주기 위한 노력이거든."(149쪽)

심지어 자신의 박사학위를 지도한 교수가 혹시 노벨상을 타면 거기 묻어서 자신들도 같이 타보려고 미국 지도교수와 인연을 계속 이어간다. 거기서 하청을 주는, 전혀 창의적이지 않은 일을 하면서 말이다. 그러다 보니 기러기 아빠가 만들어졌다.

"기러기 아빠 중 가장 두꺼운 층이 대학교수일 거예요. 상당수의 대학교수들이 미국서 학위를 받았고, 공부하는 중 낳은 자녀가 미국 시민인 경우가 많아요."(151~152쪽)

그런데 아이들이 기대만큼 공부를 못하면 미국으로 보내 공부를 시킨다. 김대식은 이런 풍토가 도무지 말이 안 된다고 열변을 토한다. 왜? 우리 교육 시스템의 정점에서 일하는 대학교수들이 "우리 아이들은 미국 명문대학을 다녀요. 그런데 당신 애는 한국의 우리 학교에 보내주세요"(153쪽)라고 호소하고 있으니, 이게 말이 되는가? 게다가 지도교수도 찾아뵙고 자기 아이도 볼 목적으로 방학 때마다 교수들이 미국으로 사라지니, 이런 실험실에서 제대로 된 성과가 나올 수 없다.

김대식은 지난 대선 때 현 대통령에게 투표한, 소위 '보수'다. 보수 하면 탈세와 병역 비리, 위장 전입, 색깔론 등 부정적인 이미지만 떠오르겠지만, 그래도 보수층이 망하지 않는 이유는 그처럼 제대로 된 보수가 있기 때문이다. "천재들이 과학계를 이끈다는 건 증명이 안 된 신화"라면서 특수목적고등학교(특목고) 해체를 주장하고, 교수가 장관이나 국회의원을 하면서도 사직을 안 하는 풍토가 잘못되었다고 통렬히 지적하는 보수라니, 정말 멋지지 않은가? 우리 사회가 '자기 집을 짓자'는 그의 주장에 귀를 기울였으면 좋겠다.

명품 대사

🔍

심윤경, 『사랑이 달리다』

"살아 있네."

한국 영화 〈범죄와의 전쟁〉에서 최민식이 한 말이다. 나름 유행어로 밀고 싶었다는 감독의 의도에는 못 미치게 영화를 본 사람들 사이에서만 화제가 되다 말았지만, 이 대사는 그 뒤로도 오랫동안 내 머리에 남아 있었다. 심윤경 작가의 『사랑이 달리다』를 읽는 내내 "살아 있네"를 중얼거린 것도 그 때문이었다.

소설은 재미있어야 한다고 생각했던 내게 『사랑이 달리다』는 최고의 소설이었다. 그리고 그 재미는 웬만한 소설에서는 보기 힘든, 살아 있는 캐릭터들에게서 나왔다. 늘 사기만 치고 다니는 작은오빠 김학원, 우리 사회의 윤리관 따위에 얽매이지 않는 주인공이자 여동생인 김혜나, 철저한 속물인 큰오빠 김철원 등도 만만한 캐릭터가 아니지만, 하이라이트는 큰올케였다. 그녀는 전화 통화 장면에 처음 등장하는데, 그 순간부터 나는 큰올케의 팬이 되어버렸다.

"내 말 틀리는 법 없다.……너 내 말 허투루 들으면 죽는다. 알았지?"(91쪽)

그러고 나서 큰올케는 새로운 통화를 시작한다.

"정하 엄마? 내가 뭐라 그랬어.……내 말 틀리는 법 없다니까!……왜들 그렇게 아무 생각이 없어?……내 말 허투루 듣지 말란 말이야."(92~93쪽)

이 통화만으로도 나는 그녀의 외모와 성격을 머릿속에 선명하게 그릴 수 있었다. 그다음에 이어지는 "큰올케는……손톱만큼이라도 손해 보는 꼴을 참지 못했다. 시기, 모함, 무례, 탐욕, 이간, 과시, 무시, 은폐, 파괴, 몰상식, 어떤 분야에도 탁월했다"라는 설명은 굳이 없어도 되지 않았을까 싶을 정도. 큰올케의 비중이 그렇게까지 큰 건 아니지만, 잊을 만하면 가끔씩 나와서 나를 열광하게 만든 큰올케는 주연 부럽지 않은 명품 조연이었다.

빼놓으면 섭섭해할 분이 또 있다. 김혜나와 작은오빠가 탄 택시를 몬, 노지심을 닮은 아저씨. 불과 5쪽 등장하지만 이 분 역시 책을 덮고 난 뒤에도 계속 생각이 나는 인상적인 캐릭터다. 택시를 타기 전, 인내가 한계에 달한 올케가 이혼을 통보하자 작은오빠는 집에서 술을 왕창 마신 채 뻗는다. 그때 올케한테서 전화가 오는데, 작은오빠는 그전에 저지른 사기 행각 때문에 30분 안에 법원까지 가야 한다. 혜나는 아파트 경비원의 도움으로 어찌어찌 택시를 잡아타는데, 기사가 꼭 노지심을 닮았다. 외모에 걸맞게 예의도 없어서 혜나에게 다짜고짜 반말을 한다. 그런가 보다 했는데 그때 오빠가 술에서 깨어나 소리를 지른다.

"혜나야, 나 싫어. 법원 안 갈래.……이혼 안 할 거야." (286쪽)

여기까지만 했다면 그냥 넘어갈 수도 있었을 텐데, 오빠는 다음 말을 해버린다.

"혜나야, 오빠가 이제 잘할게. 오빠 믿지? 오빠가 용돈 줄까?" (287쪽)

그다음 구절은 가히 충격적이다. 노지심이 갑자기 "번개같이 몸을 돌려서 작은오빠에게 주먹을 날렸"고, 그 뒤에도 차가 멈출 때마다 "작은오빠를 팍팍 쥐어박았다". 여기에 그치지 않고 작은오빠가 내리고 나자 "에잇, 저 쌍놈 새끼 내가 오늘 죽일 뻔했다!"라고 포효했으며, 오빠를 둘러메고 가려는 주인공에게는 이런 말을 한다.

"저 새끼 사람 안 돼! 오늘 반드시 이혼해! 알았지? 이혼해야 해!"(289쪽)

스티븐 킹Stephen King은 자신의 소설론을 담은 『유혹하는 글쓰기』에서 "독자에게 설명하려 하지 말고 직접 보여주어라"라고 한다. 우울하다는 걸 나타내기 위해 '미자는 마음이 울적해 자살이라도 하고픈 심정이었다'고 하는 대신 지저분한 머리를 하고 혼자 식탁 의자에 앉아 차가운 케이크를 정신없이 집어먹는 장면을 보여준다면 소설이 더 생생해지지 않겠는가?

그런 면에서 『사랑이 달리다』는 킹의 요구 조건을 충족하는 좋은 소설이다. 택시 안에서 벌어지는 저 장면으로 독자는 노지심이 외모도 험상궂고 성격도 급하지만, 마음은 누구보다 따뜻한 사람이라는 것을 알 수 있다. 나이 지긋한 기사가 뒤를 돌아보며 "사정 들어보니 남자분이 너무하네요" 정도만 했어도 내용 전개에 지장은 없었겠지만, 노지심의 등장은 이 소설을 반짝반짝 빛나게 해주는 MSGmonosodium L-glutamate다(참고로 난 MSG 마니아다).

킹에 따르면 소설이 생생해지기 위한 또 다른 조건은 좋은 비유다. 마르셀 프루스트Marcel Proust도 "모든 작가는 자신만의 언어를 창조해야 한다"라고 말한 바 있는데, '미자는 꽃처럼 예뻤다'는 구절을 읽으면 힘이 쭉 빠지며, '인성은 호랑이처럼 싸웠다'는 대목에서는 책을 던지고 싶어질 거다. 심 작가가 뛰어난 건 바로 비유력이며, 『사랑이 달리다』는 그 능력을 알아볼 수 있는 작품이다.

"키는 작은오빠보다 작았지만……빨래를 널 수도 있을 만큼 어깨가 넓었다."(35쪽)

"엄마가 가사도우미를 쓰는 것은 인간이 팬티를 입는 것처럼 당연한 일이었다."(37쪽)

"점심으로 먹은 김밥 한 줄이 구렁이가 되었는지 뱃속이 거북했다."(46쪽)

"아빠는……〈스타워즈〉 제작비도 댈 수 있을 만큼 돈을 벌었다."(69쪽)

이런 비유력은 대체 어떻게 길러지는 걸까? 킹에 따르면 비결은 명료한 관찰력이란다. 평소 이것저것 관찰을 많이 하다 보면 특정한 상황이 되었을 때 갖다 붙일 수 있다는 이야기. 그러니까 좋은 작가가 되려면 어릴 적부터 주위를 잘 둘러보고 다닐 필요가 있다. 작가 지망생인지는 모르겠지만 10년 전만 해도 벤치에 앉아 나무를 뚫어지게 바라보는 사람이 꽤 있었다.

하지만 발달된 기술은 우리의 관찰력을 시나브로 앗아갔

고, 사람들은 틈만 있으면, 심지어 걸어 다닐 때도 스마트폰만 들여다본다. 공원 벤치에 앉아 나무를 바라보는 사람은 대부분 노숙자분들이고 말이다. 아파트 엘리베이터에서 내가 타든 말든 스마트폰만 보는 아이에게서 한국 문학의 미래가 어둡다는 걸 느낀다. 시나리오야 어찌어찌 쓰겠지만, 소설의 양념에 해당하는 신선한 비유는 점점 찾아보기 어렵지 않겠는가? 20년쯤 후에도 소설이 살아남을 수 있을지 걱정되는 이유다.

여성에게 감사하자

Q

플로렌스 윌리엄스, 『가슴 이야기』

우리나라의 문제점 중 하나는 제대로 된 교양 과학서가 드물다는 것. 청소년들을 자극할 과학서의 부재는 우리나라 과학의 미래가 암담한 이유 중 하나다. "너도 과학자 아니냐?"라는 반박이 나올까봐 미리 말씀드리자면, 나는 『서민의 기생충 열전』으로 기생충학계를 천하 통일한 바가 있으니, 다른 분야를 질타해도 되지 않을까 싶다. 하지만 이런 나를 경악하게 만든 책이 있으니, 바로 『가슴 이야기』였다. 이 책을 읽은 솔직한 동기는 남들이 생각하는 이유였지만, 막상 읽어보니 기대와 달랐다. 그래서 실망했다는 게 아니라 감탄을 금치 못했는데, 그때 받은 감동을 한 줄로 정리하면 이렇다.

"교양서를 쓰고 싶은 과학자라면 이 책을 참고하시라."

이 책은 내가 그토록 뿌듯하게 여겼던 『서민의 기생충 열전』마저 초라하게 만드는데, 더 충격적인 것은 저자인 플로렌스 윌리엄스가 과학자가 아니라 프리랜서 작가라는 사실이다.

다들 알다시피 과학자는 글을 못 쓴다. 우리나라 과학자들은 특히 그런데, 과학 잡지에서 일하는 사람들을 만나보면 과학자들의 글쓰기에 대한 성토를 몇 시간이고 들을 수 있다. 교양 과학서가 잘 나오지 않는 것도 사실은 그 때문인데, 이 문제를 해결하기 위해서는 과학자들에게 글쓰기 훈련을 혹독하게 시키면 될 것 같다. 문제는 이게 너무 어렵다는 것. 그래서 또 다른 방법이 등장한다. 글 잘 쓰는 작가에게 과학을 가르치면 된다. 쉽지는 않지만, 최소한 전자보다는 훨씬 쉽다. 저자가 대학에서 환경저널리즘을 연구했다는 걸 알고 나면 내 견해에 동의할 수 있으리라. 오히려 저자는 과학자가 아니기 때문에 가슴의 해부학적 구조와 기능, 유방암, 사춘기 변화와 더불어 가슴의 진화와 기원 등 폭넓은 주제로 책을 쓸 수 있었다. 저서가 있어야 해당 분야의 전문가로 대접받는 현실을 감안할 때, 우리나라 과학자들이 계속 글쓰기를 게을리한다면 머지않아 프리랜서 작가들에게 전문가 타이틀을 빼앗길 수도 있을 것 같다.

여성들이라면 유방암과 호르몬 대체 요법, 가슴 성형에 관심을 보이겠지만, 남자들은 1장에 기술된 내용이 주요 관심사일 것이다. 나 역시 1장을 가장 재미있게 읽었는데, 몇 개만 소개한다. 가슴이 A컵인 20대 여자를 바에 앉아 있게 한 뒤 몇 명의 남자가 집적거리는지 숫자를 센다. 그다음 라텍스 패딩을 이용해 가슴을 B컵과 C컵으로 만든 뒤 다시 바에 가게 했다. 결과는 어땠을까?

"여배우가 A컵이었을 때 춤추러 가자는 신청을 13번 받았다. B컵이었을 때는 19번을 받았다. C컵으로 커지자 44번이나 들어왔다."(35쪽)

나도 남자지만, 남자들의 이런 단순함에는 얼굴이 화끈거린다. 이러니 여성들이 가슴 확대 수술을 할 수밖에 없지 않겠는가? 갑자기 시모나 할렙Simona Halep이라는 테니스 선수가 존경스럽다. 루마니아의 테니스 신동인 할렙은 만 17세에 프랑스오픈에 참가해 2회전에서 탈락하자 테니스를 치는 데 걸림돌이었던 34인치, D컵 가슴을 축소하는 수술을 한다. 보도가 나가자 일부 남성팬들은 반대 서명까지 하는 등 결사반대했지만, 할렙은 수술 이후 제 기량을 발휘해 2014년 프랑스오픈에서 마리야 샤라포바Maria Sharapova를 상대로 준우승을 하는 등 세계 랭킹 3위에 올랐다.

244

또 다른 사례. 한 여성이 말한다. "짝을 찾고 아이를 갖는 일에 있어서 젖가슴 크기는 문제가 안 돼요."(42쪽) 그러면서 그녀는 유방과 매력에 관한 연구가 시간 낭비라고 주장한다. 나는 물론이고 저자도 그녀가 "작은 가슴을 가져 통념에 거스르는 세계관을 품게 된 게 아닌가 하는 생각을 떨칠 수 없"었단다.(같은 쪽) 하지만 저 말을 한 메이시아라는 여성의 가슴 사이즈는 36DD로, 그녀는 큰 가슴 때문에 "지적인 사람으로 인정받는다는 건 제게 무척 힘든 일이었어요"(42~43쪽)라고 말한다. 남성들이 원해서가 아니라면 여성의 가슴은 왜 진화했을까? 그녀에 따르면 아기의 생존과 관계가 있단다.

"임신한 여성은 특별한 지방산이 필요한 큰 뇌를 지닌 통통한 아기를 위해 지방을 제공해야 한다.……여성의 몸은 체지방이 어느 수준 이상이 되지 못하면 배란조차 할 수 없게 설계되어 있다.……결과적으로 우리는 아기를 낳기 위해 사춘기와 그 이후에 지방이 더 많아질 필요가 있다. 우리 몸의 지방은 에스트로겐을 만들고, 에스트로겐은 젖가슴을 부풀게 한다."(44쪽) 이게 다가 아니다. "쉽게 움직일 수 있는 젖꼭지가 없었다면 (아기가) 수유를 하기가 꽤 곤란했을 것"(46쪽)이라는 주장에도 쉽게 동의할 수 있으리라.

하지만 우리가 여성의 가슴에 감사해야 할 이유는 따로 있다. 우리가 알을 깨고 나온 뒤 바로 먹이를 찾아야 한다고 생각해보자. 사흘은커녕 이틀도 안 되어 죽을 것이다. 그래서 다음과 같은 주장이 성립된다.

"수유의 진화는 궁극적으로 우리가 먹이를 직접 구해야 하는 성체가 되는 시기를 늦출 수 있다는 점에서 기인한 것이죠."(62쪽) 즉 젖을 분비하는 포유류는 새끼들에게 맞는 먹이가 있는 서식지에 머물러야 할 필요를 없앴고, 그 결과 먹이가 별로 없는 따뜻한 곳으로 이동해 새끼를 낳는 게 가능했단다.(64쪽) 하나 더 남았다. 딱딱한 먹이 대신 젖을 먹을 수 있다는 것은 태어났을 때 치아가 없어도 됨을 뜻하며, 이는 출생 시 머리가 작아도 됨을 뜻한다. 또한 젖을 빨아야 하는 필요 때문에 "구개와 혀 근육이 발달"했고, 이는 "언어능력 진화로 가는 길의 출발점이 되었다".(65쪽) 그러니, 어머니와 다른 여성들에게 잘하자. 여성들의 가슴 덕분에 우리가 언어능력을 기를 수 있었으니 말이다.

물론 저자의 모든 말에 동의하는 것은 아니다. 유방암의 원인을 너무 환경호르몬 같은 유해 물질에 국한한 점이 그렇다. 예컨대 저자는 "여자아이가 열두 살에 X선에 노출되면 세포가 손상될 수 있습니다"라는 말을 인용한 뒤 자신이 척추측만증으로 X선 촬영을 한 기억을 떠올린다.(193쪽) X선을 한 번 촬영했다고 유방암에 걸리기 쉬워진다면, 그보다 몇십 배의 방사선을 방출하는 CTComputed tomography는 찍는 즉시 유방암에 걸리지 않겠는가? 또한 저자는 고지방 식단이 "젖샘에 염증이 생기게 하고 훗날 암을 일으킨다"(196쪽)라며 학교 급식에서 패스트푸드를 줄이자고 하며, 합성색소는 물론이고 "향기가 나는 제품을 피해야"(196쪽) 한다고 말한다. 이것도 부족해 "캔 음료와 통조림을 줄이고……아이들 점심이나 간식을 두꺼운 유리 용기에 넣어 천 가방에 싸준다"(198쪽)라는데, 이런 대목들은 저자가 환경 운동가라는 사실과 맞닿아 있다. 유방암의 빈도가 해마다 1~2퍼센트씩 증가하는 것을 보면 환경요인을 무시할 수 없지만, 모든 환경호르몬을 피하는 게 현실적으로 가능하지도 않고, 유방암에 걸릴까봐 미리 유방을 절제한 앤젤리나 졸리Angelina Jolie의 예에서 보듯 유방암에는 유전의 힘도 크게 작용한다. 그럼에도 이 책은 내가 여태껏 읽은 교양 과학서 중 단연 최고다. 첫 책에서 대박을 터뜨린 저자가 다음에 어떤 주제를 선택할지 궁금하지만, 한 가지 확실한 것은 어떤 분야든 나는 그 책을 사리라는 것이다.

경제학자의 족집게 과외

Q

우석훈, 『불황 10년』

경제학자에게 편견을 가지고 있었다. 경제에 그럴듯한 이론을 내놓을 줄만 알지, 자기 돈 버는 것은 잘 못한다는 편견 말이다. 유명한 경제학자 존 케인스John Keynes가 주식으로 많은 돈을 벌기는 했지만, 그 사례가 내 편견을 불식하지는 못했다. 이 생각은 우석훈이 쓴 『불황 10년』을 본 뒤 깨졌다. 자칭 C급 경제학자라는 우석훈은 이런 적이 있다고 한다.

"주변의 활동가들에게 부모님께 돈을 빌리든, 장모님께 돈을 빌리든, 수단과 방법을 가리지 말고 무조건 아파트를 사라고 조언한 적이 있다." (12쪽)

그래서 어떻게 되었을까? 그 시대를 기억하는 사람이라면 다들 알 테지만, 2008년 글로벌 금융 위기가 닥치기 전까지 우리나라의 아파트 가격은 천정부지로 올랐다. 갑자기, 평소 경제학자와 좀 친해놓을 걸 그랬다는 생각이 들었다.

나는 재테크에 목숨을 거는 사람은 아니다. 돈이 있으면 그냥 써버리는 스타일이라, 결혼 전 외로운 늑대로 살 때는 물론이고 결혼 후에도 따로 돈을 모은 적은 없다. 차 욕심은 물론이고 아파트 욕심도 없었다. 늘 어떻게든 되겠지, 생각하며 살았다. 서울 당산동에서 아내와 함께 전세를 살 때, 전세금이 어마어마하게 오르기 시작했다. 내 집 마련은커녕 있던 곳에서도 쫓겨날 뻔한 위기였는데, 갑자기 천안으로 이사하게 되었다. 과분할 만큼 훌륭한 아파트가 당산동 아파트의 전셋값밖에 안 되었기에, 얼떨결에 내 집 마련의 꿈을 이루었다.

그런 경험이 있다 보니 그 이후에도 어떻게든 되겠지 하며 살고 있었는데, 우연히 만난 이 책은 이런 무사안일주의에 커다란 충격을 주었다. 여기서 얻은 지침을 몇 개만 소개한다. 첫째, 1년치 생활비를 모으라는 것. 저자는 재테크를 하라는 의미로 이런 지시를 내렸지만, 나는 1998년 일을 떠올렸다. 내가 지금 몸담고 있는 대학은 그해에 부도가 났고, 교직원들은 10개월 동안 월급을 받지 못했다. 또 그런 일이 생긴다면 아내와 4마리의 자식까지 있는 지금은 과연 몇 달이

나 버틸 수 있겠는가? 그런데 저자는 "1년치 생활비 아래로 자산 보유액을 떨어뜨리지 않았다. 돈이 부족하면 소비를 줄였고 그래도 힘들면 더 줄였"(110쪽)다고 한다. 존경스러웠다. 그래, 나도 돈을 모으자. 그런데 어떻게? "가장 좋은 방법은 1년짜리 정기예금을 활용하는 방법이다.……소득의 절반을 1년짜리 정기예금으로 모은다면, 딱 1년치 생활비가 된다." (111쪽) 잊지 마시라. 반드시 1년짜리 정기예금이어야 한다.

두 번째, 소비가 불편한 일상을 만들어라. 사실 돈을 모으는 방법은 간단하다. 안 쓰면 된다. 그 간단한 방법을 실천하지 못하는 데는 이유가 있다. 바로 신용카드다. "필요하지 않은 소비를 늘리는 것이 신용카드의 효과다. 그러나 더 큰 효과는 필요한 물건을 사기 위해 돈을 모으는 습관을 방해한다는 점이다."(131쪽) 저자의 말대로 신용카드는 사고 싶은 순간과 지불하는 순간의 시간 격차를 없애버린다. 당장 주머니에서 돈이 나가는 게 아니니, 좀 무리다 싶은 것도 사게 된다. 게다가 매달 일정 금액을 갚는 할부라는 제도도 있지 않은가? 그러다 보니 신 나게 카드를 긁고, 매달 들어오는 월급은 며칠도 안 되어 카드회사로 들어간다. 오죽하면 월급 통장은 돈이 잠시 들렀다 나가는 정거장이라는 푸념이 나오겠는가?(『왜 내 월급은 통장을 스쳐가는 걸까?』라는 책도 시중에 나와 있

다) 카드의 폐해를 온몸으로 느끼면서도 당장 쓸 돈이 없으니 일단 카드를 쓰게 되고, 결제일을 무사히 넘기면 다시 카드를 신 나게 긋는다.

이게 그간의 평균적인 직장인들의 삶이었고, 내 삶이기도 했다. 인터넷을 찾아보니 카드 없애기에 성공한 사람들의 수기가 나온다. 일단 카드가 여러 장이면 1장만 빼고 다 잘라버린다. 이게 1단계다. 여기까지는 비교적 쉽다. 정말 어려운 것은 2단계다. 긴축에 긴축을 하면서, 또 웬만하면 현금으로 쓰려고 노력하다 보면 언젠가는 카드 사용액이 0원에 수렴하고, 그때 나머지 1장을 가위로 자르면 된다. 2단계에 성공한 분이 블로그에 쓴 글이 인상적이다. "넌 그동안 날 너무 힘들게 했어! 잘 가. 필요 없어, 너 따위." 그래도 갑자기 큰돈을 써야 할 때가 있는데, 카드를 어떻게 없애느냐고 할지 모르겠다. "결혼하고 10년 넘도록 아내에게 용돈을 받아서"(131쪽) 쓰는 저자는 밖에 나갈 때 직불카드만 가지고 나간단다. 그러면 통장 잔고 내에서 돈을 쓸 수 있다는 설명이다.

이런 지침들 외에도 이 책은 창업은 어떻게 해야 하는지, 자녀 교육은 어떻게 시키는 게 좋은지, 보험은 어떻게 들어야 하는지 등등에 대해서도 주옥같은 지침을 내려준다. 평소 책을 좋아하지 않는 사람이라 할지라도 『불황 10년』은 충분히 읽어볼 만한 책이다. 보통 책들이 돈과 동떨어진 인문학적 사유를 강조하는 반면, 이 책은 우리네 삶에 관한 유명 경제학자의 족집게 과외니 말이다. 실제로 이 책을 몇 명에게 권한 결과 "고맙다"라는 말을 들었는데, 책을 추천했다고 인사를 받는 건 정말 드문 경험이다. 안타까운 점은 책을 덮고 나서 시간이 흐를수록 굳게 먹은 마음이 무뎌져버린다는 것이다. 반짝 줄어들었던 신용카드 사용액은 다시 원상으로 돌아갔고, 통장 잔고는 여전히 남에게 보여주기 민망한 수준이다. 이론과 실천은, 많이 다르다.

제약회사에 속지 말자

Q

벤 골드에이커, 『불량 제약회사』

화이자라는 제약회사는 새로운 뇌수막염 치료제인 트로반trovan을 개발했다. 약을 개발하면 환자를 대상으로 임상시험을 해야 하는 건 필수적인 일. 그런데 그들은 자기 나라를 놔두고 나이지리아로 날아간다. 거기서 발생한 뇌수막염 환자들을 두 그룹으로 나눈 화이자는 한 그룹에는 기존 치료제인 세프트리악손ceftriaxone을 주었고, 한 그룹에는 새로 개발한 트로반을 주었다. 이 과정에서 화이자는 정말 부도덕하게도, 트로반의 효과를 더 돋보이게 하기 위해 세프트리악손의 용량을 반으로 줄여 환자들에게 투여한다. 트로반이 그다지 좋은 약이 아니어서 트로반 투여군 아이 100명 중 5명이 죽은 건 예상치 못한 일이라 할 수 있지만, 기존 치료제의 용량을 반만 투여해 살 수 있었던 아이 중 6명이 죽은 건 살인 행위라 불러야 할 듯싶다.

이들이 나이지리아로 간 이유는 무엇이었을까? 자신의 건강에 관심이 많은 미국과 달리 못사는 나라인 나이지리아에서는 임상 시험 참가자들에게 제대로 된 정보를 전달하지 않아도 되기 때문이었다. 그런데도 화이자는 처음에는 자신들의 행위에 잘못이 없다고 했다가 그로부터 13년이 지난 뒤 합의금을 주고 사태를 종식한다. 1996년 벌어진 이 사건에 기초해 만들어진 영화가 〈콘스탄트 가드너〉. 여기서 제약회사는 검증 안 된 에이즈 치료제를 아프리카 아이들을 상대로 실험하고, 그 사실을 알아챈 이들을 죽이는 테러 집단으로 나온다. 처음에 영화를 볼 때는 '설마 그렇게까지 하겠어?'라고 생각했지만, 책을 통해 트로반 사건을 뒤늦게 알고 나니 영화가 과장이라고 느껴지지 않았다.

저자는 『배드 사이언스』에서 부도덕한 제약회사에 날선 비판을 한 적이 있다. 그 비판이 한 장章에 불과했던 게 마음에 걸렸는지, 그는 아예 책 한 권으로 제약회사를 비판하기로 한다. 그래서 나온 게 『불량 제약회사』. 520쪽으로 두껍고, 온통 약 이야기로 도배되어 있어 선뜻 읽기가 부담스러울 것 같기는 하다. 실제로 거의 안 팔렸다 해도 과언이 아닌데, 그렇기는 해도 이 책이 이렇게 묻히는 건 좀 안타까운 일이다. 『제약회사들은 어떻게 우리 주머니를 털었나』, 『약이 사람을 죽인다』 등 제약회사를 비판하는 책은 꽤 많이 나와 있지만, 이 책만큼 방대한 자료에 근거해 제약회사의 부도덕함을 파헤치는 책은 없을 것 같다.

조직폭력배(이하 조폭)는 사람 죽이는 것을 두려워하지 않는 무서운 사람들이다. 그럼에도 가끔 영화의 소재가 되는 건 그들의 무식함이 관객들에게 조롱의 대상이 되기 때문인데, 그들이 부도덕함과 더불어 좋은 머리까지 가졌다면 경찰은 물론이고 시민들도 훨씬 살기가 힘들 것 같다. 제약회사는, 이 책에 의하면 부도덕함과 더불어 좋은 머리까지 갖춘 신종 조폭이다. 이 책에 소개되는 제약회사들의 전략을 읽다 보면 "이렇게 치밀할 수가!"라는 감탄이 적어도 20번은 나온다. 의사들에게는 물론이고 이들을 감시해야 할 규제 당국에도 치밀하게 로비를 하니, 제약회사를 제어할 수 있는 곳은 거의 없다시피 하다. 사정이 이러니 이들은 약을 팔기 위해 온갖 수단을 동원한다.

예를 들어보자. 1999년 『미국의사협회저널』이라는 훌륭한 학술지에 조사 대상 여성 중 43퍼센트가 성 기능 장애를 갖고 있다는 논문이 실렸다. 왜 갑자기 이런 논문이 실렸을까? 알고 보니 논문의 저자 3명 중 2명이 화이자에 자문을 해주고 있었는데, 하필이면 화이자는 "여성용 비아그라를 출시할 준비를 하고 있었다!"(334쪽) 즉 멀쩡한 여성들에게 여성용 비아그라를 먹이기 위해 말도 안 되는 논문을 쓴 것. 우리가 몸에 꼭 필요한 성분인 콜레스테롤을 악의 축으로 보기 시작한 것도 화이자가 콜레스테롤을 낮추는 약을 개발한 것과 관계가 있는데, 그 덕분에 화이자의 콜레스테롤 저하제인 리피토lipitor는 특허가 만료되기 전까지 매년 15조 원가량을 벌어들이며 화이자의 효자 노릇을 해주었다. 저자는 '우리가 할 수 있는 일'에서 다음과 같이 말한다.

"어떤 질병의 인지도를 높이는 캠페인을 벌이는 모든 제약회사는 자기네가 그 질병을 치료할 제품을 개발하거나 마케팅하고 있기 때문에……."(345쪽)

제약회사에 속지 않으려면 이 책을 읽는 게 맞지만, 그렇다고 해서 이 책을 자신 있게 권할 수 없는 이유는 두꺼운 데다 약 이름이 많이 나와서만은 아니다. 더 큰 이유는 이 책이 우리나라 현실과 다르기 때문이다. 새로운 약을 개발하고 팔아먹으려고 애쓰는 외국 제약회사들과 달리 우리나라는 신약 개발보다는 리베이트rebate로 먹고사는 제약회사들이 주를 이룬다. 신약 개발을 별로 안 하니 임상 시험을 할 필요가 없고, 그러다 보니 외국처럼 비열하지만 치밀한 전략을 짤 이유도 없다. 그리고 보면 부도덕함이란 것도 어느 정도 능력이 되어야 가능한 게 아닌가 싶다. 일반인들은 빵을 훔쳐서 감옥에 가는 반면, 높은 자리에 있는 사람들은 천문학적인 액수를 횡령하고도 감옥에 안 가지 않는가? 우리나라 제약회사들이여, 일단 능력을 기르자. 그래야 부도덕할 수 있으니까.

파리도 기생충일까?

⚲

성석제, 『투명인간』

이문열이 쓴 『변경』을 재미있게 읽었다. 저자가 좀 거시기하기는 해도 책을 참 재미있게 쓴다는 사실은 인정할 수밖에 없었는데, 내가 주인공의 일대기, 즉 언제 태어나서 몇 살 때 뭘 하고 결혼은 누구랑 하고, 돈을 얼마를 벌었고 하는 식의 책을 좋아한다는 걸 알려준 것도 다름 아닌 『변경』이었다.

성석제의 『투명인간』은 인간성이 바보처럼 좋은 김만수의 일대기를 그린다. 최근의 성석제가 낯설게 느껴지는 이유는, 원래 그한테 기대한 것이 문장 곳곳에 숨어 있는 유머를 발견하는 재미였기 때문이다. 『황만근은 이렇게 말했다』를 비롯해 그의 책들은 읽는 내내 웃음을 주었기에, 『참말로 좋은 날』처럼 유머 대신 민중의 삶에 천착한 작품을 읽을 때 내심 당황했다. 그런 책이 필요하지 않다는 건 아니지만, 내가 그를 좋아하는 이유와 달랐기에 아쉬울 수밖에. 할 수 없이 『칼과 황홀』 같은 저자의 음식점 탐방기를 읽으면서 대리 만족을 하던 터였는데 『투명인간』이 나왔다. 도입부를 보니 자전거를 타고 가다가 투명인간끼리 서로를 알아보는 내용이 나온다. 순간적으로 '아, 다시 원래의 성석제로 돌아온 건가?'는 기대를 품었지만, 이 책은 마지막 책장을 넘길 때까지 한 번도 나를 웃기지 못했다. 그렇다고 재미없다는 것은 아니다. 저자가 엄청난 이야기꾼인 데다 내가 좋아하는 일대기인지라 재미만큼은 충분했다.

주인공 김만수는 1950년대에 이 땅에 태어났다. 그의 일대기를 그린 작품이니 어쩔 수 없이 기생충 이야기가 나온다. 전공이 전공인지라 그 이야기를 좀 해본다. 자기가 전공한 주제가 책에 나오는 것만큼 반가운 게 또 있겠는가?

"학교에서 제일 무서웠던 건 예방주사를 맞는 일이었다.……치료나 예방이 안 되는 것도 있었다. 이나 벼룩 같은 기생충이었다.……쉬는 시간이 되면 아이들은 나무로 지어진 교사 벽에 기대어 서서 몸을 긁다 말고 옷을 벗어서 이를 잡기도 했다." (63~64쪽)

기생충은 사람의 몸에 일시적 혹은 영구적으로 살면서 영양분을 빼앗는 생물체를 말한다. 기생충 하면 흔히 몸속에 있는 것들만 생각하지만, 몸 밖에 있는 것도 기생충이 될 수 있다. 예를 들어 머릿니는 사람의 머리카락에 붙어살면서 두피로 내려가 피를 빨아먹는다. 사람 몸에서 벗어나면 며칠 못 살고 죽으니 기생충의 정의에 딱 들어맞는다. 벼룩은 어떨까? 점프를 잘하니 어디든 자유롭게 살 수 있으리라 생각하겠지만, 벼룩도 사람 피를 빨아먹고 사는 생물체니 기생충으로 분류할 수 있다. '일시적'인 기생도 기생충의 범주에 속한다는 것을 상기하자. 그럼 다음은 어떨까?

"벌레가 발생할 수 있는 데는 모두 DDT라고 부르는 하얀 가루를 뿌려댔기 때문이다. 그래서인지 모기, 파리 같은 기생충도 훨씬 적었다. 구더기도 기생충인지……." (65쪽)

모기나 파리는 자유롭게 하늘을 나는 생명체니 기생충이 아닐 것 같지만, 모기는 사람의 피를 빨지 않으면 살 수 없다. 그러니 당연히 기생충의 범주에 들어간다. 파리는 어떨까? 이게 좀 모호하다. 파리는 굳이 사람 몸에 붙어서 영양분을 취할 필요가 없다. 사람에게 붙어서 귀찮게 굴기는 하지만 그렇다고 피를 빨거나 피부를 갉아먹는 것은 아니지 않는가? 아무리 보아도 기생충은 아니다. 그럼 구더기는? 구더기는 어찌되었든 사람 몸 안에서 영양분을 섭취하며 사니, 당연히 기생충이다. 구더기는 과거에 꽤 많았던 것으로 기억한다. 중학교 때 교감 선생님만 해도 6·25전쟁 때 얼굴에 폭탄을 맞았는데, 상처에서 구더기가 나와 "구더기를 손으로 골라내면서 밥을 먹었다"라고 회상하셨다.

우리나라가 어느 정도 살게 되면서 구더기는 거의 찾아보기 힘들어졌지만, 그렇기 때문에 구더기가 있는 환자가 발생하면 논문으로 써서 보고할 가치도 있다. 사람에게 구더기가 생기는 건 큰 상처가 있거나 뇌중풍 등으로 환자가 의식이 없을 때인데, 그때를 노려 파리가 알을 낳기 때문이다. 본의 아니게 구더기 환자의 증례 보고를 두 번 한 적이 있다. 한번은 76세 된 여자분이었는데, 대동맥이 터지는 바람에 의식을 잃어버렸고, 수술 후 중환자실에 있는 동안에도 내내 그랬다. 그래서 파리가 코에 붙어도 제지하지 못했고, 그 틈을 노려서 파리가 코안에 알을 낳았다. 알들은 5마리의 구더기로 발견되었다.

'본의 아니게'라는 표현을 쓴 이유는 그리 좋은 일이 아니기 때문이다. 증례 보고라는 것이 다른 의사들로 하여금 환자 치료에 도움을 주고 더이상 이런 일이 생기지 않게 하자는 경각심을 주기 위한 목적이지만, 믿고 입원시킨 환자에게서 구더기가 발생한 건 해당 병원 입장에서 그리 좋은 일은 아니다. "아니, 그 병원에는 파리가 돌아다녀요?" 하지만 아무리 시설이 좋은 병원이라 할지라도 파리를 완벽하게 근절할 수는 없는 노릇이고, 구더기도 이따금씩 발생할 것이다. 하지만 이런 보고는 병원 이미지만 깎아먹는 탓에 잘 이루어지지 않는다. 혹시나 해서 검색해보니 2013년 82세 된 여자 코에서 44마리의 구더기를 꺼낸 모 병원을 포함해도 우리나라에서 구더기증은 총 8례밖에 보고된 바가 없다.

이 책에는 추억의 채변 봉투 이야기도 나온다. 한 반 학생 전부에게 변을 담아오라고 한 뒤 기생충 여부를 검사했던 그 채변 검사.

"지금 한국 사람 열 명 가운데 아홉 명이 기생충에 감염돼 있다. 감염률이 구십 퍼센트란 말이다.……기생충은 음식, 배설물, 거름, 채소 이런 걸 통해 옮는다. 내가 아무리 깨끗해도 옆 사람 앞사람 뒷사람이 다 기생충에 감염되어 있는데 안 옮을 수가 있겠나. 그러니까 누구나 예외 없이 기생충 검사를 하고 약을 먹어야만 기생충을 박멸할 수 있다."(65쪽)

우리나라가 전국 단위의 기생충 검사를 했던 1971년, 기생충박멸협회가 집계한 감염률은 84.8퍼센트였다. 기생충이 그렇게 만연한 이유는 바로 인분 비료를 썼기 때문이었다. 요충이야 사람에서 사람으로 전파되지만, 기생충의 대부분을 차지한 회충과 편충은 인분 비료로 키운 배추가 감염원이었다. 기생충에 걸린 애들이 약을 먹어야 했던 이유는 걸리지 않은 옆 사람을 보호하기 위한 게 아니라, 밭에 뿌리는 인분 비료에 기생충의 알이 섞여 있지 않아야 추가적인 감염자를 막을 수 있어서였다.

"만수는 평소에도 얼굴색이 누렇고 군데군데 허연 버짐이 피었는데 그게 다 기생충에 영양분을 빼앗겨서 그런 것 같았다."(65쪽)

버짐은 곰팡이에 의해 생기며, 기생충과는 상관이 없다. 다만 영양이 부족하면 면역도 약해지고 곰팡이 같은 것이 침투하기 쉽다.

"우리 반 오십 명 중 여덟 명 빼고는 다 회충이 있다.……내일 약을 먹어야 하니까 아침은 굶고 와라.……왜 아침을 굶고 와야 되느냐 하면 배속에 있는 회충이 밥이 들어오기를 기다리고 있다가 밥을 못 훔쳐 먹고 허기져 있을 때 약을 먹어야 효과가 있다는 것이었다."(66쪽)

매우 그럴듯하지만, 밥을 먹고 약을 먹어도 별 관계는 없을 것 같다. 이 책의 선생님은 회충에 양성인 학생들에게 '싼토닌'을 준다. 자료에 의하면 이 약은 근육을 마비해 기생충을 배출하게 만드는 회충약이었단다. 주인공 만수는 이 약을 먹고 어지럽다고 하더니, 나중에 운동장에 쓰러져서 기생충을 토한다.

"아이는 잠결에 입에서 무언가 길쭉한 것을 뽑아내고 있었다. 길고 질긴 쫀드기 같은 것을 자꾸만 뽑아 올리고 있었다. 먼 데서도 나는 그게 뭔지 알아볼 수 있었다."(67쪽)

만수는 회충을 입으로 토했다. 이건 그리 흔한 일은 아니다. 회충이 사는 작은창자에서 입까지는 꽤 거리가 멀며 장 운동에 역행하는 코스니, 죽은 회충이 떠밀려서 입으로 나오기는 힘들다. 오히려 반대가 맞다. 몸 안에서 회충이 죽고 나면 장의 연동운동에 맞서 머무를 수 있는 힘이 사라지며, 결국 장운동을 따라서 아래로 아래로 내려가 대변과 함께 배출되기 십상이다. 그렇다고 회충이 입으로 나오는 경우가 없는 건 아니다. 2004년, 우리 병원에 입원한 의식 잃은 환자가 회충을 입으로 뱉었다. 그로부터 5년 뒤, 한 탈북자가 입으로 회충을 뱉어냈다. 두 환자 모두 상태가 좋지 못했다. 회충들로서는 뭔가 안 좋은 기미를 감지하고 살아남기 위해 적극적으로 위로 올라온 게 아닐까.

마지막으로 다음 대목을 보자.

"암만 손님이라고는 해도 저런 인간은 사내도 아니다. 식구들 피 빨아먹는 거머리다. 기생충이지."(148쪽)

여기서는 작가가 기생충에 대해 어떤 생각을 갖고 있는지 잘 드러난다. 기생충을 좋게 봐달라고 역설하는 내가 보기에는 좀 서운하다고나 할까. 소설은 소설일 뿐, 분석하지 말라는 말이 있다. 그럼에도 기생충에 대해 장황하게 쓴 건, 이런 식으로라도 지식을 뽐내고픈 치기일 것이다. 나이가 50을 향해 달려가는데도 아직 이런 마음이 남아 있다니, 철이 든다는 건 정말 어려운 일이다.

죽음이 다가왔다

Q

히가시노 게이고, 『다잉 아이』

히가시노 게이고는 일본에 있는 수많은 게이고 중 단연 독보적인 존재로, 두터운 팬층을 거느리고 있다. 2014년 만들어진 영화 〈방황하는 칼날〉이 그의 원작을 토대로 한 것이고, 그 밖에도 여러 작품이 영화화된 바 있다. 하지만 역시 대표작은 『용의자 X의 헌신』. 다 읽고 나서 "나도 이런 사랑을 하고 말 거야!"라는 탄식을 내뱉게 만들 만큼 탁월한 반전이 있었다. 그 책을 읽고 게이고에게 흠뻑 빠진 건 사실이지만, 나는 그를 그다지 좋아하지 않는다. 그의 책은 항상 바쁨의 정점에 있을 때 내 눈에 띄었으니까. "이, 이러면 안 되는데"라면서 집어들었고, "이제 그만 읽고 일해야 하는데"라면서도 끝까지 읽기 전에는 놓지 않았다. 그러니 그의 인상이 좋을 리 있겠는가?

그의 다른 책들처럼 『다잉 아이』도 오래된 유적지에서 기생충 알을 찾으러 돌아다니던, 그러면서도 수업과 학교 일에 치여 살던 10월의 어느 날 내 눈에 들어왔다. 별 생각 없이 책을 집었다가 저자 이름을 알고 나서 한숨을 푹 쉬었는데, 그로부터 이틀간 약간의 짬만 있으면 책을 읽었고, 막판에는 책을 읽는 짬짬이 일을 했다. 조금 여유가 있는 12월에 읽었다면 얼마나 좋았을까 싶지만, 포경수술도 참아낸 내 인내심이 유독 게이고에게는 발휘되지 못했다.

이 책은 교통사고에 얽힌 이야기다. 실수로 사람을 차로 치어 죽인 주인공은 1년 반 뒤 피해자의 남편한테 머리를 맞아 쓰러진다. 겨우 목숨을 건지기는 했지만, 기억을 잃고 만다. 조금씩 기억이 돌아오면서 생기는 일들은 그의 작품답게 스릴과 서스펜스가 넘친다. 이 책이 그의 다른 책보다 특별하다면, 그답지 않게 '하는 장면'이 나온다는 것. 하지만 천재 추리작가답지 않게 묘사가 너무 상투적이다. "마침내 도저히 어떻게 할 수 없는 높은 파도가 밀려왔다."(187쪽) 이게 뭔가? 무슨 윈드서핑 하나? "마침내 몸의 중심에서 무언가가 마그마처럼 용솟음쳤다."(252쪽) 화산 폭발에 비유하다니 너무 구태의연하지 않은가? 이러니까 내가 그를 싫어할 수밖에. 그런 장면 묘사에도 조금 더 재능을 썼으면 좋겠다.

게이고의 작품 중에는 피해자 가족의 심경에 초점을 맞춘 게 몇 편 있다. 『방황하는 칼날』도 그중 하나인데, 성폭행당하고 죽은 딸의 복수를 아버지가 한다는 내용이다. 『다잉 아이』에서는 교통사고를 당한 피해자 가족의 마음을 헤아린다. "사람을 죽였지만 액세서리를 훔친 것과 비슷한, 가벼운 형벌을 받는 게 그들로서는 납득되지 않는다. 게다가 가해자들은 가벼운 형량에 안도하는 한편, 자신에게 생긴 재난을 하루빨리 잊으려 애쓴다. 그렇게 가해자가 잊음으로 해서 피해자는 이중으로 상처를 입는다."(418~419쪽)

가벼운 형벌과 더불어 가해자가 죄책감을 없앨 수 있게 만드는 또 다른 장치는 보험이다. 대부분의 운전자는 자동차보험에 가입되어 있어, 사고가 일어나면 가해자는 뒤로 싹 빠지고 보험회사가 전면에 나서서 모든 일을 처리한다. 그렇게 되면 가해자는 금방 그 일을 잊어버리고 마는데, 책에 나오는 인물의 말이 가해자의 태도를 대변해준다.

"그래서 돈을 주는 거잖아.……솔직히 말해서 나 역시 피해자라고."

사람이 죽었는데 자신이 돈을 내야 한다는 이유로 피해자를 자처하는 현실. 작가가 지적하고픈 건 바로 이런 태도다.

물론 별로 다치지도 않았는데 드러눕고 그러면 얄미울 수 있지만, 보험에만 맡겨놓고 나 몰라라 하는 것도 좋게 보이지 않는다. 친한 친구 하나는 운전하다가 상대방 차의 과실로 사고를 당했는데, 애 둘이 다치고 아내의 다리가 부러지는 참사가 벌어졌다. 친구 부인이 다시 걷게 되기까지 그가 겪어야 했던 고통은 과연 얼마만큼일까? 하지만 친구가 분노한 건, 처음에 한 번 미안하다고 하고서는 코빼기도 보이지 않았던 가해자의 무관심이었단다. 교통사고를 내지 않도록 안전운전을 하는 게 가장 중요하겠지만, 부득이하게 사고를 냈다면 진심으로 미안한 태도를 보이는 게 좋을 것 같다.

『다잉 아이』의 인물은 말한다. "1년에 얼마나 많은 사람이 교통사고로 죽는지 아나? 1만 명이야. 다행히 목숨을 건진 부상자는 그 몇 배겠지. 그리고 사고는 면했지만 하마터면 사고를 당할 뻔했던 경우는 더더욱 많을 테고. 그런 사람들은 그저 운이 좋았을 뿐이야.……반대로 운전자들 가운데 지금까지 인명사고를 내지 않은 사람 역시 어쩌면 그런 행운이 계속되었을 뿐인지도 모르고."(157쪽)

문득 10여 년 전 일이 생각난다. 경춘가도가 왕복 2차선이던 시절, 나는 앞에 가는 대형 트럭을 추월하려고 중앙선을 넘었다. 그런데 트럭도 갑자기 속도를 내기 시작했다. 포기하고 다음 기회를 노렸어야 했는데 나는 질세라 가속 페달을 밟았다. 트럭과 나란히 섰을 때, 트럭 운전사가 나를 조롱하며 웃음 짓던 순간이 기억난다. 커브 길을 앞두고 반대쪽 차선에서 큰 트럭이 나타났다. 죽음의 공포가 엄습했다. 나는 '에라, 모르겠다'는 심정으로 핸들을 오른쪽으로 꺾었다. 빠아앙 하는 경적 소리가 길게 들렸다. 별 탈이 없었던 것으로 보아 트럭이 브레이크를 밟아준 게 아닌가 싶은데, 상황이 어느 정도 진정되자 옆자리에 있던 친구가 말했다.

"야, 우리 오늘부터 다시 사는 거야. 겸허하게 살자."

지금도 가끔 생각한다. 그때 트럭이 속도를 줄여주지 않았다면 나는 어떻게 되었을까? 삶과 죽음은, 최소한 운전을 하는 동안에는 그리 멀리 있는 게 아니다.

우리나라 의사는 뭐해?

Q

가이도 다케루, 『바티스타 수술 팀의 영광』

계단에서 굴렀다. 코뼈가 부러지고, 손등 뼈에 금이 가고 배열이 엉망이 되었다. 수술은 물론이고 5일가량 입원해야 한다기에 『바티스타 수술 팀의 영광』을 집어 들고 갔다. 『의학의 초보자』로 저자에게 깊은 인상을 받았기 때문이다. 수술이 금요일이라 목요일 오후에 입원했는데, 달리 할 일도 없고 해서 책을 읽기 시작, 새벽 2시경에 끝내버렸다. 개인적으로는 『의학의 초보자』가 더 재미있었는데, 내가 연구 우선인 기초의학 전공자인 탓이지, 이 책이 재미없다는 이야기는 아니다.

하지만 책을 읽으면서 나보다 먼저 이 책을 읽은 지인이 왜 "재미없다"라고 했는지 십분 이해할 수 있었다. 그건 불친절함 때문이었다. 예를 들어 "툭, 하고 모스키토가 붙어 있는 살 조각이 놓여졌다"(154쪽)라는 대목. 심장 수술의 한 장면을 묘사한 건데, 해설이 있는 것도 아닌지라 읽다 보면 도대체 모스키토가 뭔지 헷갈릴 만하다. 그래도 의학계에 몸담고 있으니 모스키토가 가위처럼 생겼고 수술 중 집게처럼 쓰는 기구라는 걸 알지, 안 그랬다면 수술실을 배회하던 모기가 심장 조각에 붙은 게 아닌가 의아해하지 않을까?

MRIMagnetic Resonance Imaging를 찍는 장면도 마찬가지다. T1과 T2가 연이어 나오는데, 해설이 없어 도대체 뭔지 거슬리지 않을지? '전하행지前下行枝 영역'이 심장동맥의 한 혈관이 혈액을 공급하는 곳이라는 것도 마찬가지.(370쪽) 원문에 해설이 없는 건 알지만, 번역할 때 주석을 붙여주는 친절함을 보였다면 좋을 뻔했다. 물론 나 같은 구세대의 푸념일 뿐, 언제 어디서나 인터넷 접속이 가능한 스마트폰 세대는 이런 것에 전혀 구애 없이 책을 읽을지도 모르겠다.

'부정수호외래不定愁呼外来' 역시 마찬가지다. 주인공은 부정수호외래를 만들어 환자를 보는데, 의학적으로 별 이상이 없지만 의사의 불친절 등 병원 시스템의 문제로 인한 불만이 신체 이상으로 발전한 환자들의 말을 들어줌으로써, 환자의 증상을 없애주는 걸 일컫는 말이다. 환자 1인당 1시간 이상씩 말할 수도 있으므로 볼 수 있는 인원은 하루 5~6명이 고작. 하지만 효과가 드라마틱한 데다 병원 측에서도 불만을 갖는 환자를 달래주니 대환영이다. "다른 사람의 이야기에 진심으로 귀를 기울이면 문제는 해결된다."(92쪽) 많은 환자를 봐서 이윤을 남기지 않으면 안 되는 우리나라 의료계로서는 꿈도 못 꿀 일이지만 말이다. 근데 그걸 왜 부정수호외래라고 번역했는지 아무리 생각해도 모르겠다. 원문을 그대로 썼다고 하지만, 한자로 '不定愁訴'니 '부정수소' 아닌가? 인터넷으로 찾아보니 번역자가 다음과 같이 말했단다.

"'부정수소외래'의 잘못이었습니다. 책 전반에 걸쳐 잘못되었습니다. 한자는 '부정수소외래'로 맞게 적고, 발음을 '수호'로 잘못 적었습니다. '하소연 외래'라고 할까 하다가 원래 단어 그대로 하면서 '호소한다'는 의미를 생각하다 보니 어이없는 실수가 나왔습니다. 엄벙덤벙하다가 저지른 실수입니다."

그러니까 번역자의 실수였는데, 개인적으로는 원어를 그냥 쓰는 것보다 '하소연 외래'라고 새로 명명하는 게 낫지 않았을까 싶다. 책을 읽으면서 알게 된 사실인데 일본에도 우리나라 의료계가 겪는 문제가 산재해 있었다.

"연간 100만 명이 사망하는데 부검이 이루어지는 경우는

3만 건 남짓. 부검은 현재 사망 시 유일한 의학적 검사입니다. 부검 비율이 5퍼센트라는 것은 95퍼센트가 사망 이후 의학 검사를 하지 않고 장례를 치른다는 이야기입니다."(162쪽)

"의료 과실 문제에 대해 사회가 갖추고 있는 조사 시스템은 매우 엉성한 모양이다. 하늘의 그물은 넓고 넓어서 엉성하기 짝이 없기에 줄줄 샌다."(165쪽)

"절묘한 수술 기술로 많은 환자의 목숨을 구한 외과 의사보다 쥐의 시체로 학술 잡지의 여러 페이지를 장식할 수 있는 인간이 대학병원에서는 더 높이 평가받는다."(204쪽)

마지막 구절이 특히 마음에 와 닿는다. 환자들은 대개 큰 병원을 선호한다. 물론 큰 병원 의사들이 실력 있는 경우가 대부분이지만, 요즘 큰 병원에서 의사를 채용하는 기준을 보면 누가 더 쥐 실험을 많이 하고, 그걸 누가 더 논문으로 많이 썼느냐인 듯하다. 이런 풍토에서 누가 환자를 열심히 볼까? 이건 영국도 마찬가지여서, 환자를 보다 늦게 숙소로 들어온 의사에게 선배가 말했단다.

"환자 보느라 네 장래를 망치지 마."

외국 학술지에 실리는 논문의 중요성을 충분히 이해하지만, 환자 진료보다 연구에 점점 많은 비중이 쏠리는 작금의 현실은 우려스럽다.

끝으로 한마디. 이 책을 쓴 가이도 다케루는 현역 의사다. 의사이기에 이렇게 현장감 있는 의료 소설을 쓸 수 있었을 텐데, 이런 말을 하면 다들 묻는다.

"우리나라 의사는 뭐해?"

이건 의사의 문제만은 아니다. 회계사를 비롯한 전문직들도, 수많은 직장인도 자기 현실을 이용한 소설을 거의 못 쓰고 있지 않은가? 아무래도 어릴 적부터 받은 주입식 교육과 경쟁에서 이기는 것만을 추구하는 현실이 소설에 대한 감수성을 마르게 한 게 아닐까 싶다. 그러니 앞으로도 일본과 미국, 다른 나라의 의사들이 쓰는 소설을 읽으며 "와와!"를 외치는 게 내 팔자일지도.

프로파일러는 답답하다

Q

팻 브라운, 『프로파일러』

"백인 남성. 25~27세가량. 깡마른 외모. 정신병력 있음."

오래전, FBI 심리분석관 로버트 K. 레슬러Robert K. Ressler
가 쓴 『살인자들과의 인터뷰』를 읽고 프로파일링이 뭔지 알
았다. 용어 사전에 의하면 '일반적 수사 기법으로는 해결하
기 힘든 연쇄살인 사건 수사 등에 투입되어 용의자의 성격과
행동 유형 등을 분석하고, 도주 경로나 은신처 등을 추정하
는 역할을 하는 것'이라는데, 프로파일러의 효시 격인 레슬
러는 범인을 워낙 잘 맞혀 표창도 받았다고 한다. 정말 멋지
지 않은가? 책을 읽고 난 뒤 범죄를 신문에서 볼 때마다 '범
인은 동양인이고, 뺀질뺀질한 외모를 가진 성인 남자'라는
예측을 하기도 했다. 신기하게도 적중률이 좋았다.

몇 차례 범인의 특징을 맞히면서 '프로파일링도 별게 아니구나'라는 생각이 슬그머니 들었다. "쾌락 살인은 가해자와 피해자의 인종이 같은 경우가 많고, 무자비한 살인극으로 표면화될 만큼 정신장애가 심해지려면 8~10년이 걸리"(17~18쪽)며, "편집형 정신분열은 10대 때 처음 발병하니 범인은 20대 중반. 게다가 내향성 정신분열증 환자는 끼니를 잘 거르니 말랐을 것"(18~19쪽)이라는 게 레슬러 추리의 기본 전제인데, 그렇게 따지면 백인 여성이 희생자인 모든 연쇄살인범은 정신병력 있는 깡마른 백인 남성이다. 이건 좀 이상한데 하는 생각이 들었지만 그냥 넘어갔다. 지금 생각하면 좀 아쉽다. 그 생각을 조금 더 진행해서 '레슬러의 허와 실'이라는 글을 썼어야 하는데 말이다.

이런 허무함은 『프로파일러』를 읽고 풀렸다. 실제 프로파일러로 일하는 저자는 아주 우연한 기회, 그러니까 유력한 살인 용의자가 자기 집에서 하숙한 걸 계기로 프로파일러가 되었다. 레슬러처럼 브라운 역시 폼 나는 삶을 살고 있을까? 대답은 '아니오'다. 그녀의 첫 사건을 보자. 저자의 집에 있던 남자는 정황상 개울에서 발견된 여자를 죽였을 가능성이 높았다. 남자의 쓰레기통에서 결정적 증거인 젖은 청바지와 테니스화를 발견했을 뿐 아니라 범행에 쓰인 칼까지 찾아냈으니, 사건은 해결된 것이나 다름없었다. 하지만 이런 증거들을 가지고 경찰서에 갔을 때 그녀는 이런 말을 들었다.

"어쩌면 그 사람이 흑인이기 때문에 그 사람의 행동을 오해한 것 같네요."(55쪽)

경찰은 동네 아줌마의 증언에 귀를 기울이고 싶은 마음이 조금도 없었던 거다. 흑인을 조사했다면 그가 사건 당시 범행 현장 근처에 있었던 것과, 그가 살던 곳에서 비슷한 사건이 있었던 것 등이 고구마 줄기처럼 뽑혀 나왔을 텐데 말이다. 아직도 그 사건은 해결되지 못했고, 이에 브라운은 결심을 한다.

"드디어 내가 할 일을 찾았다. 살인자들을 체포하는 일이 제대로 행해지는 것 같지 않아 경찰 수사 시스템에 관해 뭔가를 해야겠다고 결심했다."(105쪽)

프로파일러 일을 시작한 후에도 삶은 달라지지 않는다. 경찰은 자료를 보여달라는 부탁을 거절했고, 지목한 용의자를 조사할 생각조차 하지 않았다. FBI라는 간판도 없는 그녀의 말을 경찰이 왜 들어야 한다는 말인가? 더구나 경찰 나름의 추리 기법과 오랜 경험이 있는데. 그래서 이 책은 읽는 내내 답답하다. 특정 사건에 대해 브라운은 여러 가지 증거를 모아 유력한 용의자를 제시하지만, 경찰의 고집은 세기만 하다.

"프로파일러는 프로파일을 할 뿐이며 그게 전부다. 공식적으로 사건 해결을 담당하는 것은 경찰청이고, 어떤 사건을 기소할지 선택하는 것은 검사의 몫이다."(301쪽)

이뿐이 아니다. 피해자 가족한테도 "왜 죽은 애를 괴롭히느냐"라는 욕을 먹기 일쑤니, 프로파일링의 길은 안락한 의자에 앉아 "백인이고, 25세고……"라 말하는 우아한 일은 결코 아니다. 다행히 저자는 뛰어난 프로파일러고, 방송에 몇 번 나가 유명해진 덕분에 사건 의뢰를 계속 받고 있지만 그렇다고 해서 달라지는 건 없다. 의견은 언제나 무시되고, 책에서 기술된 사건은 대개 이렇게 끝난다. "유일한 용의자는 남편이었으며, 어느 누구도 기소되지 않았다."(210쪽) "미시 존스 사건은 그냥 주저앉고 말았고, 더이상 아무것도 진행되지 않았다."(301쪽)

프로파일러의 현실에 대해 배운 것 이외에도 이 책은 내게 또 다른 현실을 알려주었다. 예전에 한 여성학 책에서 여성들은 자신을 괴롭히려는 남자들에게 맞서기 위해 필살기를 익혀야 한다는 구절을 읽고, 감동한 나머지 수업 시간마다 그 이야기를 했다. "강간범이 짠 각본을 뒤집어서 그를 당황하게 하세요. 그러기 위해서는 평상시에 호신술 훈련을 해야 합니다."

브라운은 이런 여성계의 운동을 비웃는다. 그녀의 말이다. "숲속에서 마이크 타이슨Mike Tyson만큼이나 덩치가 큰 사내가 튀어나왔다고 합시다. 그런데 이 호신술 수업에서 배운 대로 주먹질을 할 건가요?"(130쪽) 당신 손목은 부러지고 범인은 코웃음을 치며 당신을 죽일 거라는 주장이다. 앞차기를 멋지게 해서 사타구니를 차는 것도 쉬운 게 아니라는데, 이 말을 들으니 내가 수업 때 한 말이 부끄러워졌다. "여자들은 습격자와 싸우는 것 자체가 좋은 결과를 가져올 수 없다는 걸 알고, 어떻게 해야 피해자가 되지 않을지 그 방법을 가르치는 게 우선"(132쪽)이라는 그녀의 말에 동의할 수밖에 없었다.

브라운이 말하는 프로파일러의 세계는 허무하고 답답했다. 하지만 시스템의 문제일 뿐, 얼마든지 개선 가능하다. 예컨대 국가에서 프로파일러에게 자격증을 부여하고, 장기 미해결 사건에는 프로파일러가 의무적으로 자문하도록 하는 것도 방법일 것이다. 수사와 기소에 대한 검찰의 독점이 문제가 되는 것처럼, 수많은 범죄를 경찰 혼자서만 담당하는 것도 바람직하지 않다. 우리나라에도 팻 브라운 같은 뛰어난 프로파일러가 나오기를, 그래서 사건 해결에 도움이 될 수 있기를 바라마지 않는다.

의사는 포기하지 않는다

Q

다카노 가즈아키, 『제노사이드』

아버지는 인공투석을 받으셨다. 만성 신부전 진단을 받았기 때문인데, 신장이 망가져 혈중 노폐물을 내보낼 수 없어 혈액을 밖으로 빼낸 뒤 노폐물을 거르고 다시 집어넣어주는 과정을 거쳐야 했다. 이게 바로 인공투석으로, 이틀에 한 번 꼴로 받아야 하는지라 일상생활에 큰 지장을 초래한다. 혈액을 넣고 빼는 혈관에 무리가 가는지라 시시때때로 혈관을 바꾸어야 하며, 세균 침입 가능성이 높아진다는 것도 문제지만, 심장에 부담이 가 기능이 상실될 수 있다는 것도 인공투석을 5년 이상 받기 힘든 이유다. 아버지가 돌아가신 건 인공투석을 받은 지 3년이 지났을 무렵이었다. 위독하다는 말에 달려갔을 때는 심장박동이 거의 멈추기 직전이었다. 담당

의가 말했다.

"심장 기능이 정상인의 12퍼센트 정도로 떨어져 더이상 생명을 유지하기 어려웠습니다."

아버지가 돌아가신 것에 대해 병원 측을 원망하고픈 마음은 없었다. 아쉬운 건 돌아가시기 사흘 전에 했던 수술이었다. 목에 있는 혈관으로는 더이상 투석을 할 수 없어서 다른 혈관을 모색했는데, 마땅한 게 없어 허벅지 안쪽에 있는 혈관에 투석용 주입구를 만드는 수술을 4시간가량 해야 했으니까. 어차피 심장 기능이 떨어졌는데 구태여 힘든 수술을 할 필요가 있었을까? 하지만 의사라면 누구나 4시간의 수술을 선택한다. 원래 의사는 마지막까지 포기하지 않는 존재니까.

독일의 한 병원에서 있었던 일. 나이 든 환자에게 의사가 영상의학과에 가서 CT를 찍고 오라고 했다. 그 병원은 CT기계까지의 거리가 1킬로미터에 달했고, 환자는 말기 암 투병중이었다. 환자는 결국 아르바이트생의 도움을 받아가며 그먼 길을 다녀왔다. CT에서는 아무것도 나오지 않았는데, 어차피 생이 얼마 안 남은 환자에게 CT가 얼마나 의미 있었을지. 환자가 숨을 거둔 건 그로부터 보름도 채 지나지 않은 때였으니, CT를 찍으러 가는 대신 누워서 삶을 정리하는 게 나았을지도 모른다.

앞에서는 '문제'라고 이야기했지만, 사실 포기하지 않는 자세는 의사의 기본 덕목이다. 어차피 죽을 환자라고 해야 할 치료를 안 한다면 훨씬 많은 문제가 생길 테니까. 생명 유지에 필요한 처치를 하지 않아 환자를 죽게 만드는, 소위 '소극적 안락사'가 최근까지 법으로 금지되었던 것도 의사의 섣부른 포기가 가져올 문제점 때문이리라. 내일 죽을 환자에게 CT를 찍게 하는 게 융통성 없이 보일지라도, 이야말로 의사의 본분에 충실한 거라는 이야기다.

다카노 가즈아키의 『제노사이드』는 호모사피엔스와 차원이 다른 지능을 가진 신인류 이야기다. 미국과 일본, 콩고민주공화국을 오가며 벌어지는 일들이 워낙 흥미진진해 읽고 나면 한동안 벌어진 입을 다물 수가 없는데, 이 책에서 주목할 점은 바로 '의사의 융통성 없음'이었다. 신인류의 등장과 더불어 『제노사이드』의 한 축을 이루는 것은 일본의 대학원생 겐토가 폐포상피경화증의 치료 약을 만들려고 노력하는 과정이다. 폐포상피경화증은 산소 교환이 주 임무인 폐포가 경화硬化됨으로써 호흡이 안 되는 유전병으로, 치료 약이 없는 불치병이란다. 그냥 놔두면 몇 년 살지 못하는데, 꼭 살려야 하는 어린이 환자의 수명이 한 달밖에 남지 않은 탓에 겐토는 그 안에 약을 만들어야 했다.

스포일러이기는 해도 누구나 예상할 수 있는 이야기니 과 감하게 해보자면, 겐토는 경찰의 미행과 도청 등에 맞서 싸우며 결국 마감 시간 안에 약을 만드는 데 성공한다. 이제 남은 건 환자에게 투여하는 일. 하지만 겐토의 선배인 담당 의사는 그 약을 쓰는 걸 거절한다. 안전성도 확인했고, 쥐한테 투여한 결과 즉각 효과가 나타났다고 아무리 이야기해도 말이다.

"너, 제정신이야? 출처도 모르는 약을 내밀다니, 환자에게 마시게 할 것 같아?" (632쪽)

겐토는 "아무것도 안 하면 환자는 내일 죽는다!"라고 절규했지만 의사는 막무가내다. '당연히 써야 하지 않을까?'라고 생각하겠지만, 현실은 그리 간단하지 않다. 일이 잘못되면 미검증된 약을 쓴 것을 병원 윤리위원회에서 문제 삼을 테고, 다음과 같은 경우도 상상해보아야 한다.

"하지만 병리해부로 이상한 소견이 나타난다면……." (같은 쪽)

안 그래도 경찰에 쫓기는 겐토는 "아무것도 안하고 저 애가 죽는 걸 지켜볼지, 이 약을 써볼지 선배에게 맡기겠습니다"라고 말한 뒤 도망치고, 의사는 어떻게 해야 할지 고민한다. 의사가 "손에 든 약을 쓰레기통에 버리려 했"(636쪽)다는 대목에서 독자들은 한숨을 내쉬었으리라. '이 답답한 의사야, 어떻게 네 안위만 생각하느냐고. 하지만 현대 의학이 고치지 못한다고 특효약을 가장한 민간요법을 의사가 쓸 수 없는 건 당연하다. 불치병 환자의 가족들이 뭐가 좋다더라며 가져온 것 중 효과가 있는 게 과연 얼마나 있었는지 생각해 보시길. 게다가 환자가 언제 죽을지 추측하는 건 불가능하다. 책에서는 한 달 후에 죽는다고 전제했지만, 그 이전에 죽을 수도 있고 그보다 오래 살 수도 있는 법이니, "내일이면 환자가 죽을 거니 뭐라도 해야 한다"라는 건 억지에 가깝다. 결국 의사는 병원 윤리 규정에 묶이지 않는 기상천외한 방법으로 환자에게 약을 투여하는데, 현실의 의사라면 그렇게 할 사람이 과연 얼마나 있을까 의문이다.

갑자기 고 장진영 생각이 난다. 〈싱글즈〉 등의 영화로 사랑받았던 배우 말이다. 남편이 쓴 책에 의하면 위암 말기던 장진영은 의사의 수술 제의를 거절하고 멕시코로 날아가 근거도 없는 민간요법을 받고 상태가 악화되는데, 그 대목을 읽다가 안타까운 한숨을 쉬었다. 의사 말을 들었다면 지금도 우리 곁에 있지 않았을까 해서. 의사도 사람이니 이런저런 잘못을 한다. 하지만 소설은 소설일 뿐, 아무리 못 미더운 의사도 가장 그럴듯해 보이는 민간요법보다 낫다.

마음속 멍울을 뱉어내자

Q

이은조, 『수박』

저자를 하늘같이 생각하던 시절이 있었다. 하지만 아는 사람 중 '저자'가 10명을 돌파하고, 심지어 나도 책을 내게 된 후로는 저자에 대한 존경심이 다소 엷어졌다. 하지만 이은조 작가는 좀 다르다. 나는 그녀를 알라딘에서 처음 보았다. 2003년 11월, 알라딘은 인터넷서점 중 최초로 사용자들에게 개인 블로그를 만들어주었다. 이름하여 '알라딘 서재'. 최초라는 타이틀 때문인지 책 좀 읽는다는 이들이 우르르 몰려와 둥지를 틀었다. 나도 그중 하나였다. 책을 많이 읽으면 글도 잘 쓰기 마련이라 알라딘에서는 글쓰기 경쟁이 거의 매일같이 벌어졌다. '로쟈'로 알려진 이현우를 비롯해서 『밑줄 긋는 여자』의 성수선, 『독서 공감, 사람을 읽다』의 이유경,

『나쁜 피』의 김이설 등등 알라딘 출신으로 책을 낸 사람은 한둘이 아니다. 미래의 프로 작가가 될 이들이 패권을 다투던 알라딘에서도 이은조 작가는 유달리 눈에 띄는 존재였다. 그가 쓰는 글은 한 줄 한 줄 놓치기 아까우리만큼 아름다웠으니까. 우리는 이구동성으로 말했다.

"저런 분은 정말 작가가 되어야 해."

2007년 이은조 작가가 『동아일보』 신춘문예 소설 부문에 당선되었다는 소식을 들었을 때 하나도 놀라지 않은 것은 될 사람이 되었다는 생각 때문이다.[●]

신춘문예 당선은 문청文靑들에게 큰 기쁨이지만, 그게 곧 전업 작가를 보장하는 것은 아니다. 정기적으로 글을 쓸 지면이 있어야 하지만, 작가는 많은데 지면은 한정되어 있기 때문이다. 할 수 없이 돈을 벌기 위해 다른 일을 하다 보면 문학은 점점 멀어진다. 등단 후 몇 년이 지나도록 소설책 한 권 내지 못한 사람이 부지기수다. 결국 신춘문예는 술자리에서 "내가 말이야, 옛날에 신춘문예 되었다고!"라고 할 때나 유용한 타이틀이 된다. 그러니 문학에 대한 웬만한 강단이

● 나중에 알고 보니 이은조 작가는 1998년 『중앙일보』 신춘문예 희곡 부문에 당선된 경력도 있다.

있지 않으면, 또 웬만큼 여건이 뒷받침되지 않으면 전업 작가로 성공하는 건 결코 쉽지 않다. 이은조 작가는 다행히 이 둘을 갖춘 듯하다. 등단 이후 꾸준하게 활동을 하고 있으니 말이다.

2011년, 신춘문예에 당선된 지 4년 만에 이은조 작가는 『나를 생각해』로 자신의 존재를 세상에 알린다. 그로부터 3년이 지났을 때, 단편집 『수박』이 나왔다. 첫 책이 좋지 않았다는 것은 아니지만, 나는 두 번째 책 『수박』이 훨씬 좋았다. 여러 편의 소설이 묶인 소설집을 선호하는 편이 아니기는 해도, 『수박』에 실린 작품들은 나름의 일관성을 갖고 내 마음을 뒤흔들었다. 예를 들어 「바람은 알고 있지」에서 혜리라는 여성은 사고만 치고 다니는 가족들의 뒷수습에 치인 삶을 산다. 어쩌다 한 번 가족들의 수습을 거절하면 대번에 '언니는 이기적'이라는 문자가 온다.

"배려와 희생이 가족을 사랑하는 방법으로 둔갑하지 않았고, 단 한 번의 어쩔 수 없는 외면이 그동안의 배려와 희생을 덮어버린다는 걸 늦게 깨달았다." (46쪽)

이 이야기가 더 공감이 간 것은 지인 때문이었다. 나랑 친한 한 여선생은 아버지가 평생 돈을 버는 직업을 가진 적이 없다고 했다. 딸 넷과 아들 하나, 총 5명의 자식은 어머니가 벌어오는 비정기적인 수입에 의존하며 근근이 생계를 유지해야 했다. 대학에 다니던 시절을 그녀는 이렇게 회상한다.

"학교 식당 밥을 딱 하나만 시켜서 여동생과 함께 먹었어요. 이런 식으로 하루 세 끼를 해결했지요. 여동생이 이렇게 말해요. '언니, 우리가 나중에 돈 많이 벌면 학교 밥을 각자 하나씩 시켜서 먹자.' 그때는 그게 우리의 꿈이었어요."

의대를 졸업하고 월급이 나오는 인턴이 되고부터 그녀는 소녀 가장이 되었다. 레지던트 월급이라야 100만 원이 채 안 되었지만, 이제 집안의 유일한 수입원이 그녀의 월급이었으니, 가장이 된 건 선택이 아니라 의무였다. 전문의를 따고 난 뒤 병원에 취직해 돈을 벌면서 그녀는 자기 밑의 동생을 모두 시집·장가보냈다. 막냇동생이 시집가던 날, 어머니가 말하더란다.

"이제 자식들 다 결혼시키고 나니 후련하다."

그녀는 이렇게 반문했다.

"엄마, 나는?"

세월이 흘렀다. 이제 어느 정도 자리를 잡은 동생들이 그녀의 희생에 보답했을까? 별로 그런 것 같지는 않다. 오히려 동생들은 틈나는 대로 그녀가 일하는 병원에 와서 건강검진과 치료를 받았고, 자신들뿐 아니라 사돈의 팔촌까지 오게 해서 그녀를 힘들게 했다. 같이 사는 어머니의 생활비는 물론이고 따로 나가 사는 아버지의 생활비마저 충당해야 했던 시절, 그녀는 이 지긋지긋한 가장 신세를 탈출하는 유일한 방법은 '결혼'이라고 생각했다.

"길 가는 사람 아무나 붙잡고 나 좀 데려가 달라고 하고 싶었어요."

「바람은 알고 있지」에 나오는 혜리도 비슷한 생각을 한다.

"이따금씩 혜리는 여기서 펑, 사라지고 싶다는 생각에 사로잡혔다.……버스를 타고 한강을 건널 때도, 마트에서 물건을 고를 때도……혜리는 여기서 펑,을 외우곤 했다.…… 그건 왠지 서글프면서도 통쾌했다. 병에 걸렸다, 신용불량자가 되었다, 이사를 가야 한다 등의 문자메시지를 보내는 가족의 안부에 답하지 않아도, 궁리하지 않아도 되는 것이다."

(45쪽)

소설의 재미가 기존의 상식을 깨뜨리는 쾌감에 있다면, 『수박』에서 제일 충격적이었던 단편은 단연 「효녀 홀릭」이다. 아베 고보安部公房의 『모래의 여자』를 떠올리게 만드는데, 내용이 그보다 현실적이라 내가 받은 충격이 훨씬 크다. 다른 단편들 역시 다들 나름의 한 방이 있는데, 정말 안타까운 점은 이 소설의 출간일이 2014년 3월 31일이라는 것이다.

책의 재미가 판매량과 일치한다면 몇 쇄 정도는 가볍게 넘겨야 제격이지만, 이 책은 출간 2주 뒤 제대로 된 대접을 받지 못하고 묻혀버린다. 그게 못내 서운했을 저자에게 「수박」의 한 구절을 돌려드린다.

"수박씨는 그냥 뱉으면 돼. 툭, 툭……. 마치 가슴에서 멍울이 터져나가는 것처럼."(255쪽) 이은조 작가님, 수박씨 뱉고 힘내세요.

사랑스러운 과학소설

Q

김희선, 『라면의 황제』

김웅용이라는 분이 있다. 신문 기사에 따르면 그는 4세 때 일본에서 측정한 아이큐 테스트에서 210이 나와 기네스북에 올랐다. 그 뒤 한양대학교에 잠깐 다니다 8세 때 미국항공우주국NASA에 스카우트되어 5년간 일하는데, 그는 NASA를 그만둔 이유를 '외로움'이라고 표현했다. 하지만 그 뒤의 행적에 대한 우리 언론의 평가는 대체로 야박하다. 세칭 일류대가 아닌 대학교에 입학한 그에게 대부분의 언론이 '실패한 천재'라는 타이틀을 붙여주었으니 말이다. 요즘은 신한대학교 교수로 재직하며 방송 프로그램에도 가끔씩 나오는데, 이분이 글쎄 소설의 소재가 되었다. 김희선이 쓴 『라면의 황제』 중 두 번째 단편인 「교육의 탄생」이다. 원래 1962년생이지만 여기서는 출생 연도가 1954년으로 바뀌었고, 이름도 '김웅용' 대신 '최두식'이 되었다. 그럼으로써 최두식의 삶은 1961년 4월 12일과 1969년 7월 16일에 연결된다. 참고로 전자는 소련의 우주 비행사 유리 가가린Yury Gagarin이 최초로 우주 비행을 한 날이고, 후자는 아폴로 11호가 최초로 달 표면에 착륙한 날이다.

물론 나이 어린 최두식이 두 거사를 성공시킨 일등공신이라는 건 아니다. 그랬다면 이 소설은 흔하디흔한 슈퍼 히어로물이 되고 말았을 것이다. 그 대신 소설은 두 사건을 가능하게 만든 소련 과학자와 최두식의 만남에 집중한다. 그 과학자는 어떤 임무를 띤 사람이었을까? 최초로 지구 밖으로 나가게 된 가가린은 비행 전 "심한 불안과 공포에 사로잡혀 있었다".(53쪽) 그 이전에 우주로 날아갔다온 라이카라는 개가 도착 후 몇 시간 만에 죽었으니, 가가린이 불안했던 건 당연한 일이다. 과학자가 한 일은 인간의 무의식을 조종해 우주 비행사의 불안감을 없애는 것이었다. "예를 들어 나무관 세음보살이라든가 옴마니밧메훔, 이런 말들 말이다.……그런 진언들은 어떤 특수한 파동을 지니는 소리들의 조합이야."(57쪽) 내용이 중요한 게 아니라 소리의 파동으로 인해 무의식이 조종된단다. 그 당시 최두식은 검은 옷을 입은 국내

정보기관 사람들한테 일일이 동향을 보고하게 되어 있었고, 소련 과학자에게 들은 '무의식 조종법'도 고스란히 그들에게 전달되었다. 그래서 나온 게 과연 무엇이었을까? 이 단편의 제목이 「교육의 탄생」이라는 것, 그게 1968년 12월 5일과도 관계가 있다는 정도만 이야기한다.

아이큐 210의 천재, 나사, 가가린. 이런 소재들을 잘 엮어서 '교육의 탄생'에 이르게 한 상상력만 해도 감탄이 나오는데, 심지어 재미있기까지 하니 내가 이 소설을 어찌 사랑하지 않을 수 있겠는가? 혹시나 해서 저자 이력을 확인했더니 강원대학교 약학과를 나온 약사다. 이과 출신의 소설가라니, 정말 반가웠다. 우리나라 소설이 과학 이야기를 잘 다루지 않는 이유가 대부분의 소설가가 문과 출신이기 때문이라고 생각했으니까. 서울대학교 분자생물학과를 나온 심윤경 작가도 있지만, 그분은 이상하리만큼 과학과 먼 소설을 쓰며, 심지어 『달의 제단』은 조선시대 양반 이야기가 주를 이룬다. 의대 출신으로 『쥬라기 공원』을 쓴 마이클 크라이튼Michael Crichton은 우리나라에서 불가능한 걸까 하고 탄식한 적이 한두 번이 아닌데, 김희선 작가를 보니 반가울 수밖에 없었다. 이 소설이 다소 낯설게 느껴진다면 그간 우리나라 소설에서 보기 힘든 소재를 다루었기 때문이 아닐까 싶다.

다른 단편에서도 과학소설가의 자질은 빛이 난다. 「개들의 사생활」에서는 광우병 이야기가 나온다. 광우병은 모든 인간의 뇌 속에 있는 프리온prion이라는 단백질이 변성을 일으켜 생기는 질환이다. 저자는 인간은 물론이고 소나 양은 광우병 등에 걸리는데,* 왜 개는 걸리지 않는지 의문을 갖는다. 그래서 내린 결론은 자못 충격적이다. "개를 사랑하라. 이게 바로 개들이 프리온을 통해 우리에게 보내는 신호였다." (198쪽) 즉 개가 인간에게 사랑받기 위해 프리온을 인간의 뇌에 심고, 그를 통해 텔레파시를 보냄으로써 인간을 조종한다는 것. 「2008 스페이스 오디세이」는 인간 DNA의 염기 서열을 밝힌 '게놈프로젝트'를 소재로 했고, 「어느 멋진 날」에서는 '데자 뷰Deja vu'가 소재가 된다.

우리나라에서 이런 소재를 소설로 만나보는 것은 결코 쉬운 일이 아니지만, 이 소설집의 장점은 오히려 다른 데 있다. 이야기가 굉장히 재미있고, 인상적인 장면이 곳곳에 포진해 있다는 것. 먼저 웃긴 예. 표제작인 「라면의 황제」에서 김 씨

● 광우병은 여러 종류가 있으며, 양이 걸리는 것은 스크래피(scrapie), 소가 걸리는 것은 광우병, 사람이 걸리는 것은 크로이츠펠트야코프병(CJD, Creutzfeld-Jakob disease)이다. 요즘 문제가 되는 광우병은 변형 CJD(vCJD)라고, 광우병에 걸린 소를 인간이 먹고 걸리는 것을 지칭한다.

할아버지가 라면을 구입한 영수증을 열심히 모은 이유를 보자. 사위의 증언이다.

"그의 장인이 아주 오래전 어느 날 영수증을 잃어버려서 수도요금을 두 번 낸 뒤로 이렇게 모든 영수증을 모으는 버릇이 생겼다며……."(97쪽)

그다음으로 인간의 폭력성에 대해 성찰하게 만드는 구절. 강원도 W시에 외계인이 탄 것으로 추정되는 비행접시가 나타나자 사람들은 아비규환에 빠진다. 왜일까?

"유사 이래 단 한 번도 다른 생명체나 다른 민족 또는 다른 국가에게 우호적으로 손 내미는 법을 알지 못했던 종족에게 내재된 상상력의 지평선 같은 것 말이다."(144쪽)

공감하게 만드는 구절. 팔레스타인에 사는 부모가 총격으로 죽었다는 소식을 들은 아들은 별 반응을 보이지 않는다. 왜일까?

"눈물 흘리고 울부짖는 건, 슬픔이 일상이 아닌 사람들에게나 어울리는 일이었으니까."(229~230쪽)

한창 책을 읽을 때, 2~3일마다 한 번씩 알라딘에 뜨는 모든 신간을 확인했고, 이거다 싶은 게 있으면 장바구니에 담았다. 좀 바빠진 뒤부터는 '주목받는 신간'만 훑어보았다. 그때보다 시간이 없는 지금은 '블로거 베스트셀러'를 본다. 그냥 베스트셀러가 아니라 책을 좀 읽는 이들이 선택한 베스트셀러다 보니 흙 속에서 보석을 캔 듯한 적이 여러 번이었는데, 베스트셀러 근처에도 가지 못했던 이 책도 그 코너가 아니었다면 찾지 못했으리라. 책을 막 읽기 시작한 이들은 묻는다. 도대체 어떤 책을 읽어야 하느냐고. 그런 분들에게 '알라딘 서재'의 한 코너인 '블로거 베스트셀러'를 추천한다.

책만 읽지 말라는 경고

Q

서머싯 몸, 『면도날』

서머싯 몸Somerset Maugham은 내가 경외하는 작가다. 워낙 많이 회자되다 보니 그의 작품은 웬만하면 다 읽어야 하고, 읽고 나서는 재미가 없더라도 섣불리 비판해서는 안 될 것 같다. 그에 대한 비판은 나의 무지를 드러내는 것밖에 안 될 테니까. 그런 불편함 때문에 40이 될 때까지 그의 작품을 하나도 안 읽어버렸는데, 계속 그렇게 살 수는 없을 것 같아 큰 마음을 먹고 『달과 6펜스』를 읽었다. 내공이 부족해 작품의 의미를 완전히 이해할 수는 없었지만, 읽기에 어렵지 않은 데다 재미까지 있었다.

한번 물꼬를 트자 그다음은 쉬웠다. 『면도날』이라는 작품이 눈에 띄자마자 바로 주문한 뒤 단숨에 읽어버렸다. 말이 그렇다는 것이지, '단숨에' 읽히지는 않았다. 내용이 워낙 묵직한 데다 500쪽이 넘으니, 이 책을 가방에 담아가지고 다닌게 열흘은 될 것 같다. 지루한 감도 있어 중간에 때려치울 생각도 여러 번 했지만, 작가한테 지면 안 된다는 이상한 느낌이 나로 하여금 완주하게 만들었다. 쓸데없는 라이벌 의식은 때로는 도움이 된다.

내가 느끼기에 『면도날』에는 극중 인물인 래리를 통해 지나치게 책에 탐닉하는 것을 경계하는 저자의 마음이 담겨 있다. 귀족 딸이자 빼어난 미모를 가진 이사벨은 래리라는 청년을 사랑하고, 래리 역시 그녀를 사랑한다. 문제는 래리가 일자리를 구할 마음이 없다는 것. 요즘 젊은이들처럼 일자리가 없어서 그러는 건 아니다. 오라는 데는 많고, 심지어 래리의 친구이자 증권가 재벌 2세 그레이는 래리한테 자기와 같이 일하자고 한다. 래리는 모든 제안을 거절한다. 그럼 래리는 뭘 하며 시간을 보낼까? 책을 읽는다. 그것도 아주 열심히. 얼마나 열심히 읽는지 나타내주는 대목이 있다. 극중 관찰자인 저자는 어느 날 오전 도서관에서 책을 읽는 래리를 발견하고 대화를 나눈다.

"도서실을 나올 때도 래리는 여전히……책에 몰두해 있었다.……점심식사 후 다시 그곳으로 돌아갔는데……놀랍게도 래리는 여전히 독서에 집중하고 있었다.……오후 4시쯤 내가 그곳을 나올 때도 그는 여전히 같은 자리에 있었다. 참으로 놀라운 집중력이었다. 그는 내가 도서실에 드나드는 것조차 알아채지 못했다." (60쪽)

빈틈이 있으면 채우려는 게 인간의 속성. 직업을 구하려는 마음이 없는 래리에게 이사벨이 속상해하는 동안 그녀를 좋아하던 그레이가 접근한다. 심지어 래리는 인생에 대한 답을 찾는답시고 파리로 가버린다. 이사벨은 담판을 지으려고 파리로 간다. 래리는 이사벨한테 말한다. 자신은 평생 놀기만 해도 1년에 3,000달러의 수입이 있으니 그걸로 살자고. 이사벨은 펄쩍 뛴다. "난 그렇게 살고 싶지 않아. 그래야 할 이유도 없고." (120쪽) 증권 브로커를 하라는 자신의 제안을 래리가 거절하자 이사벨은 미국으로 돌아와 그레이와 결혼한다. 전형적으로 사랑보다 돈을 택한 셈인데, 나는 여기서 책을 덮고 앞으로 전개될 이야기 몇 개를 생각해보았다.

하나, 책을 읽어 세상의 이치를 깨달은 래리는 재벌 증권맨 그레이보다 몇십 배 많은 돈을 번다. 이사벨은 뒤늦게 후회한다. 둘, 래리는 미국으로 돌아와 직업을 갖는데, 이사벨은 그를 보자마자 자신이 래리를 사랑하고 있다는 것을 깨닫는다. 그리고 망설이지 않고 바람을 피운다. 셋, 돈을 많이 번 그레이는 이사벨로는 만족하지 못하고 바람을 피운다. 외로움에 지친 이사벨을 래리가 위로하다 둘은 바람을 피우게 된다. 넷, 그레이가 하는 증권회사가 망하고, 충격에 빠진 그레이는 자살하고 만다. 홀로된 이사벨 옆에 래리가 나타난다.

이 정도 생각했으면 하나는 맞겠다 싶었는데, 몸은 그렇게 만만한 사람이 아니었다. 이사벨이 떠난 뒤에도 래리는 "매일 하루에 여덟에서 열 시간씩 공부를 했"(162쪽)다. 여기까지는 래리가 부러웠다. 나도 먹고사는 데 지장이 없을 만큼의 수입이 있다면 죽자고 책만 읽으며 살아도 좋다는 생각을 한 적이 있으니까. 세상에는 읽고 싶은 재미있는 책이 정말 많지 않은가?

다시 책으로 돌아가자. 세월이 흘렀고, 1929년이 왔다. 그리고 사건이 벌어진다. 전 세계를 강타한 대공황 때문에 그레이의 증권회사가 꽉삭 망한 것. 반면 래리는 그간 모아놓은 돈도 있고, 미리 사둔 국채에서 이자도 나오는지라 제법 살 만하다. 관찰자인 작가가 식당에서 노숙자 같은 행색의 래리를 보고 돈을 주려고 하자 래리는 말한다. "최근 몇 년간 거의 돈을 안 썼기 때문에 제 재산은 꽤 될 거예요."(241쪽) 망한 남편과 부자인 전 남친. 이건 내가 썼던 시나리오 중 네 번째에 해당된다. 드디어 뭔가 되려나 했지만, 몸은 나 같은 3류 소설가가 아니었다. 일단 그레이는 자살을 하지 않는다. 게다가 한번 귀족은 영원한 귀족이라고, 부자인 친척이 아파트도 주고 돈도 준 덕분에 둘은 만족스럽지는 않지만 그럭저럭 살아간다. 결정적으로 그레이에게는 엄청난 장점이 있다. 이사벨의 말이다.

"잠자리에서도 훌륭하다고요. 벌써 결혼 10년쨴데 처음의 열정이 전혀 사그라지지 않았어요." (274쪽) 은근히 이사벨이 래리와 잘되기를 바랐지만, 이 대목을 읽고 마음을 바꾸었다. 10년째 변함없이 아내를 사랑하는 남자라면, 책에서 인생의 해답을 얻은 남자보다 훨씬 좋은 남편이다.

엎친 데 덮친 격으로 래리는 점점 이상해진다. 갑자기 탄광촌에 가서 육체노동을 하고, 거기서 만난 남자와 방랑하고, 인도에 가는 등 세계 각지를 떠돈다. 나중에는 '주정뱅이'에다 몸까지 파는 여자와 결혼하려고 하니, 이게 다 책을 너무 많이 읽은 부작용인 것 같다. 게다가 래리는 읽는 이들을 안타깝게 만드는 결단을 내리는데, 이 대목에서 깨달았다. 저자가 지나친 독서를 경계할 요량으로 이 책을 썼다는 것을.

그렇다고 우리가 그의 경고를 너무 새겨들을 필요는 없을 듯하다. 1874년에 태어나 1965년에 죽은 몸으로서는 성인

10명 중 3명가량이 1년에 책을 한 권도 읽지 않고, 하루에 스마트폰은 3시간 넘게 보면서 책 보는 시간은 20여 분에 불과한 오늘날 대한민국을 꿈에도 상상하지 못했을 테니 말이다.

소주 값은 싸야 한다

Q

조준현, 『19금 경제학』

『괴짜 경제학』과 『경제학 콘서트』가 성공한 이후 경제학을 쉽게 풀어쓴 책이 속속 나오고 있다. 우리가 경제학 책을 읽어야 하는 이유는 무엇일까? 돈을 모으려고? 쉬운 경제학 책은 물론이고 노벨상 수상자인 폴 크루그먼Paul Krugman의 책까지 섭렵한 내가 장담하건대 그런 책을 읽는다고 돈을 더 잘 버는 건 아니다. 오히려 책값만큼 가난해질 뿐. 그럼 행동 양식이 달라지나? 경제학 책들이 세상의 뒤편에서 벌어지는 음모를 이야기해주기는 하지만, 그게 내 행동을 변화시켜준 것 같지는 않다. 그럼 왜? 읽고 나면 그냥 기분이 뿌듯하니까. 경제학 책 한 권을 읽고 나면 소설 한 권을 읽었을 때보다 5~6배는 뿌듯하다.

'읽기 두려운', '절대로 말해주지 않는' 같은 제목은 빈약한 내용을 가리기 위한 낚시용인 게 많지만 『19금 경제학』은 술술 읽히는 데다 귀에 새겨들을 좋은 말이 가득했다. 그러니 '경제학'과 '19금'을 연결한 제목 때문에 오히려 손해를 보는 게 아닌가 싶었다. '케인스가 바람피운 내용인가?'라는 생각에 책을 펼쳐든 나 같은 사람은 그리 많지 않으니 말이다. 그럼 왜 '19금'인가? "대중들이 왜 경제학을 배워야 하는지 의문"이라고 말하는 저자는 경제학이나 경제 이론보다는 "세상을 바로 보는 눈을 배우자"라고 주장하는데, 그런 지혜는 "애들은 알 수 없고 알 필요도 없"다는 게 '19금'의 이유란다. 하지만 내 생각은 다르다. 그런 지혜야말로 어릴 때부터 배워야 한다고 생각하는지라 '7금 경제학' 같은 제목을 붙였으면 어땠을까 하는 아쉬운 마음이 든다.

저자의 말처럼 경제 이론보다 중요한 건 세상을 어떻게 보느냐다. 눈이 비뚤어져 있다면 아무리 뛰어난 경제 지식을 갖고 있어도 제대로 된 진실을 말하지 못하니 말이다. 예를 들어보자. 외환 위기의 터널을 지나던 1998년 말, 한국개발연구원KDI은 "내년에는 플러스 2퍼센트 성장 전망"이라는 발표를 했다. 그러자 한 메이저 신문에 글을 쓰는 경제학자가 반박했다.

"현실성이 없는 이야기다. 그런 걸로 국민을 기만하려 해서는 안 된다."

하지만 1999년 우리 경제의 성장률은 무려 +9.5퍼센트였다. 그러자 그 경제학자는 바로 그 신문에 이런 글을 썼다.

"올해 경제성장률이 높은 건 전해 워낙 마이너스 성장을 한 여파일 뿐, 경제 운용을 잘해서 그리된 것은 아니다."

저자가 우리 경제가 어려운 이유를 "경제학자가 세상일을 모두 아는 척"하고, "그런 경제학자가 너무 많아서"라고 하는 게 이해되지 않는가?

소위 주류 경제학자들은 말한다. 재벌 기업과 상위 1퍼센트의 부자들이 잘살아야 경제가 좋아진다고. 종합부동산세(종부세) 근처에도 못 가본 사람들이 종부세에 반대하게 된 건, 그런 주장이 먹혀들었기 때문이다. 하지만 『19금 경제학』의 저자는 단호히 말한다.

"경제학이 추구하는 것은……평범한 사람들의 행복, 바로 그것이다."(120쪽)

"피서지의 민박집은 조금 비싸도 괜찮다. 안 가면 그만이기 때문이다. 그러나 서민들의 주택 가격은 싸야 한다. 대체 서민들은 어디서 자란 말인가?"(86쪽)

다음 대목은 어찌나 공감이 갔는지, 저자를 찾아가 같이 소주를 마시고 싶었다.

"룸살롱의 양주 값은 비싸도 괜찮지만, 동네 슈퍼마켓의 소주 값은 비싸면 안 된다." (74~75쪽)

올바른 시각을 가졌다는 것 외에 이 책을 술술 읽을 수 있었던 또 다른 이유는 저자에게 뛰어난 유머 감각이 있기 때문이다. "국가를 위해 뭘 할 수 있는지 생각하라"라는 존 F. 케네디John F. Kennedy를 가리켜 "잘생긴 얼굴로 바람피운 것 말고 지도자로서 어떤 업적을 남겼는지 모르겠지만"이라고 말하고, 기업인의 비리에 유난히 관대했던 이명박을 빗대어 "귤이 회수를 넘으면 탱자가 되고, 콜베르(루이 14세 때 프랑스 재무장관)가 바다를 넘으면 이명박이 된다"(115쪽)라고 말하는 저자를 어떻게 좋아하지 않을 수 있겠는가?

하지만 저자는 다음과 같은 말로 나를 안타깝게 만든다. "이 책은 얼마나 팔릴까? 아마 내 생각에는 많이 팔릴 것 같지 않다. 우선 지은이가 전혀 유명한 사람이 못되기 때문이다." (180쪽) 경제 지식과 더불어 세상을 보는 올바른 눈을 길러주는 이 책이 다른 시답잖은 책들보다 덜 팔리는 현실로 짐작건대, 우리 경제는 앞으로도 살아나기 힘들지도 모르겠다.

한 가지만 더. 이 책 앞머리에는 벼락부자가 되는 법이 적혀 있다.

젊은이: 선생님은 어떻게 해서 이런 부자가 되셨습니까?

백만장자: 내가 자네처럼 젊었을 때 내게는 단 1달러밖에 없었네. 난 그 1달러로 사과 하나를 사서 밤새도록 닦았네. 다음 날 아침 시장에 가보니 내 사과는 다른 어떤 사과보다 더 반짝거렸지. 난 그 사과를 2달러에 팔았다네. 그리고 그 2달러로 사과 두 개를 사 또 밤새도록 닦았네.

젊은이: 다음 날은 4달러를 버셨군요?

백만장자: 그랬지.

젊은이: 또 그다음 날은 8달러를…….

백만장자: 아니, 그다음 날 (   ).

괄호 안이 궁금하신 분은 이 책을 보시라. 절대 후회하지 않는다.

거장의 '거대한' 상상력

Q

기시 유스케, 『신세계에서』

　　소설을 읽는 이유는 간접경험을 하기 위해서다. 우리 사
는 모습을 적나라하게 보여주는 소설은 읽는 동안 스스로를
돌아보게 하고, 유쾌한 소설은 우울한 기분을 원래대로 돌려
놓는다. 가끔은 소설을 읽으면서 놀라고 싶을 때도 있다. 일
이 안 풀려 답답할 때 "어떻게 이런 생각을 할 수가 있지?"
하고 감탄이 나오는 소설을 읽으면 속이 좀 풀리니 말이다.
왜 놀이공원에서 롤러코스터를 타면서 비명도 지르고 싶은
마음, 한 번씩은 들지 않는가. 아쉽게도 그런 소설이 점점 드
물어진다. 멀쩡한 강바닥을 파헤친다든지 하는 일이 수시로
발생하는 한국 사회에서 살아온 마당에 뭐 그리 놀랄 일이
있겠는가? 그러는 동안 답답함이 점점 커져 온몸을 휘감을

지경이었다.

『신세계에서』를 집어든 건 작가 때문이었다. 『검은 집』에서 여러 번 놀라게 했으니 이 책도 뭔가 있을 것 같았다. 그러니까 기시 유스케는 존 그리샵John Grisham처럼 이름만으로 책을 사게 만드는 작가다. 이 작가의 대단한 점은 책날개에 소개된 대로 "매번 전혀 다른 작풍과 작품관을 선보"이는 데 있다. 『검은 집』의 성공으로 호러문학의 대가 반열에 올랐다면 적당히 명성을 우려먹으면서 살 수도 있을 것이다. 『양들의 침묵』을 쓴 토머스 해리스Thomas Harris는 성공 이후 어딘가에 있는 섬을 사고 거기서 은둔한다. 그 후에는 5~6년마다, 추측건대 돈이 떨어질 때마다 책을 쓴다. 그게 다 주인공한니발 렉터를 우려먹는 범작에 불과하지만, 그럼에도 날개돈힌 듯이 팔리고 심지어 영화로도 만들어진다.

하지만 유스케는 해리스의 길을 걷는 대신 늘 자신을 채찍질하며 글을 쓴다. 그 역시 거의 3년에 한 번꼴로 작품을 내놓는 과작寡作 작가지만, 작품의 완성도를 위해 고군분투한 결과일 뿐 게으름의 소치는 아니다. 이 호러문학의 대가가 내놓은 『신세계에서』는 장르가 SF인데, 읽고 나면 "아니, 어떻게 이런 소설을 쓸 수 있지?"라는 감탄이 나온다. "일본 내에서는 이만큼 다양한 스펙트럼을 펼쳐 보이며 완성도 높은 작품을 쓰는 작가가 전무후무하다는 평가"라는 책날개의 설명이 전혀 과장으로 느껴지지 않는다.

"깊은 밤, 주위에 고요한 정적이 흐를 때면 의자에 깊숙이 걸터앉아 눈을 감곤 한다.……그런데 왜 지금도 그날 밤의 일이 가장 먼저 떠오르는 것일까?"(1권, 10쪽)

이렇게 시작되는 초반부는 지루한 편이다. 그도 그럴 것이, 지금부터 1,000년 후 일본의 모습을 묘사하는 데 작가가 굉장히 공을 들이기 때문이다. 일본의 전체 인구는 5~6만 명 정도. 과학기술 자체가 존재하지 않고 자동차 같은 건 당연히 없다. 그래서 운송 수단은 운하를 왔다 갔다 하는 배뿐 (그러고 보니 이명박이 대운하를 하려고 했던 건 1,000년 후를 대비한 것이었을지도 모르겠다). 그 대신 사람들은 모두 '주력'이라는 엄청난 초능력을 가지고 있다. 바위를 던지는 건 일도 아니고, 마음만 먹으면 불도 지를 수 있다. '그렇다면 주력을 이용한 살인사건이 많이 일어나겠네'라고 생각할 테지만, 작가는 여기에 방어책을 만들어놓는다.

"콘래드 로렌츠는 늑대나 까마귀처럼 강력한 살상 능력을 가지고 있으면서 사회생활을 하는 동물들은 동종 간 공격을 피하기 위한 생득적 기구를 가지고 있다고 말했지. 쥐나 인간처럼 강한 공격력을 갖고 있지 않은 동물은 공격 제어가

충분하지 않기 때문에 종종 동종 간의 과잉 공격과 살육이 이루어지는 거야."(1권 251쪽)

하지만 이 시대의 인간들은 주력을 가지고 있어도 다른 사람을 공격할 수 없다. 그랬다가는 '괴사 기구'라는 게 작동해 공격한 사람이 죽어버리니까. 아무튼 인간들은 주력으로 요괴 쥐를 부린다. 요괴 쥐는 1.2~1.4미터에 달하며 외모나 지능이 인간과 비슷한 데다 말도 하지만, 못생기고 결정적으로 주력이 없다. 그들은 자기들 나름의 사회생활을 하지만, 인간에게 복종하며 시키는 일을 하는 노예에 가깝다. 요괴 쥐로서는 불만일지 몰라도 사람에게는 이보다 편한 세상이 없다. 주인공 사키도 처음에는 이런 세상을 당연하게 생각하지만, 12세 때 겪은 사건을 계기로 체제에 의문을 품는다. 사키와 친구들은 신세계의 배후에 숨은 진실을 찾아 모험을 떠난다.

앞에서도 말했지만, 진실이 밝혀지기까지의 과정은 지루하기만 하다. 땅속에 만들어진 요괴 쥐 소굴은 더러운 느낌이었고, 글로 읽는 전투 장면은 영 박진감이 떨어졌으며, 아이들끼리 모여 세상에 맞선다는 건 무모해 보였다. 400쪽이 넘는 책 2권과 씨름하면서 "아이 참, 언제 끝나는 거야?"라고 투덜거린 게 한두 번이 아니다. 하지만 드러난 진실이 너무 충격적이어서, 지루함의 몇백 배쯤 되는 보상을 해주었다. 그리고 나는 작가의 장인정신에 감복한 나머지 그 밑에 서라면 기꺼이 요괴 쥐가 되어 허드렛일을 할 마음도 생겨버렸다. 최근 몇 년간 이보다 뛰어난 상상력의 결정체를 만나본 적이 없으니 말이다.

아쉬운 건 10대 초반의 아이들이 성관계를 맺고 심지어 동성애까지 나오니, 보수적인 우리 사회로서는 받아들이기 어려울지도 모르겠다는 점이다. 그게 구입을 망설이는 이유라면 재고해주면 좋겠다. 상상력의 극한을 보여주는 것 외에도 인간이란 무엇인지 성찰하게 해주는 최고의 책이니까.

우리는 세균으로 덮여 있다

🔍

제시카 스나이더 색스, 『좋은 균 나쁜 균』

매해 여름, 신문들은 냉면에서 대장균이 무더기로 나왔다는 기사를 싣는다. "냉면 대장균 검출 유명 업소도 믿을 수가 없네" 같은 선정적 제목의 기사들은, 그러나 별다른 반향을 일으키지 못한다. 물론 기사를 본 사람들은 냉면을 먹으려던 원래 계획을 바꾸었을 테지만, 대부분은 이런 기사에 무신경하다. 「음식점 냉면 대장균 득실」이라는 『경향신문』 1991년 8월 8일자 기사를 비롯해 20여 년 전부터 계속 나오던 것이어서다. 사람들은 안다. 유명과 무명을 가리지 않고 음식점 냉면에서 대장균은 으레 나오며, 그런 냉면을 먹는다고 탈이 나는 일은 극히 드물다는 걸.

물론 냉면에서 대장균이 나온다는 게 좋은 일은 아니다.

대장균은 우리가 변을 볼 때 무더기로 나오는 것이니, 냉면에서 대장균이 나왔다면 변의 일부가 냉면으로 흘러들어갔다는 의미다. 하지만 어떤가? 해마다 몇 명씩 사람을 죽이는 비브리오균이라면 모를까, 대장균 때문에 여름철의 별미 냉면을 포기하라는 건 잔인하다. 그래서 사람들은 이런 기사가 나오면 되도록 외면하면서 심신의 안정을 찾으려 한다.

대장균이 들어 있는 냉면을 먹어도 우리가 별 증상을 나타내지 않는 이유는 뭘까? 대장균은 이름처럼 대장에 사는 균으로, 오랜 시간 동안 우리 몸속에 있어왔다. 비단 대장균뿐 아니라 우리 몸은 각종 세균으로 덮여 있다 해도 과언이 아니다. 피부에도 있고 입속이나 콧속에도 세균은 무수히 존재한다. 우리 눈이 세균 한 마리 한 마리를 식별할 수 있다면 음식을 먹는 것은 물론이고 미남 미녀와의 키스도 꺼렸을 테니, 현미경 같은 눈을 갖지 않은 게 참으로 다행이다.

그런데 궁금해진다. 우리 몸에는 왜 이렇게 많은 세균이 있는 것일까? 『좋은 균 나쁜 균』은 여기에 답을 준다. 이 책은 우리 몸에 사는 세균들이 얼마나 좋은 일을 많이 하는지 차분히 설명해주는데, 1만 8,000원이라는 가격과 두꺼운 분량이 부담이 될 수 있겠지만, 읽다 보면 그런 생각은 저 멀리 사라진다. 일단 재미있다. 과학 분야의 글을 오랫동안 써온 분이라 그런지 설명이 친절하고, 설득력도 뛰어나 글이 쏙쏙 머리에 들어온다. 게다가 이 책은 유익성에서 타의 추종을 불허한다. 자기 집에 누가 사는지 아는 게 중요한 것처럼, 우리 몸에 사는 생물체에 어떤 종류가 있으며 그들이 어떤 역할을 하는지 아는 것은 인생을 건강하게 사는 지름길이니까. 우리 몸의 세균들이 일으키는 신비한 역할을 몇 개만 알아보자.

"임신 중기가 되면 질의 내벽을 감싸고 있는 세포에 글리코겐이 저장된다. 글리코겐은 젖산균이 가장 좋아하는 먹이인지라 젖산균이 모여든다. 젖산균은 글리코겐을 젖산으로 발효시켜 pH를 산성으로 만드는데, 그렇게 되면 해로운 침입자가 들어오지 못하게 됨으로써 태아를 보호한다. 또한 젖산균이 분비하는 과산화수소는 태아에게 치명적인 연쇄상구균이 자라지 못하게 만든다." (59~60쪽)

그러다 임신 8개월째가 되면 "엄마의 유두 근처에 비피더스균이 수수께끼처럼 등장한다.……비피더스균은 강력한 화학물질을 분비해 인류의 숙적이라 할 황색포도상구균 등의 위험한 세균을 물리친다." (61쪽) 비피더스균이 아니었다면 엄마 가슴에 나쁜 세균들이 자랐을 테고, 아이가 모유를 먹을 때 세균들이 들어가 아이의 건강을 위협할 수도 있었으리라. 여기에 그치지 않고 비피더스균은 확실한 애프터서비스까지 담당하는데, "젖산균과 함께 아이 입속으로 들어가 좋은 세균들이 아기의 입에 정착하는 데 도움을 준다".(62쪽) 이런 균들이 입속에 정상적으로 정착하지 못한다면 아이는 뇌수막염 같은 무서운 질환에 걸릴 수 있단다. 이것만 보아도 우리 몸의 세균이 생존에 필수라는 건 잘 알 수 있으리라.

그런데 세균에는 꼭 좋은 것들만 있는 건 아니어서, 나쁜 세균도 호시탐탐 우리 몸에 들어오려고 때를 노린다. 항생제가 나온 건 그런 이유지만, 문제는 항생제를 써도 너무 많이 쓴다는 것. 항생제의 남용이 세균 간 균형을 깨뜨려 우리를 오히려 위험에 빠뜨린다는 이야기는 한 번쯤 들어보았을 거다. "많은 의사가 장내 미생물상을 붕괴시키는 항생제를 필요 이상으로 선택하고 있을 뿐 아니라 처음부터 필요하지도 않은 항생제를 사용하고 있었다."(185쪽) 그러니까 의사들은 "바이러스나 비세균성 감염에 실수로 항생제를 쓰는 게 아니라 혹시 모를 세균성 감염을 예방하기 위해 항생제를 사용하는 경우가 있었고, 필요 이상 긴 기간 동안 환자들에게 항생제를 처방하는 경우는 더 많았다."(185~186쪽) 항생제 남용의 해악에 대해서는 어느 정도 동의하지만, 그래도 내가 의대를 나온 탓에 두 번째 말까지 수긍하기는 어렵다. 간단한 수술을 할 때도 항생제를 써서 세균 감염을 막아야 하는 건

의학계의 상식이니까. 저자는 항생제의 남용으로 세균이 내성을 갖게 되며, 새로운 항생제를 개발해보았자 금방 내성이 생긴다고 주장하지만, 그렇다고 해서 세균과의 싸움을 포기할 수는 없지 않을까?

하지만 여기까지 읽고 책을 던져버리는 건 좀 성급한 일이다. 저자가 세균에 항복하자고 권하는 건 아니니 말이다. 저자는 "청결의 목표는 더이상 99.9퍼센트 살균이 되어서는 안 된다. 그보다는 유익한 미생물의 완벽한 균형을 달성하는 데 목표를 둬야 한다"(324쪽)라는 데이비드 탈러David Thaler의 말을 인용하면서도 포도상구균 같은 나쁜 세균은 백신 등의 방법으로 대처하자고 말한다. "백신은 우리 인간이 평생 짊어지고 가야 할 질병 관련 염증과 지속적인 항생제 사용이라는 짐을 덜어주는 큰 희망이 될 수 있을 것이다."(286쪽)

저자는 이런 전략을 '무기 빼앗기, 우회 공격, 병력 배치'라고 표현하는데, 항생제 사용만이 세균을 없애는 답이라고 생각했던 내 굳은 머리가 이 책을 읽으면서 풀릴 수 있었다. 이런 좋은 책이 많은 과학도를 자극해 세균 연구에 참여하도록 만들면 좋겠다. 항생제를 이용한 싸움에서는 우리나라가 그다지 한 일이 없지만, 전략을 달리한 시즌 2에서는 우리도 한몫할 수 있도록 말이다.

노벨 생리의학상은 글렀다

🔍

야자와 사이언스 오피스, 『교양인을 위한 노벨상 강의』

나보다 세상을 많이 아는 사람들은 이런 말을 했다.

"왜 우리나라는 노벨상에 그렇게 목을 매냐?"

그래서 나는 미국이나 유럽의 잘사는 나라들은 노벨상 따위에 관심이 없는 줄 알았다. 하지만 미국에 오래 있다 온 동료 선생의 말은 달랐다.

"왜요, 미국도 노벨상 타는 걸 간절히 바라죠. 보스턴에 사는 교수들은 노벨상 수상자 발표 시즌이 되면 혹시 자기한테 전화 안 오나 휴대전화만 바라보던데요."

그랬다. 그 나라 사람들한테도 노벨상은 가문의 영광이자 대학의 영광이며, 국가적인 영광이기도 했다. 그러니 노벨상에 대한 우리의 열망은 결코 부끄러운 게 아니다.

다들 알다시피 우리나라는 노벨상을 딱 한 번 탔다. 고 김대중 대통령이 남북정상회담을 성공으로 이끈 덕분에 받은 평화상. '그래도 평화상이 어디야'라는 생각에 노벨상 각국 순위를 보다가 자존심이 좀 상했다. 미국과 영국이 100번을 넘은 게, 일본이 20번을 넘은 게 부러웠던 것만은 아니다. 화학상, 물리학상, 생리의학상은 연구 인프라가 발달하지 않으면 탈 수도 없고, 경제학상은 세계 경제를 좌우하는 나라에서 가져가기 마련. 그래서 없는 나라들은 평화상과 문학상 외에는 탈 방법이 없다.

문학상도 그리 만만한 건 아니지만, 그 나라의 연구 수준보다는 작가 개인의 역량이 훨씬 중요한 분야이지 않은가? 평화상을 받은 우리가 고은 시인의 문학상 수상을 간절히 바라는 건, 연구를 해서 탈 만한 상은 아직도 언감생심이기 때문이다. 『매일경제』 2011년 6월 26일자 기사에 따르면, 젊은 과학자 200명에게 물어본 결과 10년 내 한국이 과학 부문의 노벨상을 탈 확률이 '매우 높다'거나 '높다'고 한 사람은 24퍼센트였다. 아무래도 나이가 젊다 보니 10년이 금방 간다는 걸 잘 모르는 게 아닌가 싶다.

노벨 생리의학상의 수여 기준은 다음과 같다. "인간의 건강에 관여하는 기초연구의 발견만을 대상으로 한다."

여기서 기초연구는 기초의학을 전공해야 한다는 의미는 아니다. 요즘은 임상의학자에게도 기초연구가 의무인지라, 대학병원에 근무하는 의사들은 기초연구를 해서 논문을 쓰지 않으면 승진되지 않거나 학교에서 나가야 한다. 문제는 많은 의사가 노벨상이 원하는 '독창적'인 연구를 하기보다 남들이 다 해놓은 연구를 따라가는 데 그친다는 거다. 여기에는 여러 가지 이유가 있을 것이며, 젊은 과학자들이 지적한 대로 연구비 선정이 유행을 따른다는 것도 그중 하나일 것이다. 하지만 더 근본적인 이유는 의대에 오는 학생 중 의학 연구를 하기 위해 지원한 학생이 거의 없다는 게 아닐까? 의대에 온 목적을 물었을 때 제대로 대답하는 학생이 드문건, "의사가 경제적으로 안정된 수입을 보장해주는 직업이니까"라는 대답을 차마 하지 못하는 까닭이다. 그들이 졸업 후 기초의학을 전공하지 않는 것, 의학 연구보다는 돈이 되는 과에 주로 지원하는 것은 필연적인 귀결이다.

『교양인을 위한 노벨상 강의: 생리의학상 편』은 노벨상을 탄 의사들의 삶과 업적을 조명해보는 책이다. 삶에 초점을 맞추었다면 감동을 주었을 테고, 업적에 초점을 맞추었다면 재미를 주었을 테지만, 둘을 어중간하게 섞고 너무 많은 이를 다루었다는 단점이 있다. 그래도 노벨상을 탄 이들의 어린 시절을 알 수 있었는데, 예컨대 에이즈 바이러스를 발견한 뤼크 몽타니에Luc Montagnier는 "다섯 살 때 트럭에 부딪혀 두개골이 골절되는 사고를 당했다. 그는……두 달 후 의식을 되찾았고……사고 당시의 일은 기억하지 못했다. 이후 몽타니에는 뇌의 기묘한 현상에 흥미를 느꼈고, 이때의 경험을 계기로 의학자의 길을 걷게 되었다."(20쪽)

다른 과학자들도 크게 다르지 않다.

"추어하우젠은 다른 소년들이 축구에 열중할 때……과학자의 전기를 읽느라 밤을 새웠다. 특히 로베르트 코흐 이야기에 흠뻑 빠져들었다."(42쪽)

"하트웰은 어릴 적부터 탐구심이 강했다.……한번은 동물도감에서 도마뱀에게는 이빨이 없다는 설명을 보고 직접 큰 도마뱀 한 마리를 잡아서 그 입을 열고 속을 들여다보았다. 그런데 도감의 설명과는 달리 이빨이 눈앞에 나타났고……뱀에게 손가락을 물려 엄청난 고통도 맛봐야 했지만, 도감의 오류를 증명했다는 사실에 큰 기쁨을 느꼈다."(119쪽)

"퍼치곳은 소년 시절부터 조개 수집이나 새 관찰에 열중했다고 한다.……그 열정은 평생 사그라들지 않았다."(159쪽)

이렇게 탐구심이 강한 애들이 의대에 갔기에 통념에서 벗어난 독창적인 연구를 시작할 수 있었고, 그 과정에서 따르기 마련인 온갖 역경도 극복해낼 수 있었다. 또한 배리 마셜 Barry Marshall이 헬리코박터균이 잔뜩 든 용액을 거리낌 없이 마신 것도 평생 사그라지지 않는 열정이 있었기에 가능했다. 하지만 우리나라에서는 공부를 잘한다는 이유만으로, 부모의 권유로, 안정된 수입을 위해 의대에 가고 그중 상당수는 돈을 많이 버는 개업의의 삶을 꿈꾼다.

미국 제도를 본떠 시행한 의학전문대학원 제도는 연구에 어느 정도 기초를 닦은 학생들을 의대에 입학시키는 기초연구 진흥책이었지만, 졸업생 대부분이 기초연구와 별반 관계 없는 길을 선택하는 바람에 처참한 실패로 끝났다. 하기야, 한 학기에 1,000만 원씩 총 8,000만 원의 등록금을 내도록 했으니, 그 비용을 만회하려면 빨리 개업해서 돈을 버는 것밖에 더 있겠는가? 의학 연구 인프라도 없으면서 연구를 하도록 만드는 유인책도 별로 없는 나라. 다른 연구 분야는 잘 모르겠지만 우리나라에서 노벨 생리의학상을 타는 의사가 향후 10년, 아니 20년 내에도 나올 것 같지 않은 이유다.

이 책을 찾습니다

🔍

가이도 다케루, 권일영 옮김, 『바티스타 수술 팀의 영광』(예담, 2007)

고종석, 『해피 패밀리』(문학동네, 2013)

기시 유스케, 이선희 옮김, 『신세계에서』(시작, 2009)

김경, 『너라는 우주에 나를 부치다』(이야기나무, 2014)

김대식·김두식, 『공부 논쟁』(창비, 2014)

김희선, 『라면의 황제』(자음과모음, 2014)

나쓰메 소세키, 김상수 옮김, 『나는 고양이로소이다』(신세계북스, 2007)

남경태, 『종횡무진 한국사』(휴머니스트, 2015)

니컬러스 에플리, 박인균 옮김, 『마음을 읽는다는 착각』(을유문화사, 2014)

다카기 아키미쓰, 이규원 옮김, 『유괴』(엘릭시르, 2014)

다카노 가즈아키, 김수영 옮김, 『제노사이드』(황금가지, 2012)

레슬리 베네츠, 고현숙 옮김, 『여자에게 일이란 무엇인가』(웅진윙스, 2011)

로라 힐렌브랜드, 신승미 옮김, 『언브로큰』(21세기북스, 2014)

로버트 데소비츠, 정준호 옮김, 『말라리아의 씨앗』(후마니타스, 2014)

마크 바우어라인, 김선아 옮김, 『가장 멍청한 세대』(인물과사상사, 2014)

마크 펜더그라스트, 정미나 옮김, 『매혹과 잔혹의 커피사』(을유문화사, 2013)

민주사회를 위한 변호사모임, 『416세월호 민변의 기록』(생각의길, 2014)

박민규, 『죽은 왕녀를 위한 파반느』(예담, 2009)

박범신, 『소금』(한겨레출판, 2013)

벤 골드에이커, 안형식·권민 옮김, 『불량 제약회사』(공존, 2014)

서머싯 몸, 안진환 옮김, 『면도날』(민음사, 2009)

서형, 『부러진 화살』(후마니타스, 2012)

성석제, 『투명인간』(창비, 2014)

심윤경, 『사랑이 달리다』(문학동네, 2012)

안데슈 루슬룬드·버리에 헬스트럼, 이승재 옮김, 『리뎀션』(검은숲, 2013)

안정효, 『안정효의 글쓰기 만보』(모멘토, 2006)

야자와 사이언스 오피스, 박선영 옮김, 『교양인을 위한 노벨상 강의: 생리의학상 편』(김영사, 2011)

오찬호, 『우리는 차별에 찬성합니다』(개마고원, 2013)

옥성호, 『서초교회 잔혹사』(박하, 2014)

요네하라 마리, 김윤수 옮김, 『인간 수컷은 필요 없어』(마음산책, 2008)

우석훈, 『불황 10년』(새로운현재, 2014)

위화, 김태성 옮김, 『사람의 목소리는 빛보다 멀리 간다』(문학동네, 2012)

유시민, 『나의 한국현대사』(돌베개, 2014)

이얼 프레스, 이경식 옮김, 『양심을 보았다』(흐름출판, 2014)

이은조, 『수박』(작가정신, 2014)

이현우, 『아주 사적인 독서』(웅진지식하우스, 2013)

장하석, 오철우 옮김, 『온도계의 철학』(동아시아, 2013)

재키 마슨, 정영은 옮김, 『모두에게 사랑받을 필요는 없다』(윌컴퍼니, 2014)

정은정, 『대한민국 치킨전』(따비, 2014)

정혜윤, 『그의 슬픔과 기쁨』(후마니타스, 2014)

정희진, 『정희진처럼 읽기』(교양인, 2014)

제시카 스나이더 색스, 김정은 옮김, 『좋은 균 나쁜 균』(글항아리, 2012)

조승연, 『언어천재 조승연의 이야기 인문학』(김영사, 2013)

조준현, 『19금 경제학』(인물과사상사, 2009)

존 가트맨·낸 실버, 최성애 옮김, 『가트맨의 부부 감정 치유』(을유문화사, 2014)

존 쿼이조, 황상익·최은경·최규진 옮김, 『콜레라는 어떻게 문명을 구했나』(메디치미디어, 2012)

좌린·꼼마, 『멈춰버린 세월』(아마존의나비, 2014)

주진우, 『주기자의 사법활극』(푸른숲, 2015)

팻 브라운, 하현길 옮김, 『프로파일러』(시공사, 2011)

폴 에크먼 지음, 이아린 옮김, 『텔링 라이즈』(한국경제신문, 2012)

플로렌스 윌리엄스, 강석기 옮김, 『가슴 이야기』(Mid, 2014)

필립 로스, 박범수 옮김, 『유령 퇴장』(문학동네, 2014)

한학수, 『진실, 그것을 믿었다』(사회평론, 2014)

히가시노 게이고, 김난주 옮김, 『다잉 아이』(재인, 2010)

집 나간 책

ⓒ 서민, 2015

초판 1쇄 2015년 4월 27일 펴냄
초판 3쇄 2016년 5월 13일 펴냄

지은이 | 서민
펴낸이 | 강준우
기획 · 편집 | 박상문, 안재영, 박지석, 김환표
디자인 | 이은혜, 최진영
마케팅 | 이태준, 박상철
인쇄 · 제본 | 대정인쇄공사

펴낸곳 | 인물과사상사
출판등록 | 제17-204호 1998년 3월 11일

주소 | (121-839) 서울시 마포구 서교동 392-4 삼양E&R빌딩 2층
전화 | 02-325-6364
팩스 | 02-474-1413

www.inmul.co.kr | insa@inmul.co.kr

ISBN 978-89-5906-332-1 03810
값 14,000원

이 도서의 국립중앙도서관 출판시도서목록(CIP)은 서지정보유통지원시스템 홈페이지(http://seoji.nl.go.kr)와
국가자료공동목록시스템(http://www.nl.go.kr/kolisnet)에서 이용하실 수 있습니다.
(CIP제어번호: CIP2015011450)